Carlos Balmaceda
Das Kochbuch des Kannibalen

SERIE
PIPER

Zu diesem Buch

Kulinarische Kreationen aus Krabben und Miesmuscheln, Kaninchen in Cognac, Bananenschaum mit Paprika – seit gut einem Jahrhundert locken die Köstlichkeiten des »Almacén Buenos Aires« Gourmets aus aller Welt zum geschmacklichen Hochgenuß ins argentinische Mar del Plata. Von Generation zu Generation wurden die aromatischen Geheimnisse im Kreise der Familie bewahrt, und nun hat es der jüngste Sproß, César Lombroso, zur wahren Meisterschaft am Herd gebracht. Ruhm, Reichtum und die Leidenschaft der Liebe versüßen das Leben des genialen Kochs, doch lauert tief in Césars Herzen eine teuflische Kraft, die ihn eines Tages den Verlockungen der Sünde erliegen läßt. Eine äußerst schmackhafte Komposition aus einer feurigen Familiengeschichte, raffinierter Kochkunst und einem Blick in die gefährlichen Abgründe der Fleischeslust.

Carlos Balmaceda wurde 1954 in der argentinischen Küstenstadt Mar del Plata geboren. Obwohl er als Junge Fischer oder Seemann werden wollte, ahnte er damals schon, daß er einmal schreiben würde. Dies tat er dann unter anderem als Korrespondent der Zeitung La Nación in seiner Heimatstadt. Bereits sein erster Roman machte ihn zum Finalisten um den Premio Planeta. 2004 verlieh ihm die Casa América den literarischen Verdienstorden. Auf deutsch liegen von ihm vor: »Das Kochbuch des Kannibalen« und »Der Venusmörder«.

Carlos Balmaceda

Das Kochbuch des Kannibalen

Ein kulinarischer Thriller

Aus dem Spanischen von
Petra Zickmann

Piper München Zürich

Mehr über unsere Autoren und Bücher:
www.piper.de

Mix
Produktgruppe aus vorbildlich bewirtschafteten
Wäldern und anderen kontrollierten Herkünften
www.fsc.org Zert.-Nr. GFA-COC-1223
© 1996 Forest Stewardship Council
FSC

Ungekürzte Taschenbuchausgabe
September 2008
© 2005 Carlos Balmaceda
Titel der argentinischen Originalausgabe:
»Manual del caníbal«, Grupo Editorial Planeta, Buenos Aires 2005
© der deutschsprachigen Ausgabe:
2007 Piper Verlag GmbH, München
Umschlag: Büro Hamburg. Anja Grimm, Stefanie Levers
Bildredaktion: Büro Hamburg. Alke Bücking, Charlotte Wippermann
Umschlagfoto: Charles Gullung / Getty Images
Autorenfoto: Luis Miguel Palomares
Satz: psb, Berlin
Papier: Munken Print von Arctic Paper Munkedals AB, Schweden
Druck und Bindung: CPI – Clausen & Bosse, Leck
Printed in Germany   ISBN 978-3-492-25323-9

Für Lynette, für ihre magische Liebe.

Dem lebendigen Andenken an María Liliana Ciancaglini.

Wenn die Entzückungen des Liebesspiels das Blut ermattet haben, so braucht es Reizungen, um es wieder anzuflammen.

Othello, Shakespeare

Das Fleisch erinnert sie daran, daß ihr Körper genauso zerschnitten und gegessen werden kann wie der eines Kalbs. Gewiß, die Leute essen kein Menschenfleisch, davor würde ihnen grauen. Aber dieses Grauen bestätigt nur, daß ein Mensch gegessen, gekaut, heruntergeschluckt, in Exkremente verwandelt werden kann.

Die Unwissenheit, Milan Kundera

1

Als César Lombroso zum ersten Mal Menschenfleisch kostete – wobei es sich um das Fleisch seiner eigenen Mutter handelte –, war er sieben Monate alt. Die Frau stillte ihn, verträumt dem wundersamen Wohlbehagen hingegeben, das der warme Körper ihres Kindes in ihr auslöste, als sie plötzlich sah, wie der Säugling ihre Brust losließ, das Rückgrat durchbog wie eine Gerte und sich gleich darauf, den rosigen Rachen weit aufgerissen, die Augen hart wie Feuerstein, zielsicher wie ein Adler, der den Schnabel in seine Beute schlägt, auf ihre linke Brustwarze stürzte und sie mit einem einzigen Zuschnappen der Kiefer vollständig abbiß.

Die Frau begann krampfhaft zu zucken, durchströmt von kalter Angst, dieser überkommenen Angst der Steinzeitmenschen, ein Zittern lief über ihr Gesicht, ein schwaches Stöhnen kündigte den Kataklysmus ihres Herzens an, dann starb sie ohne einen Laut.

Unverwandt folgte Lombrosos Blick dem purpurnen Rinnsal, das sich über die immer blasser werdende Haut seiner Mutter schlängelte. Er kaute und schmeckte mit der frigiden Lust einer Spinne, während das weiche Stückchen Fleisch langsam in seinem Mund zerging.

Lombroso nahm noch ein Häppchen, schluckte und biß erneut zu, bis ihn ein Rumoren seiner frisch entjungferten Eingeweide mahnte, daß es an der Zeit war, den Schmaus zu beenden. Er gähnte, rülpste ein paarmal und schlief im Schoß seiner Mutter ein.

Nach einer Weile weckte ihn das schabende Geräusch einer Horde kleiner Klauen, Kratzen auf den Holzdielen, schrilles

Quieken. Er spürte, wie er von Dutzenden kalter, spitzer Schnauzen beschnuppert wurde. Mit fest geschlossenen Augen lächelte er, wedelte mit ausgestreckten Händen in der Luft herum, stieß kleine Jauchzer aus.

Im Nu war der kleine Lombroso von den Ratten umringt, einem Schwall aus der Kloake, durch die altersschwachen Abwasserrohre im Keller ins Haus gedrungen, Hunderten von schwarzen Augen, die nach der köstlichen Vollkommenheit menschlichen Fleisches gierten, Tausenden von lauernden gelben Zähnen. Die Ratten berochen Lombrosos Körper beiläufig und ohne besonderes Interesse, schnüffelten in seinen Hautfalten, wichen den fuchtelnden Händen und strampelnden Beinen aus und wandten sich nach wenigen Minuten von ihm ab.

Die hungrige Meute zog über ihn hinweg, ohne auch nur eine Schramme zu hinterlassen, fiel jedoch mit der Wucht einer alles verschlingenden Lawine über den Körper seiner Mutter her.

Das Festmahl der Ratten erstreckte sich über mehrere Tage, denn sie waren weder in Eile noch besonders ausgehungert, einige von ihnen durchstreiften das Haus, um mit wiedererwachtem Appetit zurückzukommen, während sich andere mit der Bedächtigkeit von Schakalen ihrer Beute widmeten. Lombroso beteiligte sich an dem Bankett, er war wie ein schutzbedürftiger Engel, an dem die blinde Vorsehung ein Wunder geschehen ließ, ohne Schuld, ohne Rechtfertigung. Als vom Körper der Frau nur noch ein Bündel abgenagter feuchter Knochen mit ein paar Haarsträhnen auf dem Schädel und an den Fingern klebenden Nägeln übrig war, verließen die Ratten in einem gemächlichen, fiependen Exodus den Raum. In Scharen zogen sie ab, von irgendeiner neuen Witterung an einen anderen Ort gelockt, verschwanden sie wie auf ein Zeichen alle zugleich aus dem Zimmer und kehrten nicht wieder. Wie immer nach Katastrophen oder Greueltaten blieben am Ort des Geschehens nur die Opfer zurück.

Eingehüllt in die Grabesstille des Schlafzimmers, wurde Lombroso einige Stunden später von Hunger und plötzlicher Einsamkeit überwältigt und begann zu weinen. Sein Geschrei war anfangs nur ein unterirdischer Klagelaut, schwach wie der Ton einer beschädigten Geige, doch tastete sich die heisere Stimme durch das dunkle Zimmer, stolperte, glitt aus, erklomm, nun schon kräftiger, die Wände, krallte sich in die Fensterscheiben und schlüpfte ins Freie. Es war Mitternacht. Der tosende Lärm in der von Feriengästen überschwemmten Stadt, das Auspuffknattern der Autos und Motorräder, die Straßenmusikanten und die jungen Leute, die in den Straßencafés beim Bier saßen, übertönten das Jammern. Lombrosos zitterndes Wehklagen mischte sich unbemerkt mit der Nachtluft, ein Rauchfähnchen im schwarzen Küstenwind.

Lombroso schrie und schrie, ein Schiffbrüchiger im Nebelmeer des Schicksals, bis er, von der vergeblichen Anstrengung vollkommen erschöpft, wieder einschlief.

2

Der legendäre Almacén Buenos Aires *war ein Gasthaus*, das mit
seinem erstaunlichen Angebot an Speisen und Getränken sieben
Jahrzehnte lang verwöhnte Gäste anzog, Touristen mit ausgefallenen Gelüsten, Schlemmer, die auf der Suche nach schmackhaften Formeln die sieben Weltmeere besegelten, Stammkunden
mit einer Vorliebe für außergewöhnliche Rezepte, sachverständige Kenner einzigartiger Geschmacks- und Aromawelten, Angehörige des Hochadels und bescheidenes Nachbarsvolk, gottbegnadete Künstler, machtversessene Politiker, Gauner auf der
Flucht vor ungeschriebenen Gesetzen, grämliche Priester und
Rabbiner, wohlhabende Händler und Lehrer. Alle Kasten und
Geschlechter saßen im *Almacén* zu Tisch.

Die Taverne befand sich im Erdgeschoß einer schönen Villa,
erbaut im Jahre 1911 von den Zwillingsbrüdern Luciano und
Ludovico Cagliostro, die gegen Ende des neunzehnten Jahrhunderts den blauen Landschaften ihrer mediterranen Heimat den
Rücken gekehrt und sich an der rauhen Südatlantikküste nie-
dergelassen hatten. Noch heute steht das Haus im Zentrum von
Mar del Plata an der südöstlichen Ecke der Kreuzung Hipólito
Yrigoyen und Rivadavia. Die Cagliostros führten ein Wander-
vogelleben und waren unzertrennlich. Die geheimnisvolle Ver-
bundenheit ihres gemeinsamen Blutes kannte keine Angst
und keinen Argwohn, und darum war, wo immer sich einer
von beiden aufhielt, auch der andere nie weit. Ihren Lebens-
unterhalt bestritten sie mit Gelegenheitsarbeiten in Dörfern,
in die sie nie zurückkehrten, und ihre Augen und Hände waren mit ebenso vielen Tätigkeiten vertraut wie es Häfen an
der Mittelmeerküste gab, an der sie entlangzogen, seit sie im

Alter von knapp fünfzehn Jahren ihr Elternhaus verlassen hatten.

In einer Marseiller Hafenspelunke tauschten sie zwei Tage und drei Nächte hindurch Reiseabenteuer mit einem Matrosen aus, der ihnen von Argentinien erzählte und die silberschimmernden Wunder der Neuen Welt aufreihte wie Perlen auf eine Schnur. Die schwarzen Augen der Cagliostro-Brüder begannen zu blitzen, der Rotwein rückte ihnen die paradiesischsten Gefilde in greifbare Nähe, und so faßten sie auf der Stelle, noch an dem mit burgunderfeuchten Gläsern, Resten von paprikagewürztem Ziegenkäse, rohem Schinken und knoblauchgetränktem Weißbrot überfüllten Tisch, den Entschluß, zu fernen Horizonten aufzubrechen. Argentinien?, sagten sie wie aus einem Mund und entsannen sich mit einem Mal, daß der einzige Bruder ihrer Mutter nach Buenos Aires ausgewandert war. Alessandro Ciancaglini hieß er, wenn er seinen Namen nicht geändert hatte. Zwar waren sie diesem Onkel in ihrem ganzen Leben höchstens zehnmal begegnet, doch war das immer noch besser als gar nichts. Sie vertrauten darauf, daß es ihnen nicht allzu schwer fallen sollte, ihn ausfindig zu machen.

Gesagt, getan. In dem wuchtigen Buch der Einwanderungsbehörde *Dirección Nacional de Migraciones de la República Argentina* aus dem Jahr 1892, zwischen dessen schwarzen, goldbeschrifteten Deckeln die amtlichen Verfügungen und Vermerke aufbewahrt werden, findet sich auf einer der vergilbten Seiten ein Eintrag, unterzeichnet mit dem Kürzel des damals diensthabenden Beamten, demzufolge die Gebrüder Luciano und Ludovico Cagliostro am 12. September um fünfzehn Uhr an Bord des spanischen Überseedampfers *Santa María* in Buenos Aires eingetroffen waren. Zwei unter vielen Passagieren der stickigen dritten Klasse, jeder nur einen Stoffsack mit seinem Ausweis und ein paar Kleidungsstücken bei sich, hatten die Zwillinge am 15. August in Barcelona das Schiff bestiegen. Wer sich ohne festes Ziel in die weite Welt aufmacht, braucht nicht viel Gepäck.

In der riesigen Einwandererunterkunft *Hotel de los Inmigrantes del Puerto de Buenos Aires*, einem massigen rötlichen Bau gleich neben der Hafenmole, wo sie zum ersten Mal den Fuß ins gelobte Land setzten, brachten die Cagliostros nur wenige Stunden zu, besorgten sich lediglich ihre Einreise- und Aufenthaltsgenehmigungen und begannen sofort mit der Suche nach ihrem Onkel, einer Stecknadel in einem Heuhaufen, dem Schatten einer Möwe über dem dunklen Wintermeer. Zwei Tage lang wanderten sie durch die Stadt, von einer Behörde zur anderen.

Zunächst waren Luciano und Ludovico wie zwei im Sturm verirrte Vögel. Ein Mann, der aus freien Stücken seinen Standort wechselt, hinterläßt jedoch immer Spuren, sei es, daß jemand auf irgendeiner Passagierliste sein Reiseziel festgehalten hat, sei es, daß die Anmietung eines Domizils bürokratische Schritte erforderte. Und so stießen die Brüder zu guter Letzt auf eine Fährte ihres Verwandten: Alessandro Ciancaglini hatte auf dem Standesamt verschiedene Formulare ausgefüllt, um seinen Paß zu verlängern und zu heiraten. Das lag zwar schon über acht Jahre zurück, doch im festen Glauben an ihren guten Stern schrieben sie die Adresse auf einen Zettel, den ihnen die Büroangestellte zur Verfügung stellte. Glücklich über diese neue Wende, machten sie sich freudestrahlend auf den Weg zu ihrem Onkel.

Sie gingen zu Fuß durch die Stadt, die laue Morgensonne beschwingte ihren Schritt, sie genossen das schwindelerregende Getümmel in den Straßen, die ihrer Neugierde weit geöffneten Läden, die großen Denkmäler und öffentlichen Bauten. Um die Mittagszeit kehrten sie in einem farbenprächtigen, von Genuesen geführten Lokal ein, dem *Zia Beatrice*, und nahmen zwei stattliche Teller Nudeln mit einer Sauce aus Garnelen und Petersilie zu sich sowie einen Krug Rotwein mit Eis, denn jeder

Pilger weiß, daß man mit gefülltem Magen und reger Durchblutung besser vorankommt. Am Nachbartisch aß ein sizilianischer Fischer zu Mittag, der im unteren Teil von San Fernando wohnte. Er war in die Hauptstadt gekommen, um Vorräte und Waren einzukaufen, und würde anschließend mit seinem klappernden, netzebeladenen Planwagen zurück in den Norden fahren. Die gemeinsame Muttersprache brachte sie einander schnell näher, ein Wort ergab das andere, der Fischer bot den beiden Platz in seinem Karren an, wenn sie ihm beim Aufladen einiger Pakete in einem Kaufhaus zur Hand gingen, und so tauschten sie ihre Arbeitskraft gegen eine Mitfahrgelegenheit. Sie nahmen die Küstenstraße in nördlicher Richtung, der Sizilianer redete, als hätte er sein halbes Leben lang geschwiegen, und noch vor Einbruch der Dunkelheit hatten sie die Steilküste von San Isidro erreicht, wo ihrer Information nach der Onkel leben sollte. Sie sprangen vom Wagen, verabschiedeten sich von dem Fischer und eilten zu der Adresse, die auf ihrem Zettel stand. Nur noch zwei gepflasterte Straßen mußten sie überqueren, und da war es: ein schlichtes Haus, wenige ebenerdige Räume, eine weißgetünchte, stockfleckige Fassade und ein dichtes Wäldchen rund um das Grundstück. Sie klopften an die Tür, und es öffnete ihnen ein schlanker, aber muskulöser Mann von etwa fünfunddreißig Jahren, dessen Gesicht trotz der männlichen Züge die Verwandtschaft mit ihrer Mutter verriet und der demnach Alessandro Ciancaglini sein mußte. Als sie ihm sagten, wer sie waren, wobei sie viel Lebenszeit in wenige Worte preßten, traten dem Onkel die Tränen in die Augen, und er begann vor Überraschung und Rührung zu stottern. Wie lange hatte er nichts von seiner einzigen Schwester gehört!

Wo sind nur all die Jahre geblieben?, durchzuckte es ihn, die Entfernung hat sich mit der Zeit zu einer unüberwindlichen Mauer verdichtet, und nun treten auf einmal diese beiden aus den nie ganz verflogenen Dunstschleiern der Erinnerung hervor und sagen: »Hallo, Onkel, hier sind wir, Luciano und Ludovico, die Söhne deiner Schwester Loreta!« So kann es gehen auf der Welt, dachte Alessandro bei sich, die Distanz, die eben noch unermeßlich schien, kann so schlagartig zusammenschrumpfen, wie es ihm an diesem lauen, vom Duft der Orangenblüten durchwehten Abend widerfahren war: In einer sekundenschnellen Zeitreise fühlte er sich nach Ferrara zurückversetzt, wo er geboren und aufgewachsen war, bis ihn das Fernweh erfaßt und nach Argentinien getrieben hatte; in Ferrara waren seine Eltern und Loreta zurückgeblieben, Tante und Onkel väterlicherseits, seine drei Vettern und die Straßen, in denen er einst den durchdringenden Klang des Lebens entdeckt hatte. Doch währte der Hauch der Erinnerung nur einen Lidschlag, und schon im nächsten Augenblick stand er wieder sprachlos in San Isidro vor seinen Neffen.

Der Onkel lebte mit seiner argentinischen Frau und fünf Kindern in einem ruhigen Arbeiterviertel. Er lud die beiden ein, bei ihm und seiner Familie unterzuschlüpfen, bis sie eine eigene Bleibe gefunden hätten, Blutsverwandte zu unterstützen sei doch das Allerwichtigste, Immigranten wie er wüßten schließlich, daß die eine Hand immer die andere wasche und beide vereint unbezwingbar seien. Drei Wochen wohnten die Cagliostros im Haus ihres Onkels, sehr beengt in einer kleinen Kammer mit gekalkten Wänden. Viel Mobiliar gab es nicht, doch zwei dicke, am Boden über Hanfteppichen ausgebreitete Decken genügten ihnen zum Schlafen und Träumen.

Im Oktober lachte den Cagliostros erneut das Glück. Da sie ihren Reisen auch nützliche Sprachkenntnisse verdankten und sich abgesehen von ihrer Muttersprache auch recht gut auf französisch und spanisch verständigen konnten, fanden sie Arbeit als Küchenjungen im Hotel Bristol in Mar del Plata, einem der elegantesten und nobelsten Hotels des Landes. Die Zwillinge waren damals fünfundzwanzig Jahre alt, hochgewachsen und von athletischem Körperbau, mit schwarzen, kurzgeschnittenen Locken und heller, vom Seewind gegerbter Haut, ihre dunklen Augen glänzten wie Öl auf Wasser, und das Herz tanzte ihnen vor Abenteuerlust. Unter Tränen und Versprechungen sagten sie den Ciancaglinis Lebewohl, verließen San Isidro, machten sich auf den Weg von San Isidro nach Buenos Aires und sprangen am Bahnhof der Plaza Constitución in einen Eisenbahnwagen, der sie, gezogen von einer wutschnaubenden schwarzen Lokomotive, nach Südosten bis an die Küste brachte. Zehn Stunden später erreichten sie Mar del Plata, es war mitten im Frühling, und der Atlantische Ozean empfing sie mit blauen Wogen, die sich in der Unendlichkeit verloren.

Am Tag nach ihrer Ankunft in Mar del Plata traten Luciano und Ludovico ihre Stelle in der riesigen Küche des Bristol an. Schon bald zeigte sich, daß die beiden keine Durchschnittsmenschen waren: Freundlich, phantasiebegabt, charismatisch und ehrgeizig, arbeiteten sie im Hotel mit Spitzenköchen aus Nizza und Wien zusammen – wahren Kochkünstlern mit Geschmacksknospen, so perfekt wie Rubine – und schauten sich Techniken und kulinarische Geheimnisse ab, die sie später bei der Kreation ihrer eigenen originellen Rezepte zum Einsatz brachten. In der Küche sollten die Cagliostros ihren ureigenen Stein der Weisen finden: eine einzigartige Form, den millionenschweren Sommergästen des Seebades mit unbekannten Geschmackskombinationen aufzuwarten.

Die Klientel des Bristol pflegte in Paris, Biarritz, Ostende und London zu verkehren und bestand aus immens reichen Gutsherren, Politikern im Zenit ihrer Macht, Großfarmern, die sich in den Unabhängigkeitskriegen ihre Tressen verdient hatten, im Exporthandel zu Vermögen gelangten Kaufleuten, erfolgreichen Anwälten und Ärzten, Eigentümern von Banken: sinnesfrohen

Männern und Frauen, die auf Überseeschiffen, luxuriös wie Smaragdkronen, nach Europa und in die Vereinigten Staaten reisten, stets begleitet von ihrer eigenen Dienerschaft, Schrankkoffern aus gestanztem Leder, angefüllt mit Garderobe, und Truhen voller Kostbarkeiten, die dem gemeinen Volk den Atem verschlugen.

Und diese Männer mit ihren ausladenden Schnauzbärten und tadellosen Umgangsformen, die zum Cognac mit Zimt und Schokolade parfümierte Havannas rauchten, diese von den besten ausländischen Modeschöpfern in Seide und zarten Musselin gehüllten Frauen, sie alle verfügten über einen feinen, von englischen oder französischen Gouvernanten erzogenen Gaumen, sie alle hielten das Leben für ein Fest ohne Reue, schwelgten von früh bis spät in Glückseligkeit und fühlten sich als Bevollmächtigte des Paradieses. Und kaum daß sie die Delikatessen der Cagliostros gekostet hatten, die nach exotischen Kräutern duftenden Saucen, die orientalisch gewürzten Fleischgerichte oder die süßsauren Suppen mit Meeresfrüchten, erkoren sie das Brüderpaar zu ihren Lieblingsköchen.

Und so ging es aufwärts mit den Zwillingen: In weniger als zehn Jahren hatten sie es zu blühendem Wohlstand gebracht, und die schmackhaftesten Kreationen der einheimischen Küche trugen ihre Namen. Aus dieser Zeit stammt beispielsweise auch die *Salsa Ludovico* – ein Meisterwerk der Cagliostros aus Räucherlachs, feingehacktem Schnittlauch, Rahm und Lachskaviar –, die sie zu Nudeln reichten. Nachdem sie somit zu lokalen Berühmtheiten geworden waren, beschlossen sie, endlich Wurzeln zu schlagen und ihr eigenes Speiselokal zu eröffnen: Auf diese Weise erblickte der *Almacén Buenos Aires* das Licht der Welt. Den Namen wählten die Brüder aus Dankbarkeit gegenüber der Stadt, die sie gleich bei ihrer Ankunft mit offenen Armen empfangen hatte. Zu Anfang schmiedeten sie ihre Pläne im geheimen, dann weihten sie einen Architekten in ihre Träume und

Sehnsüchte ein, Carlos Alzuet, einen aus Buenos Aires stammenden Absolventen der Pariser Kunstakademie, und bereits ein knappes Jahr später stand das schöne Gebäude, in dem sie ihr Restaurant betreiben und wohnen sollten.

Inzwischen hat der *Almacén* schon seinen neunzigsten Geburtstag hinter sich, bewahrt jedoch bis heute seine altehrwürdige Gestalt: zweigeschossig, unterkellert, mit einem französisch anmutenden Attikageschoß und einem eigentümlichen Kuppelturm. Das Restaurant befand sich im Parterre, und in der oberen Etage waren die Schlafzimmer, Bäder und Diensträume. Es ist kaum zu glauben, welche Verwandlung ein Ort durchmachen kann, denn mittlerweile beherbergen diese Räume einen ausländischen Bankenhybriden; wo früher Nußbaumkredenzen voller Geschirr und bestickter Tafelwäsche gestanden hatten, stehen heute Geldautomaten, statt der Tische und Stühle aus poliertem Zedernholz gibt es jetzt schwarze Metallschreibtische und funktionelle Raumteiler aus Acrylglas, und die jahrzehntelang mit Ölgemälden und Alpaka-Tapisserien verwöhnten Wände sind mit laserbedruckten Werbeplakaten behängt.

Von der Straße aus sieht man die elf französischen Balkons und den an der Ecke vorkragenden Erker in Form eines kuppelüberwölbten Türmchens. Ganz oben befindet sich der Dachstock, hell und geräumig dank der zehn Gauben im Dach, das dekorativ mit schräg verlaufenden Zinkschindeln gedeckt ist. In den alten Kunstschmieden der Stadt erinnert man sich noch, daß der ideenreiche Carlos Alzuet, der nicht nur als Architekt, sondern auch als Bauingenieur fungierte, mit seinem Entwurf den Trend zum Pittoresken aufgegriffen hatte, der in jenen verschwendungssüchtigen Jahren in Mar del Plata hoch im Kurs stand.

Die makellose Küche befand sich im Erdgeschoß gleich neben dem Salon, der als Gastraum diente. Die ursprünglichen Fußböden des *Almacén* aus rötlichem Kiefernholz waren mit spanischem Wachs auf Hochglanz gebracht, und es gab drei Treppen: die Haupttreppe aus edlem Holz und zwei weitere, kleiner und weniger gediegen, die das Personal benutzte. Und im Keller, gegen Versuchungen geschützt, das Lager, die Speisekammer und eine kleine Bodega für die Getränkevorräte.

Als die Bauarbeiten beendet waren und alles zur Einweihung bereitstand, feierten die Zwillinge miteinander diesen strahlenden Augenblick ihres bewegten Schicksals. Im Schein der Kerzenleuchter nahmen sie ganz allein an einem Tisch in der Mitte des Salons Platz, speisten Meeresfrüchte vom Grill mit Kräuter- und Ingwertunken, ließen Champagnerkorken knallen, besänftigten den lustvollen Aufruhr ihres Magens mit lavendelgesüßtem Obst und verbrachten etliche Stunden damit, immer wieder die Kristallkelche zu füllen, um ihr unternehmungslustig brodelndes Blut zur Ruhe zu bringen. Sie umarmten einander lachend, sangen und tanzten, tranken und fingen wieder an zu singen, bis sich das Morgengrauen mit bleichem Knurren durch Türspalten und Fensterritzen schlich.

Und so gingen sie schlafen: berauscht und erschöpft von ihren wahrgewordenen Träumen.

Doch vertrat das Unglück den Cagliostros den Weg.

Kurz nachdem sie den *Almacén* bezogen hatten, im März 1912, warf ein unbekanntes, nicht behandelbares Leiden Luciano aufs Krankenlager, von dem er nicht wieder aufstehen sollte. Mit jedem Tag wurde er dünner, kurzatmiger, stiller, während ein glühender Schmerz ihn innerlich ausbrannte. Ludovico rief die besten Ärzte des Landes ans Bett seines Bruders und gedachte, auch in Europa medizinischen Rat einzuholen, doch wie erfleht man ein Wunder, wenn es weit und breit keinen Heiligen gibt?, dachte er mit Bestürzung. Niemand vermochte das Geheimnis der richtigen Diagnose rechtzeitig zu entschlüsseln. Sechs Wochen nachdem ihn das heimtückische Fieber befallen hatte, an einem trüben, regnerischen Sonntag um die Mittagszeit, richtete Luciano sich halb im Bett auf, schrie den Namen seines Bruders, stieß eine übelriechende Atemwolke aus, die das Zimmer mit Gruftgestank durchströmte, und fiel zurück, den glasigen Blick in die Ewigkeit gerichtet. Ludovico eilte herbei, erbebte angesichts des befürchteten Endes, sank neben dem Bett auf die Knie, umschlang den noch warmen Körper seines Bruders mit den Armen und brüllte vor Kummer. Bei der Trauerfeier wirkte er, als hätte man ihm ein Messer in den Leib gestoßen, er wurde gestützt und fast zum Friedhof getragen, von wo er wiederum mit Gewalt fortgezerrt werden mußte, weil er Lucianos klägliche Überreste nicht im Grab zurücklassen wollte.

Ludovico sollte sich von diesem Schlag nicht mehr erholen: Ein paar Wochen später ging er auf den Friedhof, setzte sich neben Lucianos Grabstein, nahm im blassen Licht der Dämmerung den Lauf einer Pistole in den Mund und erschoß sich.

Die Cagliostros hinterließen keine direkten Erben. Sie hatten nie geheiratet, die Frauen waren durch ihr Leben gezogen wie versprengte Kormorane, sie hatten keine weiteren Geschwister, und die schwachen Spuren ihrer Eltern, die irgendwo am Mittelmeer umherzogen, reichten nicht aus, um diese in einem der hundert Häfen zwischen Perpignan und Marsala ausfindig zu machen. Der mühselige Papierkrieg der Justiz dauerte zwei Jahre und endete damit, daß der *Almacén Buenos Aires* in die Hände von Alessandro Ciancaglini überging, dem einzigen Angehörigen, der einen Rechtsanspruch auf den Nachlaß der Zwillinge hatte. Der Onkel, die Tante, die Cousins und Cousinen rüsteten sich mit Koffern und Taschen, verpackten ein paar Möbel und Andenken und nahmen leise Abschied von ihrem Haus an der Küste von San Isidro.

Die Ciancaglinis waren nicht froh, diese finstere Wende des Schicksals erfüllte ihre Herzen nicht mit Glück, denn gute Menschen empfinden keine Freude über das Unheil anderer, schon gar nicht, wenn es sich um Blutsverwandte handelt. Und so bestiegen die sieben einen Eisenbahnwaggon und durchquerten schweigend die Pampa, gezogen von einer schwarzen Lokomotive, die in einer dröhnenden Rauchwolke dahinjagte.

Am 28. Juni 1914 trafen sie in Mar del Plata ein.

Am selben Tag, auf der anderen Seite des winterlichen Ozeans, der sich vor den staunenden Augen der Ciancaglinis ausbreitete, sollte ein tödlicher Anschlag auf den österreichischen Erzherzog Franz Ferdinand in Sarajewo den Ersten Weltkrieg auslösen.

3

Beatriz Mendieta arbeitete als Putzfrau für ein Dienstleistungs-
unternehmen, das sich der Reinigung und Instandhaltung von
Ämtern, Läden, Privathäusern und Ferienwohnungen widmete.
Aus ihrem letzten Auftragsblatt geht hervor, daß sie am 5. Februar 1979 für den *Almacén Buenos Aires* zuständig war. Die
Frau hatte keinen festen Arbeitsplatz, außer ihr gab es in der
Firma noch neun weitere Putzfrauen, die in Wechselschichten
arbeiteten und je nach Kundenbedarf für unterschiedliche
Wochentage und Arbeitszeiten eingeteilt wurden. Für diesen
sonntäglichen Einsatz war Beatriz für die Zeit von neun Uhr
morgens bis zum Mittag vorgesehen, was für ein so weitläufiges
Haus nicht viel war, also würde sie von einem Stockwerk ins
andere hetzen müssen, ohne sich mit irgend etwas aufhalten
oder eine Pause einlegen zu können. Beatriz war stets pünktlich
zur Stelle und ließ nie eine Arbeit unerledigt, sie war jung,
höchstens fünfunddreißig, hellhäutig mit rosigen Sommer-
sprossen und kurzem rotem Haar, mollig, aber sehr agil, leut-
selig und geschwätzig wie ein Friseur. Sie war einmal fünfzehn Monate lang mit einem Stadtgärtner verheiratet gewesen,
Rodolfo Bermúdez, das lag inzwischen beinahe zehn Jahre zurück; der Mann redete wie ein Straßenverkäufer, umwarb sie,
indem er sie mit Strömen gewaltiger Sätze übergoß, bis er sie zu
sich ins Bett gelockt hatte. Und in ihrer ersten gemeinsamen
Nacht, glühend im wollüstigen Aufruhr der Sinne, stemmte sich
der Gärtner plötzlich hoch wie ein Bukanier am Bug seiner
Brigg und machte ihr einen Heiratsantrag. Dabei war seine
Wortwahl so unwiderstehlich sündig, daß Beatriz ihn starr vor
Verblüffung anhörte und eine ganze Weile keinen Ton heraus-

brachte, so daß Bermúdez schon Zweifel kamen, ob er ihre stumme Reglosigkeit als gutes Zeichen oder als Ankündigung eines unmittelbar bevorstehenden Herzschlags zu deuten hatte. Doch die Frau lebte allein, ihre Familie stammte aus einem gottverlassenen Dorf im Süden der Provinz Buenos Aires, das aus ein paar Bauernhäusern und einer stillgelegten Bahnstation bestand, also richtete sie den Blick mehrere Minuten lang in den offenen Himmel und willigte dann mit dem klaren Lächeln einer Raumfahrerin ein. Die Hochzeit fand in atemloser Eile statt, gleich am Morgen wurden sie vom Friedensrichter getraut und noch am selben Abend vom Priester, dann das Fest im kleinen Kreis in der Autowerkstatt, die einem Vetter des Gärtners gehörte, wo sie die reparaturbedürftigen Fahrzeuge mit Planen abdeckten, Girlanden an die Wände hängten, aus geliehenen Brettern und Böcken mehrere Tische aufbauten, und zum Schluß, kurz nach Mitternacht, der Toast auf das Wohl der jungen Eheleute, das Ritual des bräutlichen Strumpfbandes, das Anschneiden der Torte und die Verabschiedung der Turteltäubchen. Die Hochzeitsreise führte sie nach Córdoba in die Berge, sieben Tage geilen Krallens und Beißens, doch schon kurz nach ihrer Rückkehr begann das Unglück ihr Leben zu überschatten: Immer häufiger verbrachte der Gärtner seine Nächte mit einer Flasche Gin im Arm, eine seltsame Angst befiel sein Gemüt, und mit einem Mal wandte er sich von den üppigen Hüften, den feuchten Lippen, der unersättlichen Zunge, den runden, stets nach Jasminlotion duftenden Brüsten seiner Frau ganz und gar ab. Als diese das quälende Zölibat satt hatte, ließ sie ihn sitzen, nicht ohne ihm eine mächtige Standpauke zu halten, und verschwand ohne jeden Skrupel aus dem kleinen Mietshaus im Stadtteil Hospital. Beatriz zog mitsamt ihrem stillen Groll in eine Pension im Zentrum, wo sie mit Tränen in den Augen und zwei vollgestopften Koffern ankam und wohin sie auch ihre Seele und den Wortschwall mitbrachte, der sie immer und überall umgab. Denn so geschwätzig der Gärtner auch gewesen sein mochte, stand sie ihm diesbezüglich keineswegs nach; kaum daß der Wecker sie aus dem Schlaf gerissen hatte, fing sie an, über mehrere Angelegenheiten gleichzeitig zu reden, und fand kein Ende mehr. Sie mußte eine Art Torkelkompaß in sich haben, der sie von einem Thema zum nächsten springen ließ, sie mischte Anekdoten mit derben Scherzen, zärtliche Erinnerungen mit hinterhältigen Lügen, prosaische Vorfälle mit hehren Ansprüchen und vermittelte den Eindruck einer unvollständigen Enzyklopädie mit durcheinandergeratenen Seiten. Und obgleich sie die meiste Zeit in Räumen arbeitete, in denen sich außer ihr niemand aufhielt – von Touristen verlassenen Ferienhäusern und Appartements, Büros und Läden vor den Öffnungszeiten –, verzichtete sie deshalb noch lange nicht auf ihre weitschweifigen Litaneien: Sie sprach laut, als hätte sie Zuhörer, wobei sie ihre Rede mit feierlichen oder unwirschen Gesten und schwülstigen Ehrfurchtsbezeigungen unterstrich, mit dem Finger oder dem Staubwedel auf ihre imaginären Gesprächspartner deutete, eine Schauspielerin ohne festes Repertoire, ganz allein mitten auf der Bühne.

Wie an jedem Arbeitstag ging Beatriz am 5. Februar 1979 um acht Uhr morgens in die Firma, holte sich aus dem Fach mit ihren Initialen ihren Einsatzplan und schlug, nachdem sie diesen durchgelesen hatte, den Weg zum *Almacén* ein. Die Adresse war ihr nicht unbekannt, sie entsann sich, sechs Monate zuvor bereits einmal einen ganzen Nachmittag dort verbracht zu haben; die Eigentümerin war kurz vor der Geburt ihres ersten Kindes verwitwet und durch die Schwangerschaft so geschwächt, daß sie es nicht schaffte, das riesige Haus sauber zu halten, und schon nach wenigen Schritten außer Atem war. Die Frau lag die ganze Zeit mit ihrem Baby im Bett, las oder sah fern.

Der Haupteingang des *Almacén* befand sich an der Ecke des

Häuserblocks, und um von dort ins Obergeschoß zu gelangen, wo sich die Schlafzimmer und der Aufgang zum Dachboden befanden, mußte man den zwölf Meter langen Speisesaal der Taverne durchqueren – eine Distanz, die sich nicht so leicht und nur auf Umwegen überwinden ließ, denn überall standen Tische und Stühle, dazu drei quadratische Kübel aus geädertem Marmor mit echten Grünpflanzen und die beiden kleinen Kredenzen. Dann erst erreichte man die eindrucksvolle, mitten im Salon aufsteigende Haupttreppe oder konnte eine der beiden bescheideneren, an die Seitenwände geschmiegten Personalstiegen nehmen. Und danach hatte man immer noch den langen Korridor vor sich, ehe man zu den Zimmern und Bädern gelangte.

Beatriz hatte selbst keine Ahnung, wie sie das geschafft haben wollte, doch wich sie nie einen Deut von ihrer Behauptung, diese Strecke so schnell zurückgelegt zu haben, daß die Zeit nicht einmal für einen Stoßseufzer gereicht hätte. Entweder hatte sie Sprünge gemacht wie ein Nandu oder war vom Leibhaftigen angetrieben worden, jedenfalls vermochte sie ihren Weg nie mehr nachzuvollziehen, entsann sich nicht einmal, welchen genau sie genommen hatte: War sie wie ein Wirbelsturm über die Haupttreppe gefegt oder Hals über Kopf eine der Personaltreppen hinuntergestürzt?

Dem jungen Polizeibeamten Franco Luzardi, der im Ersten Revier von Buenos Aires Dienst tat und erst vier Monate zuvor seine Ausbildung an der Polizeischule Juan Vucetich abgeschlossen hatte, fiel die Aufgabe zu, Beatriz' Aussage zu Protokoll zu nehmen. Doch bis es dazu kam, mußte er sich erst einmal eine ganze Weile gedulden. Luzardi berichtete, die Frau habe bei ihrer Ankunft so nach Luft geschnappt, als wäre sie über die vier Häuserblocks, die den *Almacén* vom Polizeirevier trennten, hinweggeflogen; in dem Bericht an seine Vorgesetzten sollte er sich jedoch eines trockeneren Vokabulars bedienen, Haupt- und

Umstandswörtern von geringer Aussagekraft. Somit ist es oft der Sprache zuzurechnen, wenn schrecklichen Ereignissen nicht genügend Beachtung geschenkt wird. Die fade Art der Bürokratie, die Fakten wiederzugeben, unterscheidet sich einfach zu sehr von der Ausdrucksweise des einfachen Volkes.

Der Polizeioffizier Matías Lombardo, der am Eingang zur Dienststelle Wache stand, als Beatriz angestürmt kam, sollte sich nachher erinnern, daß er sie ohne alle Formalitäten vorbeiließ, als sie im gestreckten Galopp auf ihn zukam, die Augen vor blankem Entsetzen geweitet, schweißgebadet und schwer nach Atem ringend, während sie mit beiden Händen ein kleines gelbes Lavendelflakon und ein Läppchen an sich gepreßt hielt. Die Frau mußte auf der Flucht vor einem Erdbeben sein, sie bekam keinen zusammenhängenden Satz zustande, sondern brachte nur tonloses Gestammel heraus. Luzardi ließ eine Polizistin rufen, die sie beruhigen sollte. Sie servierten ihr einen Tee, den sie nicht trank, sie boten ihr Zigaretten an, aber sie rauchte nicht, und niemand hatte mehr eine Idee, mit welchen Mitteln man sie zu einer sinnvollen Aussage bewegen sollte. Also warteten sie ab.

Allmählich ließ das Herzrasen nach, eine halbe Stunde später war ihr Blick wieder klar und die Farbe in ihre Wangen zurückgekehrt, die Beine hörten auf zu schlottern. Und als sie endlich zu reden begann, fand sie kein Ende mehr. Stumm lauschte der Beamte Franco Luzardi den morbiden Einzelheiten, die Beatriz aufzählte, unterbrach sie gelegentlich, um die eine oder andere Zwischenfrage zu stellen, und während er ihr zuhörte, dachte er, daß die arme Frau ihre fünf Sinne offenbar nicht ganz beisammen hatte, entschloß sich aber dennoch, den Vorschriften Genüge zu tun, und schickte, ohne daß er sich viel davon versprach, sofort einen Mannschaftswagen mit Feuerwehrleuten und Sanitätern zum *Almacén*.

Zwanzig Minuten später klingelte im Dienstzimmer der Polizeiwache das Telefon. Automatisch warf Luzardi einen Blick auf die Uhr, langte über den grauen Metallschreibtisch und hob widerwillig den Hörer ab. Ein unheilvoller Anruf läßt sich bisweilen schon vorab erkennen, auch ohne große Erfahrung kann man das Übel vorausahnen. Luzardi vernahm eine gepreßte Stimme am anderen Ende der Leitung, und während er zuhörte, sagte er alle paar Sekunden »aha«, runzelte die Stirn und preßte die Lippen zusammen. Er legte auf, erhob sich mit einem tiefen Seufzer, ging die drei oder vier Schritte zu einem billig glänzenden Schrank, öffnete die Türen, suchte die Fächer ab und nahm einige Bögen Schreibmaschinenpapier heraus. Auf dem Rückweg zu seinem Sessel zündete er sich eine weitere Zigarette an.

Wieder blickte Luzardi auf die Uhr, als ob er sie zuvor nicht richtig gesehen hätte – aber dafür gibt es schließlich Uhren, damit wir darauf schauen können, wann immer uns danach ist –, und dachte bei sich, daß Viertel nach elf noch sehr früh war, um schon einen Todesfall auf dem Tisch zu haben. Er setzte sich an die Schreibmaschine, betrachtete die ihm gegenübersitzende Frau einen Moment lang schweigend und forderte sie dann auf, mit ihrer Geschichte doch bitte noch einmal von vorn anzufangen.

Beatriz verbrachte über zwei Stunden auf dem Polizeirevier, ihre Eingeweide knurrten vor Aufregung, sie hatte ihre frischen Erlebnisse bis zum Überdruß wiederholt, und sie, die so gern redete, hatte mit einem Mal das Bedürfnis, den Mund zu halten. Endlich bat Luzardi sie, einige Papiere zu unterzeichnen, und sagte, sie könne jetzt nach Hause gehen und sich ausruhen.

Auch wenn es dem Bericht des Beamten Franco Luzardi an Vokabular und Details mangelt, enthält er doch das Wesentliche. Was nicht darin steht, ist dem subjektiven Aspekt zuzuordnen, der zu jeder Geschichte gehört, und dazu sollte man folgendes wissen: An jenem Sonntagmorgen kam Beatriz Mendieta kurz vor neun Uhr beim *Almacén Buenos Aires* an, um ihrem Putzauftrag nachzukommen. Sie schloß die Haustür auf und betrat den großen Salon. Nach wenigen Schritten stieg ihr ein starker, unangenehmer Geruch in die Nase, ein schwerer Dunst, von dem die ganze Luft geschwängert war. Sie schaltete das Licht ein und öffnete die Fenster, um den Saal zu lüften. Dann ging sie durch den Salon, die Küche und die Toiletten im Erdgeschoß, fand jedoch nichts Auffälliges. Als sie die Haupttreppe hinaufstieg, bemerkte sie, daß der Gestank immer unerträglicher wurde. Mit angehaltenem Atem lief sie rasch wieder hinunter, suchte sich eine Flasche Lavendel und ein Tuch und ging wieder zur Treppe. Sie tränkte das Läppchen mit Lavendelwasser und hielt es sich an die Nase. Dann erklomm sie die Stufen, bewegte sich mit kurzen Schritten über den Flur, verzog das Gesicht und kniff die Augen zusammen. Zuerst sah sie in den Badezimmern nach, doch dort war nichts. Dann faßte sie die große Suite ins Auge und ging darauf zu. Sie griff nach der Klinke und öffnete langsam die Tür, der Raum war von Sonnenlicht durchflutet. Im selben Augenblick schlug ihr mit Wucht der Verwesungsgeruch ins Gesicht, instinktiv machte sie einen Schritt rückwärts und schloß die Tür, nach einem Augenblick der Besinnung befeuchtete sie jedoch erneut den Lappen mit Lavendelwasser und trat ein.

Der erste Eindruck war verwirrend, Beatriz mußte mehrmals blinzeln, um zu begreifen, was sie vor sich hatte, und für eine Sekunde gefror ihr das Blut in den Adern. Sie zwang sich, an das Doppelbett zu treten, und sah es in aller Deutlichkeit: einen nackten, verdreckten Säugling, der aussah wie tot, daneben ein komplettes Gerippe mit Haaren auf dem Schädel und rote Flecken auf Bettüchern und Kopfkissen. Und dazu dieser furchtbare Gestank, der das Zimmer erfüllte und sie bis ins Innerste erschauern ließ, als schnappte ein Höllenhund mit verseuchten Fängen nach ihren Lungen.

Als die Frau sich eben abwenden wollte, um zu erbrechen, bewegte das Baby einen Arm, hustete, schüttelte sich vor Kälte, öffnete die Lider und richtete den Blick auf sie, zwei kohlpechrabenschwarze Augen, und ihr Ekel schlug in Panik um. Beatriz bestand darauf, daß sie in diesem Moment gespürt habe, wie ihr der Teufel über die Haut leckte, und darum sei sie so entsetzt davongerannt, zudem schwor sie Stein und Bein, den ganzen Weg bis zur Tür so schnell zurückgelegt zu haben, daß die Zeit nicht einmal für einen Stoßseufzer gereicht hätte.

Mit der dreiundzwanzig Schreibmaschinenseiten umfassenden Aussage von Beatriz Mendieta legte der Beamte Franco Luzardi eine Akte an, die er mit »Ermittlungen in ungeklärtem Todesfall im *Almacén Buenos Aires*« beschriftete – kein sehr zutreffender Titel, denn in Wirklichkeit führte niemand Ermittlungen durch. Diese ergänzte er in den folgenden Tagen durch den Bericht des Polizeipathologen, die Ergebnisse des Labors, in dem die menschlichen Überreste, widerlichen Flecken und ekelerregenden Spuren analysiert worden waren, die man im Zimmer gefunden hatte, und fügte schließlich noch die Vernehmungsprotokolle einiger Nachbarn des *Almacén* hinzu, die dessen Bewohner gekannt hatten. Am 13. Februar 1979 steckte er die Akte in einen Umschlag und schickte sie dem Richter. Auf die Außenseite schrieb er mit der Hand: »Fall Lombroso«.

Niemals hätte sich der junge Beamte Franco Luzardi träumen lassen, sechzehn Jahre später noch einmal auf denselben Namen zu stoßen.

4

*D*er *Erste Weltkrieg dauerte vier Jahre* und drei Monate, auf den
Schlachtfeldern und in den Schützengräben fanden fast zehn
Millionen Menschen den Tod, weitere dreiundzwanzig Millionen wurden in den Straßen ihrer Dörfer, auf Wegkreuzungen,
wo ihnen Soldaten auflauerten, oder unter den Trümmern ihrer
Häuser verwundet, viele von ihnen blieben für immer gezeich-
net: Verstümmelte, Gelähmte, gequälte Frauen und Kinder, dazu
die Witwen und Waisen, und wie immer lassen sich die Greuel,
die Menschen einander Tag und Nacht antun, in Zahlen nur un-
zureichend ausdrücken. Als am 28. Juni 1914 in der bosnischen
Hauptstadt Sarajewo Erzherzog Franz Ferdinand, der Thron-
erbe des aufstrebenden Österreich-Ungarn, ermordet wurde,
hatten die damaligen imperialistischen und nationalistischen
Staatschefs den gesuchten Vorwand, den Kampf zu eröffnen.

Viele der Stammgäste des Luxushotels Bristol, die regelmäßig
ihren Sommerurlaub in Mar del Plata verbrachten und fürst-
liche Anwesen in Paris und Madrid besaßen, sahen sich durch
den Kriegsausbruch gezwungen, ihre Überseereisen einzustellen
und Abschied zu nehmen vom ausschweifenden Leben an Bord
der großen Passagierschiffe, auf denen sie den Atlantik über-
querten, und auch vom balsamischen Klima des europäischen
Sommers an den Stränden von Biarritz und der Côte d'Azur. Zu
allem Überfluß – und für den Fall, daß unter den Aristokraten
noch immer einige Zerstreute gewesen sein sollten, die die Ge-
fahren einer Seereise trotz der vielen Unterseeboote und Kriegs-
schiffe nicht wahrhaben wollten, denn Reichtum trübt zuweilen
die Wahrnehmung und schwächt das Urteilsvermögen –, feuerte
ein deutsches Tauchboot im Mai 1915 mehrere Torpedos auf das

stählerne Herz des Transatlantikdampfers *Lusitania* und versenkte ihn. Das Schiff brach auf wie eine Dattel, Hunderte kamen dabei ums Leben, weil es noch schneller unterging als die unselige *Titanic*. Seither ruht die *Lusitania* in abgründiger Tiefe und birgt in ihrem Blechleib Tausende von Gebeinen, salzzerfressen und benagt von Meeresräubern, die sich freudig über den unerwarteten Festschmaus hergemacht hatten. Immerhin dürfte aus so viel sinnlosem Sterben neues Leben hervorgegangen sein, denn am Grunde des Meeres geht nichts verloren, vielmehr erfährt jede Substanz ihre Wandlung gemäß den bedachtsamen Gesetzen der Natur.

Der Krieg brachte nicht nur die Millionäre um ihre goldenen Fahrwasser. Das Unglück unterscheidet nicht zwischen Reich und Arm, Katastrophen treffen alle sozialen Schichten, und die Seuche der Gewalt schert sich nicht um Stammbäume. Viele Einwanderer verloren den Kontakt zu ihren Angehörigen in Europa, Familien wurden auseinandergerissen, der Atlantische Ozean verwandelte sich in eine stacheldrahtbewehrte Mauer, Kinder wurden von ihren Eltern, Männer von ihren Frauen getrennt, das zerstörerische Treiben des Krieges hinterließ verwüstete Dörfer, in die kaum jemand heimkehren mochte. Auch blieb vielen Reisenden aus der Alten Welt, die nicht mehr in ihre Heimatländer zurückkehren konnten, keine andere Wahl, als in Argentinien vor Anker zu gehen. Zu viel Land lag brach, nachdem die Schlacht darüber hinweggetobt war, die Ackerfurchen waren mit Grabsteinen besät, die Straßen erhielten neue Namen, und die Grenzen zuckten wieder einmal wie Schlangen, wenn sie die Haut wechseln.

Im Hotel Bristol arbeiteten Köche aus Italien und Frankreich, in pompösen Restaurants ausgebildete Küchenchefs, Meister des feinen Geschmacks und Spezialisten für Delikatessen, die von der adligen Klientel nur so verschlungen wurden. Sie waren Gourmets aus der Schule von Marie Antoine Carême, dem zweifellos berühmtesten Küchenchef aller Zeiten, der Zar Alexander I., König Georg IV. von England, den Baron und die Baronin von Rothschild sowie Botschafter und hochwohlgeborene Feinschmecker bekocht und seine hohe Kunst in den Palastküchen von Sankt Petersburg und Paris, in den prunkvollen Schlössern von Boulogne, am Londoner Königshof und anläßlich der gigantischen Freßgelage im kaiserlichen Wien zur Schau gestellt hatte.

Einer jener Erben von Carêmes schmackhaftem Nachlaß war auch Mássimo Lombroso, der aus der kleinen norditalienischen Ortschaft Caporetto stammte. Mássimos Ziel war es seit jeher gewesen, in den besten Hotels Italiens und Frankreichs zu arbeiten und so viel eigenes Geld zu verdienen, daß er sich selbständig machen konnte. Schon mit zwölf Jahren hatte er als Küchenjunge in einer Gaststätte in Triest angefangen, dann eine Stelle als Gehilfe in einem Restaurant in Padua gefunden, zwei Jahre später die Suppenabteilung des Mailänder Hotels Prencipe Savoia übernommen und war mit neunzehn im Ambasciatori Palace Hotel in Rom für den Grill, die Saucen und die Patisserie zuständig. Als er drei Jahre später zum Chefkoch befördert wurde, wechselte er ins Le Grand Hotel nach Paris, womit er an der Wiege der internationalen Gastronomie angelangt war. Seine Berufung zum stellvertretenden Küchenchef des Ritz erfüllte ihn mit ungeheurem Stolz, denn er war, wie es die Tradition seinerzeit verlangte, von seinen eigenen Arbeitskollegen dazu auserwählt worden. Doch hegte Mássimo einen Herzenswunsch. Es gibt Sehnsüchte, die niemals nachlassen und uns ein Leben lang bedrängen, und er träumte davon, genug Geld anzusparen, damit er in sein Heimatdorf zurückkehren und dort ein kleines Hotel mit Restaurantbetrieb aufmachen konnte, in dem seine Frau und sein Sohn sich um die Zimmer kümmern würden und er die Küche übernähme. Er malte sich sogar aus, eines Tages vielleicht seine eigene Kochschule zu eröffnen. Doch wie so oft versperrte ein Alptraum seinen Träumen den Weg: Das unersättliche Maul des Krieges fraß sich durch Caporetto, die österreichischen und deutschen Truppen brachen über die Region herein, und die italienischen Veteranen erinnern sich mit Genugtuung an ihren Rückzug von der Front, eine Meisterleistung der taktischen Kriegführung, die Tausenden das Leben rettete. Mit heiler Haut davonzukommen ist manchmal ein Geschenk und manchmal ein stilles Wunder. Das verlorene Land war jedoch nicht einfach im nächsten Jahr zurückzugewinnen: Nach dem Krieg ging Caporetto mitsamt seinen traurigen Ruinen in die Hände Jugoslawiens über; die neuen Herren wischten den italienischen Namen von der Landkarte und ersetzten ihn durch einen slawischen: Kobarid; vor etwa acht Jahren landete es dann in der gerade unabhängig gewordenen Republik Slowenien. Die Slowenen erbauten in Kobarid, dem einstigen Caporetto, das in Blut und Pulver erstickt war, das Museum des Ersten Weltkriegs.

Zu Beginn des Krieges war Mássimo Lombroso vierunddreißig Jahre alt. 1910 war er mit seiner Gattin Casandra und dem einzigen Sohn Renzo nach Argentinien gekommen, nachdem ihn ein Aktionär und Vorstandsmitglied des Hotels Bristol, überwältigt von seinem kulinarischen Talent, in Paris angeworben hatte. Dieser Doktor Hipólito Marcial Luro, ein steinreicher Rechtsanwalt, war in fünfzehn Jahren dreimal verwitwet. Bestimmte Gelegenheiten, im Leben der Mächtigen Verwirrung zu stiften, läßt sich die schwarze Magie des Schicksals eben auch nicht entgehen. Manch einer jedoch vermag aus dem Schmerz neue Energie zu schöpfen, und kurz bevor der leidgeprüfte Hipólito seinen sechsundvierzigsten Geburtstag in brennender Einsamkeit beging, begann er, María de las Mercedes Anchorena den Hof zu machen. Die romantische Ader des Verehrers blieb nicht ohne Wirkung, María war zweiundvierzig Jahre alt, ledig, ohne sich dessen zu schämen, hatte nie einen Freund gehabt, und manch einer hätte darauf wetten mögen, daß sie sich insgeheim zur Klausurnonne berufen fühlte und sich am liebsten in das Kloster am Tigre zurückgezogen hätte, wo sie bei ihren regelmäßigen Besuchen massenweise Gebete und Opfergaben ablieferte. María war von reifer, träger Schönheit, hatte einen schmalen, aber noch festen Körper und etwas im Blick, das an einen schlafenden Vulkan erinnerte und verschwiegene Begierden erahnen ließ: Man brauchte sie nur richtig anzusehen. Dazu kam, daß die Frau, zusammen mit ihren drei älteren Schwestern, eines der voluminösesten Familienvermögen Argentiniens geerbt hatte, ertragreiches Ackerland und Besitztümer, die denen, die ihre jährlichen Einnahmen zusammenrechneten, den Atem verschlugen. Niemand hätte damals zu sagen gewußt, welcher wundersame Zaubertrank das Liebesfeuer zwischen den beiden entfachte. Sie lernten sich anläßlich einer Gala kennen, die vom apostolischen Nuntius im Teatro Colón veranstaltet wurde und dem Abgesandten des heiligen Pius X. Zuwendungen für das nagelneue Waisenhaus Virgen de Fátima im Stadtteil Palermo einbringen sollte. Hipólitos und Marías Wege kreuzten sich beim Verlassen ihrer jeweiligen Loge, und beider Blut geriet augenblicklich in Wallung. Der Frau stieg eine plötzliche Röte ins Gesicht, ihr Puls verwandelte sich in ein Trommelfeuer, und an diesen wenigen Anzeichen erkannte sie deutlich, daß ihr Schöpfer sie nicht im Kloster, sondern – Gottes ewiger Ratschluß ist unergründlich – im Ehebett dieses Unbekannten wollte. Denn in ihrem aufgewühlten Herzen hegte sie keinen Zweifel, daß sie die Begegnung mit diesem Mann allein dem segensreichen Wirken des Heiligen Geistes zu verdanken hatte. Hipólito sah sie an, fühlte eine Feuerzunge auf der Haut und erschauerte. Er hielt das Mysterium der Leidenschaft für zu rätselhaft, als daß der Mensch sich damit aufhalten sollte, es zu entschlüsseln, und dachte, daß die Wucht der Liebe sowieso nicht zu begreifen war und nur wer sich mitreißen ließ, herausfinden konnte, wo es im Leben langgeht. Nachdem er drei Ehefrauen verloren hatte, kümmerte ihn nicht mehr, wer die Fäden seiner Geschicke in der Hand hielt, Gott oder der Teufel. Nach einer diskreten Brautzeit von neuneinhalb Wochen traten sie vor den Altar. Sie planten eine stille Hochzeit, das Vorleben des Bräutigams riß weder die Familie der Braut noch die Verwandtschaft des dreifachen Witwers zu Begeisterungsstürmen hin, doch ist die Liebe mindestens so dickköpfig wie blind. Die Trauung wurde im privaten Kreis von einem Freund und Gelegenheitsbeichtvater Hipólitos vollzogen, einem gebildeten Jesuiten mit seidenglatten Manieren, der bei seiner Priesterweihe den bombastischen Namen Lázaro de Benedictis angenommen hatte und sich seit seiner Seminaristenzeit so nannte. Dem Priester assistierten zwei schmächtige blonde Meßdiener, Großneffen der Braut, und alle Cousins und Cousinen, Schwager und Schwägerinnen, Großeltern, Onkel, Tanten, Geschwister und Trauzeugen zusammengenommen, brachte die Feier es auf höchstens hundertzwanzig Gäste. Vom Altar schritt die Gesellschaft direkt zum Hochzeitsmahl in der viktorianischen Villa, die der frischgebackene Ehemann im Stadtteil Belgrano besaß, und anschließend machte sich das Paar in einer mit sechs Schimmeln bespannten Kutsche, mit der Hipólito für gewöhnlich zur Pferderennbahn fuhr, schnurstracks auf den Weg zum Hafen, um dort ein Überseeschiff zu besteigen, das mit Kurs auf die Vereinigten Staaten am nächsten Morgen die Anker lichten würde.

Aus den Flitterwochen, in denen Doktor Hipólito Marcial Luro mit seiner neuen und letzten Gattin eine große Reise unternahm, sollten zehn Monate des Turtelns und der lautstarken Zornausbrüche werden. Ihr erstes Ziel war New York, dann fuhren sie nach London, von dort nach Paris, weiter nach Venedig und schipperten anschließend von einer idyllischen Agäis-Insel zur anderen. Im Pariser Hotel Ritz lernten sie Mássimo kennen, den stellvertretenden Küchenchef, der sie am ersten Abend mit einer wundervollen Komposition empfing: *Seezunge*

Chateaubriand in Champagnersauce. Die Eheleute ließen sich die Delikatesse schmecken und baten den Koch an ihren Tisch. Mássimo erwartete eine der typischen Überspanntheiten reicher südamerikanischer Touristen, doch als Hipólito ihn in perfektem Französisch fragte, wie er dieses göttliche Gericht gezaubert habe, erklärte er ihnen einfach, was er gemacht hatte, nämlich zwei kleine Seezungen filetiert und sie mit einer halben Flasche Champagner, ein paar Champignons, Frühlingszwiebeln, einer feingeschnittenen Karotte, einer Messerspitze Knoblauch, einer Prise Pfeffer, etwas Muskatnuß, einer kleinen Schalotte und Kräutern in einen Topf gegeben. Nichts weiter? Etwas mehr müsse er wohl damit gemacht haben, raunte Hipólito, Duft und Farbe des Gerichts seien einfach zu exquisit. Mássimo lächelte, als er erkannte, daß sein Gast über einen kundigen Gaumen verfügte, beugte sich höflich vor und erklärte, des weiteren habe er es auf kleiner Flamme köcheln lassen, nicht länger als eine halbe Stunde, danach die Flüssigkeit abgegossen und eine Schöpfkelle *Salsa alemana* (eine weiße Sauce aus Fischfond, Eigelb und Milch mit Muskat und Petersilie), mehr Champignons und ein weiteres Glas Champagner hinzugefügt, es zum Schluß im Wasserbad fertig gegart und kurz vor dem Servieren noch eisgekühlte Isigny-Butter darübergegeben. Die genüßliche Plauderei zog sich bis Mitternacht hin, nach Kaffee und Kuchen ließ María die beiden allein und ging aufs Zimmer. Die außergewöhnliche Sachkenntnis des Kochs machte tiefen Eindruck auf Hipólito, und unter Trinksprüchen und Lobeshymnen unterbreitete er ihm den Vorschlag, über das Meer in die Neue Welt zu fahren und als Küchenchef im Hotel Bristol anzufangen. Mássimo Lombroso versprach, noch in derselben Nacht mit seiner Frau zu reden und ihm am nächsten Tag eine Antwort zu geben.

Die drei Lombrosos verließen das Schiff und bestiegen den Zug nach Mar del Plata. Sie mieteten ein kleines Haus im Stadtviertel La Perla, nur wenige Häuserblocks vom Strand der Punta Iglesia entfernt. Dort verlebten sie drei glückliche Jahre, zählten ihre Ersparnisse und schmiedeten Pläne für ihre Zukunft in Caporetto; doch als der Krieg ausbrach, mußten sie einsehen, daß es nichts mehr gab, wohin sie hätten zurückkehren können, und fanden sich notgedrungen damit ab, in dem Badeort zu bleiben, der mit einem Mal rasend schnell zu wachsen begann.

Im Hotel Bristol freundete sich Mássimo Lombroso mit Luciano und Ludovico Cagliostro an. Es kann vorkommen, daß ein Arbeitsplatz zu einer echten Schule und Berufung zur Passion wird. Die drei teilten sich die enorme Küche, die über Nacht zu einem prächtigen Lehrsaal geworden war, die großen silberglänzenden Abzugshauben, die fünf eisernen Öfen mit ihren bronzenen Haken und Griffen, die langen Anrichten aus poliertem Nußbaum, die Gasherde und Grillroste, die himmelblau gefliesten Wände, den in schwarz-weißem Schachbrettmuster gefliesten Fußboden, die Schmortöpfe, Kasserollen, Tiegel, Kessel und Pfannen aus englischem Gußeisen, die Simse und Arbeitstische aus Zedernholz mit den Kellen, Messern, Henkeltöpfen, Abtropfsieben, Beilen, Metzgerhaken und Fleischwölfen, die beiden Speisekammern voller Ölkannen, Salzfässer, Passiersiebe, Trichter, Fruchtpressen, Mörser, Reiben, Mixer, Mühlen, Vorratsdosen, Toaster, Gewürzregale. Es fehlte an gar nichts, und alles stand der besessenen Lernbegierde der Zwillinge zur Verfügung.

Luciano und Ludovico waren fasziniert vom kulinarischen Wissen des jungen Mássimo, der für die zehn Jahre älteren Cagliostros immer mehr zu einer Art drittem Bruder wurde. Mássimo war Schüler unumstrittener europäischer Koryphäen gewesen und ein eifriger Sammler von Kochbüchern und Rezepten, deren Formeln sich im Lauf der Jahrhunderte entwickelt hatten. Von Trug und Gewalt allein lebt keine Zivilisation, denen, die zuhören wollen, erzählt auch die Gastronomie eine eigene Geschichte.

Dank Mássimo entdeckten die Zwillinge Geheimnisse und Kniffe der französischen, italienischen und asiatischen Küche, sogar die von Nomadenstämmen des muslimischen Afrika – wahre Kleinode, die den heidnischen Köchen des damaligen Argentinien versagt blieben. Und auf diese Weise erwachte in den Cagliostros eine Leidenschaft, so unbezähmbar wie ein Seebeben, die sie zu international renommierten Spitzenköchen machen sollte. In der Küche des Hotels Bristol wurde jeden Tag vom Morgengrauen bis Mitternacht gearbeitet, abgesehen von einer kurzen Siesta zur Entspannung von Kopf und Gliedern, nie länger als zwei Stunden. Allerdings galt dieses Pensum nur von November bis Ende März, den Rest des Jahres herrschte Müßiggang, da die Touristen die Region im Herbst und Winter mieden, bis der Krieg ausbrach, die Gewohnheiten sich änderten und es von den lockeren Sitten und Annehmlichkeiten des Dolcefarniente Abschied nehmen hieß.

So kam es, daß die bessere Gesellschaft allmählich immer mehr Gefallen an dem nebligen Küstenstrich von Mar del Plata fand, dem kalten Wind, der die Sorgen verweht und die Sinne weckt, dem Auf und Ab des Meeres und seinen trügerischen Einflüsterungen, dem Horizont, der sich noch jenseits der Unendlichkeit weiterhinzieht. Und das Heimweh der argentinischen Hautevolee nach ihren verlorenen Paradiesen führte dazu, daß aus dem kleinen Badeort in wenigen Jahren die Hauptstadt des Vergnügens wurde: Es entstanden gigantische Gebäude im englischen Landhausstil, drei- und vierstöckige Schlößchen nach den Vorbildern von Cannes, Uferpromenaden, die an die Côte d'Azur erinnern. In jenen goldenen Jahren sprach man von Mar del Plata als dem argentinischen Biarritz. Und sobald die Millionäre sich der Landschaft und der Straßen bemächtigt hatten und ihre frivole Habgier fürs erste gestillt war, hielten sie Ausschau nach einem Ort, wo ihr Appetit auf exklusive kulinarische Duft- und Geschmackserlebnisse befriedigt würde: So kam es, daß die Cagliostros zu den uneingeschränkten Herrschern über die raffinierteste Gastronomie des Landes avancierten.

Welche dem Lauf der Jahrhunderte erwachsenen Mysterien vertraute Mássimo Lombroso den Cagliostro-Zwillingen an? Die Liste war lang und schmackhaft, und zuoberst standen mehrere vorchristliche Bücher voller Wunder und Alchimistenzauber. Er begann mit den ältesten und übersetzte den beiden Brüdern Passagen aus dem jahrtausendealten *Mithaicos*, das ein anonymer Experte auf griechisch geschrieben hatte und das schon bei Platon Erwähnung findet, wenn dieser die kulinarischen Meriten von Erasistratos beschwört — einem Meister im Umgang mit den Fischen und Meeresfrüchten der Ägäis — oder die des kühnen Aphtonetos, der mit rotem und weißem Fleisch Kunststücke vollbrachte und die Blutwurst erfand. Noch ein anderes gewichtiges Werk gab Mássimo den Cagliostros zu lesen, ein regelrechtes Handbuch der antiken Küche: *Das Gelehrtenmahl*, verfaßt von dem Ägypter Athenaios, dreihundert Jahre nachdem der arme Christus gekreuzigt und mit Essig gequält worden war — welcher bei den alten Römern übrigens nicht nur als übler Foltertrunk, sondern auch schon als wirkungsvolles Gewürz Verwendung fand. Darüber hinaus kamen die Zwillinge in den Genuß von Rezepten aus dem berühmten *De re coquinaria*, das unwidersprochen einem römischen Feinschmecker namens Gavius Apicius zugeschrieben wird. Nach Berichten von Sueton, Seneca und Plinius war dieser ein etwa fünfundzwanzig Jahre vor der christlichen Zeitrechnung geborener Handwerker, der dank seiner kulinarischen Kenntnisse zu großer Berühmtheit gelangte. Viel mehr ist zu seiner Person nicht überliefert, nur sein Hexenmeisterbuch ist von ihm geblieben. Der außergewöhnliche Gavius Apicius selbst scheint sich in der Vergangenheit aufgelöst zu haben, Biographien verblassen mit den Jahrhunderten, irgendwann ist ein Mann nur noch einer unter vielen, seine Fährte verliert sich. Dieser jedoch hinterließ ein einzigartiges Buch und schuf damit etwas, das immer und zu allen Zeiten genügt hatte, die Spur eines Menschen nicht ganz verschwinden zu lassen. *De re coquinaria*, »Über die Kochkunst«, erschien zu Lebzeiten von Lorenzo de' Medici, und sein Ruf erreichte schon bald die reichsten Paläste von Florenz, Venedig und Mailand. Fast zweitausend Jahre nachdem Gavius Apicius in Libyen einer Fischvergiftung erlegen war, weil er einen mit der roten Pest infizierten Lachs zu sich genommen hatte, erweckten die Zwillinge Cagliostro ein erlesenes Rezept aus seinem Buch zu neuem Leben und machten es zu einem legendären Gericht: dem unbeschreiblichen *Vielfraß-Hühnchen*. Luciano verwendete dazu Garum-Sauce, Öl und Wein, gewürzt mit grünem Lauch, Koriander und Bohnenkraut. Zuerst garte er das Hühnchen mit dem Fingerspitzengefühl eines Goldschmieds, pfiff vor sich hin, während er die Kräuter und Gewürze auswählte, zerstampfte Pfefferkörner und kleine Pinienkerne in einem Mörser aus Zedernholz, verrührte die Gewürze dann mit dem Fleischsaft des Hühnchens und fügte lauwarme Milch hinzu. Damit war Lucianos Leckerbissen allerdings noch nicht fertig: Er legte das Hühnchen in die Sauce und schob es in den Ofen, schmorte es bei schwacher Hitze, sanft wie die Liebkosungen einer verzauberten Frau, und als es zu bräunen begann, bedeckte er es noch mit Eischnee. Ein Gericht von komplexer Machart, das nur erfahrenen Händen gelingt, ohne daß das Resultat den Gaumen überlastet, aber es behauptet ja auch niemand, daß es allein damit getan wäre, von der göttlichen Vorsehung mit einem Talent für die Küche bedacht worden zu sein.

Mássimo Lombroso gewährte den Cagliostros Zugang zu seiner Bibliothek wie jemand, der sein Innerstes offenbart, und die Zwillinge stießen auf Geschmacksnoten, die ihrer Kenntnis bislang verborgen geblieben waren, exotische Mischungen und Kombinationen zur Betonung eines Aromas, Produkte in märchenhaften Farben mit medizinischen Wirkstoffen, die den Magen wärmten und die Begierde schürten: Schnittlauch, Koriander, wilder Sellerie, Minze, Schalotten, Dill, Kardamom, Wacholderbeeren, Paprika vom Pazifik, Engelwurz, Alant, Salbei, Bohnenkraut und Safranfäden sind nur einige wenige auf ihrer langen Liste unsterblicher Kräuter und Würzmittel. Luciano fand heraus, daß eine Zubereitung mit orientalischem Paprika Meeresfrüchte zu einer himmlischen Delikatesse machte, weshalb seine *Höllen-Calamares* – am südlichen Atlantik eine traditionelle Köstlichkeit, die zur Osterzeit noch heute in einigen Lokalen von Mar del Plata serviert wird – zu einer Spezialität von internationalem Rang wurden: Dazu garte er die Tintenfische mit grobem Salz, Maisöl, einem leichten Wein und feingeschnittenem Porree in einem Tontopf, dünstete in einem zweiten Topf kleingehackte gekochte Seenesseln an, die er mit weißem Pfeffer und Oregano würzte, mischte sie mit dem Tintenfisch im Tontopf und ließ alles auf kleiner Flamme köcheln, um es zum Schluß mit Paprikaschoten vom bengalischen Golf anzurichten.

Die Brüder Cagliostro schrieben ihr eigenes Kochbuch, fast dreihundert handschriftliche Seiten mit Zeichnungen und Rezepten, gelehrten Zitaten, bibliographischen Quellennachweisen. Es ist ein wundervolles Nachschlagewerk, das über Jahrzehnte im *Almacén* lag, stets im Besitz der Nachfahren, denn es ging von Hand zu Hand wie eine Reliquie, von den Zwillingen an ihren einzigen Erben, ihren Onkel Alessandro Ciancaglini, und von diesem an seine Kinder und Kindeskinder. Und in all dieser Zeit hatte das Buch sich nicht von der Stelle gerührt, bis es am

25. Januar 1989 in einer Schublade der Kommode im großen Schlafzimmer von César Lombroso aufgestöbert wurde.

Dies war kein gewöhnlicher Tag für den Waisenknaben: Es war auf den Tag genau zehn Jahre her – so präzise und strikt vermag das Schicksal seine Wunder zu wirken –, daß er sich im selben Zimmer am Fleisch seiner eigenen Mutter gütlich getan hatte.

❧ 5 ☙

Am 28. Juni 1914 traf Alessandro Ciancaglini mit seiner Gattin
Ana Pizarro und den fünf Kindern Dante, Beatriz, Virgilio,
Roberto und María in Mar del Plata ein. Vom Bahnhof begaben
sie sich direkt ins Stadtzentrum, wo sich der *Almacén* befand.
Sie hatten ihn nie gesehen, wußten aber, wie er aussah, weil
ihre Neffen ihnen kurz nach der Einweihung einige Fotos zu-
geschickt hatten. Auch waren sie noch nie zuvor an der Südatlantikküste gewesen, und als ihnen an diesem winterlichen
Mittag der kalte Wind mit eisigen Salzschauern entgegenschlug,
hatten sie das Gefühl, eine neue Welt zu betreten, ein fremdes
Land, das es zu erforschen und zu unterwerfen galt. Für Einwanderer ist das Leben immer eine dornige Herausforderung;
sie dürfen die Arme keinesfalls sinken lassen, weil ihr Rettungs-
boot sonst mitten auf dem Ozean zum Stillstand kommt, wo es
nichts gibt als die aufgewühlte See, und sie müssen rudern, um
das Ufer zu erreichen, ehe ein Sturm ihren armseligen Kahn in
Stücke reißt. Der *Almacén* beeindruckte sie mit seiner Eleganz
und Größe, und sie durchschritten ihn andachtsvoll und mit
staunenden Augen, es waren genug Zimmer für alle vorhanden,
und sie würden nicht mehr dichtgedrängt auf gestapelten Ma-
tratzen schlafen müssen. Für die Eltern gab es eine eigene Suite
mit Blick auf den trägen Fluß Las Chacras, der mit seelenlosem
Gleichmaß durch die Stadt zog, die Söhne würden die Bettdecke
nicht länger mit ihren Schwestern teilen müssen, und für drin-
gende Bedürfnisse standen mehrere Badezimmer zur Wahl. Obwohl das Restaurant im Erdgeschoß seit dem Tod der Zwillinge
vor sechsundzwanzig Monaten geschlossen war, befand es sich
in ausgezeichnetem Zustand. Den ersten Abend verbrachten die

Ciancaglinis damit, sich einzurichten und den Klängen der Zukunftsmusik zu lauschen, die in ihren Köpfen ertönte; sie zogen die Vorhänge zurück und rissen die Fenster auf, damit der kalte Wind die stickige Luft aus Fluren und Ecken vertrieb, putzten die Schlafzimmer, bezogen die Betten, schrubbten die Bodenfliesen, bei Einbruch der Dunkelheit schlossen sie Türen und Fenster, heizten die Holzöfen an und nahmen schüchtern die Küche in Besitz. In einem Haus zu essen, in dem noch alte Gespenster umgehen, ist eine unbehagliche Angelegenheit, die sich nur mit Gebeten und Gelübden bewältigen läßt.

Die Kinder spielten im Keller und auf dem Dachboden Verstecken, bis ihr Gelächter alle unguten Vorahnungen verscheucht hatte. Um Mitternacht lagen sie in friedlichem Schlummer, vor dem Zubettgehen jedoch hatten sie im Gedenken an Luciano und Ludovico gemeinsam das Vaterunser gebetet, dann noch ein Ave Maria gegen ihre Ängste und später, schon im Bett und mit geschlossenen Augen, das »Schutzengel, süßer Begleiter, steh mir bei, Tag und Nacht, amen«.

Frühmorgens, kaum daß die Sonne am Horizont dem Meer entstiegen war, verließ Alessandro den *Almacén* durch die Haupttür und machte sich auf die Suche nach Mássimo Lombroso. Aus den Briefen seiner Neffen wußte er, daß dieser ihr bester Freund gewesen war und sie ihn geliebt hatten wie einen Bruder. Er hatte ihn bald gefunden: Mássimo war im Hotel Bristol bei der Arbeit, und als man ihn herausrief und er den Namen seines Besuchers hörte, fühlte er, wie sein Herz einen Sprung machte. Der Tod der Zwillinge hatte eine traurige Leere in ihm hinterlassen, die er nicht zu füllen vermochte, denn Gefühle sind niemals durch neue zu ersetzen, und er vermißte die beiden mit der fragilen Schwermut eines Seemannes, der, reglos am Pier stehend, mit stierem Blick den auslaufenden Schiffen nachsieht. Er ging hinaus zu Alessandro, bat ihn, sich mit ihm an einen Tisch im Speisesaal zu setzen und einen köstlichen Tee aus Rosmarin, Minze, Anis und Thymian zu trinken, und so verplauderten sie fast zwei Stunden. Sie unterhielten sich leise, lächelten, wurden wieder ernst und lächelten aufs neue, und wer weiß, welche Vertraulichkeiten sie austauschten und welche Empfindungen die Erinnerung an die für immer Dahingegangenen in ihnen auslöste. Schließlich standen sie auf, gingen durch den Speisesaal zur Tür und hinaus auf die Straße, wo sie sich kurze Zeit später herzlich verabschiedeten. Nur wenige Schritte entfernt, am menschenleeren Bristol-Strand, schickte die Sonne ein flimmerndes Bündel warmer Goldstrahlen über das Meer.

Am 30. Juni 1914 kündigte Mássimo Lombroso seine Stelle als Chefkoch des Hotels Bristol. Tags zuvor hatte er Alessandros Angebot angenommen, den *Almacén Buenos Aires* gemeinsam zu bewirtschaften. Sie würden eine Gesellschaft gründen und Mássimo damit die Möglichkeit geben, seinen vom Krieg zerschlagenen Traum doch noch zu verwirklichen. Und sie wären nicht allein: Beider Familien würden mitarbeiten, ihre Frauen, die Kinder, alle bekämen ihre besonderen Aufgaben in dem neuen Unternehmen.

Wenige Jahre später war der *Almacén* zu einem der exquisitesten Speiselokale von Mar del Plata geworden. Und dieser Aufstieg – Schritt für Schritt und unter gelegentlichem Stolpern hart erkämpft – war vor allem Mássimo zu verdanken, dem segensreichen Schöpfer der erstaunlichsten Gerichte, die die Taverne anzubieten hatte. Denn so wurde das Restaurant allgemein genannt: die Taverne. Das Geheimnis des Küchenchefs bestand in seiner fruchtbaren Begabung, die von den Cagliostros erfundenen kulinarischen Formeln wiederzubeleben: Er mußte sich lediglich einen Absatz aus Lucianos und Ludovicos Kochbuch einprägen, und schon schuf er unvergleichliche Leckereien, betörende Kompositionen aus Geschmack, Duft und Farbe, denn bekanntlich beginnt der Genuß bei den Augen und schlägt dann den ganzen Körper in Bann. Einige der von den Cagliostros erdachten Gerichte aus jener Zeit erlangten bald internationales Ansehen und sind uns bis heute überliefert. Wer zwischen den Zeilen zu lesen versteht, kann in vielen Fischrestaurants von Weltrang den Federstrich der Zwillinge erkennen. Oder ist der *Stockfisch auf biskayische Art*, wie er heutzutage serviert wird, etwa keine verfeinerte Variante des *Weihnachtskabeljau*, Ludovicos hinreißender kulinarischer Kreation für den Heiligen Abend am Südatlantik? Ein Blick auf die Zutaten genügt: der entsalzte Stockfisch, die Paprikaschoten, die in dünne Ringe geschnittene Zwiebel, der ungeschälte Knoblauch, die hartgekochten, im Mörser zerdrückten Eidotter, alles in Fischbrühe und Pflanzenöl auf gelindem Feuer gegart, bis die Konsistenz den Ansprüchen des Kochs genügt. Ganz zu schweigen von einem anderen französischen Klassiker, der *Languste Thermidor*, einer Spezialität, die auf den fabelhaften Koch Maire zurückgeht, der sie in seinem 1894 gegründeten Restaurant *Chez Maire* zu Ehren eines Theaterstücks aus der Feder seines Freundes Victorien Sardou kreiert hatte. *Thermidor* war der Titel dieses Bühnenwerks, das seinerzeit nur ein einziges Mal zur Aufführung gelangte, weil es von der linksgerichteten Fraktion der III. Französischen Republik subversiver Inhalte bezichtigt wurde. An jedem Flügel des politischen Spektrums sitzt immer irgendein Kulturverwalter, der sich ein Spiel daraus macht, das Anliegen eines Künstlers falsch zu verstehen. Die Auseinandersetzung kam auch dem bissigen Clemenceau zu Ohren, der den Autor als Feind der Revolution verunglimpfte und ein Verbot des Werks durchsetzte. Der Kochkunst jedoch können die despotischen Ohrfeigen weder des einen noch des anderen Lagers etwas anhaben, und so erfreuen wir uns noch immer der schmackhaften Languste und diese sich – gastronomisch gesprochen – bester

Gesundheit, wenngleich es den Hexenkünsten, derer sich Luciano Cagliostro bei ihrer Zubereitung bediente, gelingen sollte, sie noch erheblich zu verbessern: Er garte und servierte sie in ihrer knackigen Schale, in gleichmäßige Würfel geschnitten und mit einer Weißweinsauce übergossen, die er aus Fleischfond mit Kerbel, Schalotten und Estragon hergestellt hatte und zum Schluß noch mit etwas *Béchamel* und englischem Senf abrundete. Luciano briet die Languste in Öl an und schmorte sie dann im Ofen. Als letztes streute er Käse darüber und gratinierte sie.

Im *Almacén* waren beide Familien tätig: Alessandros und Mássimos Frauen und Kinder arbeiteten Hand in Hand an der Verwirklichung ihrer gemeinsamen Träume, die sie über den Restaurantalltag hinaus einten. Unter ihnen war ein unverbrüchliches Vertrauen erwachsen, das sie über alle Höhen und Tiefen ihres Geschäfts hinweg zusammenhalten ließ und ihnen die Kraft zum Weitermachen gab, auch wenn so manches Gewitter die Segel des Schiffes zerfetzte, in dem sie alle auf denselben Hafen zusteuerten.

Am 29. Oktober 1922 ging eine Erschütterung durch das monarchische Italien: Benito Mussolini war im Zug unterwegs nach Rom, wo ihn König Viktor Emanuel III. erwartete und ihn zum Premierminister ernennen würde, während zur gleichen Zeit sechzigtausend Anhänger des *Partito Nazionale Fascista* durch die Straßen der Stadt marschierten. Von den großen Palastfenstern aus konnte der König die Heerscharen herankommen sehen: Schwarzhemden mit schwarzer Schärpe, viele mit schwarzem Fes, Reithosen in schwarzen Lederstiefeln. Noch ahnte Viktor Emanuel nichts von dem Alptraum, für den dieser unheilvolle Tag den Auftakt darstellte. Menschen, die im sinnlichen Vergnügen der Macht schwelgen, wissen Vorzeichen nur selten zu deuten, bis daß ein verirrter nächtlicher Querschläger sirrend die Richtung wechselt und ihnen das Hirn durchlöchert. Unter dem Schutz der Krone bildete Mussolini seine eigene Regierung. Wohl entsannen sich einige Adlige noch mit Argwohn der Zeit, als der redegewandte Duce an der Spitze der sozialistischen Zeitung *Avanti* gestanden hatte, doch bei seiner Rückkehr aus dem Krieg war er der Idee, die jahrelang seine Gedanken beherrscht hatten, überdrüssig geworden, wandte sich von ihnen ab und machte sich in der verderbten Nachkriegswelt auf die Suche nach etwas Neuem.

Im November 1919 fanden Wahlen statt, und in Ferrara, der Stadt, in der Alessandro und seine Schwester Loreta, Lucianos und Ludovicos Mutter, geboren waren, gewannen die Sozialisten. Dort lebten noch Alessandros Cousine Casandra und seine Cousins Vittorio und Giovanni. Die beiden Männer waren engagierte Parteianhänger, sie feierten den Sieg mit einem drei Tage und drei Nächte andauernden Besäufnis und gingen, kaum daß sie wieder stehen konnten, schnurstracks zum Rathaus, um die Landesflagge einzuholen und die rote Fahne zu hissen. Wenige Monate später gründeten die Faschisten ihr erstes Parteibüro in Ferrara unter dem Kommando eines gefeierten Veteranen des Ersten Weltkriegs namens Italo Balbo. Damit begannen die Schlägereien, die brutalen Hinterhalte mit Toten auf beiden Seiten, Brandstiftungen auf den Landgütern, Verrat und Rache. In dichten Schwaden zog der Geruch nach Tod durch die Straßen, in denen früher Kinder gespielt und Frauen ihre verlockenden Hüften geschwungen hatten. Am 16. September 1920 um die Mittagszeit hatten Alessandros Vettern in einem Vorort der Stadt einen heftigen Zusammenstoß mit einem halben Dutzend Faschisten. Vittorio und Giovanni waren mit Casandras Ehemann Tiziano zusammen, und alle drei trugen mehrere Knochenbrüche und Stichwunden am ganzen Körper davon. Casandra erlitt einen Nervenzusammenbruch und schrieb zum ersten Mal an Alessandro, um ihm ihre panische Angst zu gestehen.

1921 ruft der König Neuwahlen aus, und die Faschisten, unter Führung von Benito Mussolini, erringen einen Sieg, der nicht viel Gutes ahnen läßt. Vittorio, Giovanni und Tiziano schließen sich den kämpferischen *Arditi del Popolo* an, auch die Rote Garde genannt, und Casandra wird fast wahnsinnig vor Angst. Frauen wittern das Leben und den Tod mit dem Feingefühl eines Uhrmachers, und so klagt sie Alessandro in einem weiteren Brief noch einmal ihr Leid. Von 1922 an bemächtigen sich die Faschisten der Großstädte, Tausende von marschierenden, *Viva Italia!* brüllenden Schwarzhemden nehmen Ferrara, Bologna, Ravenna und Mailand ein, doch sind sie durchaus willkommen; ein Großteil der Italiener begrüßt den Einmarsch mit einer seltsamen Mischung aus Hoffnung und Furcht. Mussolini weiß, daß die Zeit reif ist, in Rom einzufallen, und zögert keinen Augenblick. Der Wille zur Macht ist ein Likör, der unweigerlich trunken macht, ihm widerstehen hieße, den Ruf des Lebens ungehört verhallen zu lassen.

Noch im Jahr 1922, um die Weihnachtszeit, erhält Alessandro wieder einen Brief von Casandra. Die Cousine schreibt, Tiziano, Vittorio und Giovanni seien im Gefängnis und des Mordes angeklagt, und sollte man sie schuldig sprechen, drohe ihnen die Todesstrafe. Wie es zur Verhaftung der drei Widerständler kam? Sie waren mittags bei Giuseppe Minzoni gewesen, dem Priester der Gemeinde Argenta, mit dem sie seit ihrer Kindheit befreundet waren und den sie sehr oft besuchten, um zusammen zu essen und sich die Köpfe über Religion und Politik heiß zu reden. Sie verspeisten mehrere Teller dampfender *Tagliatelle col prosciutto*. Die Region bringt einen unvergleichlichen Schinken hervor, den man zu Pasta genießt, und letztere hatte der Priester gemäß einer bis in die Renaissance zurückreichenden Tradition selbst hergestellt – aus einem Nudelteig, golden wie das Haar der sagenumwobenen Herzogin von Ferrara, Lucrezia Borgia, das den Meisterkoch Zefirano einst zu diesem Gericht inspiriert hatte – und mit Schinken, Butter und Parmesankäse in geheimer Dosierung vermischt. Nach dem Essen unternahmen sie einen Spaziergang, um die Schläfrigkeit zu überwinden, die Herbstsonne schien warm auf die Felder bei der Pfarrei, und an einer Wegkreuzung gerieten sie in eine Falle der Faschisten. Die vier wehrten sich, schrien, schlugen und traten um sich, vermochten jedoch gegen die Überzahl der Schwarzhemden nichts auszurichten: Diese prügelten Giuseppe zu Tode und warfen ihn an den Wegrand, wo sie den leblosen Körper des Priesters einfach liegenließen. Die drei Rotgardisten wurden mit Fußtritten traktiert und bekamen ein trauriges Ende in Aussicht gestellt: Kerkerhaft im Keller des Gefängnisses, tägliche Folter bis zum Tag der Gerichtsverhandlung, deren Urteil schon im voraus feststand, und zu guter Letzt das Erschießungskommando.

Casandras Brief schlägt ein wie eine Bombe, und der *Almacén* verwandelt sich in den zentralen Versammlungsort des Familienrats. Alessandros Frau Ana legt das Gesicht in mißtrauische Falten und hält ihm vor, nicht klar zu denken: Er sei immerhin schon achtundfünfzig Jahre alt, er solle lieber in Mar del Plata bleiben und seiner Cousine Geld für die Anwaltskosten und Kautionen schicken. Wozu das Meer überqueren, um Leuten beizustehen, die er mehr als dreißig Jahre nicht gesehen hatte? Doch die Worte aus dem verkniffenen Mund der Frau finden im aufgeregt klopfenden Herzen ihres Gatten keinen Widerhall. Alessandro wird nur noch das Ende der Sommersaison abwarten, um nach Italien zu fahren. Sein Entschluß steht längst fest.

Nach einer Abwesenheit von drei Jahrzehnten tritt Alessandro Ciancaglini am 23. März 1923 die Rückreise nach Italien an. Vom Zugfenster aus sieht er die Stadt in die Vergangenheit davongleiten. Er fühlt seinen Pulsschlag im ganzen Körper und in den Augen das Zittern der Nostalgie. Das Herz des Immigranten krankt an seiner Liebe zu zwei Heimatländern, dem Vaterland und dem Adoptivland, und mit den Jahren wird ihm eines so teuer wie das andere. Ana begleitet ihren Mann, und auch die älteren Kinder Dante, Beatriz, Virgilio und Roberto fahren mit.

María Ciancaglini, die Jüngste, bleibt im *Almacén* zurück, an der Seite ihres frischangetrauten Ehemannes: Renzo Lombroso.

6

Als Ludovico am Grab seines Bruders Selbstmord beging, hatte Mássimo Lombroso das Kochbuch der Zwillinge an sich genommen und verwahrt. Damals war es noch eine unsortierte Sammlung loser Blätter: detailreiche, aber ungeordnete Bleistiftzeichnungen, mit wäßriger Tinte und blassen Stiften geschriebene Rezepte und Formeln. Die vergilbten Seiten wurden von derber Kordel zusammengehalten, vielen der beschriebenen Gerichte war der Segen der Taufe noch nicht zuteil geworden, es gab Auflistungen von exotischen Gewürzen mit Vorschlägen für ihre Verwendung, Kommentare und Geheimtips zu typischen Speisen ferner Länder, Hinweise zu Maßeinheiten und ihren Entsprechungen. Und sogar ein umfassendes Inventar aller Küchenutensilien, der vorgefundenen wie der selbstgefertigten. Zu jeder Bezeichnung gab es eine Illustration, wie beispielsweise die einer Kranzform, die – ursprünglich von den Cagliostros entworfen, um die marokkanische *Tajina* in einem Ring aus Saffranreis anzurichten – erst durch andere Verwendungszwecke berühmt werden sollte. Denn auf diese Weise funktioniert der menschliche Erfindergeist: Ein und derselbe Gegenstand wird immer wieder kopiert, sooft der Bedarf es erfordern mag. Ein und dasselbe Messer kann sowohl Zucchini schälen als auch den Koch zum Schlächter machen und das Leben seines armen Opfers auslöschen.

Niemand in ganz Argentinien bereitete geschmacklich so meisterhafte *Tajinas* zu wie Mássimo Lombroso, soviel läßt sich den Reiseberichten entnehmen, die in Tageszeitungen und Illustrierten wie *La Nación* und *Caras y Caretas* erschienen sind. Der klarste Beweis dafür ist vermutlich das Bankett, mit dem der Präsident Roque Sáenz Peña am 25. Januar 1911 den neuen spanischen Botschafter willkommen hieß, den Herzog von Jaramillo und dessen Gattin, eine junge Berberprinzessin, deren Heißhunger dem der nimmersatten Sahara, in der sie aufgewachsen war, in nichts nachstand.

Das Empfangsdiner fand in der französischen Villa statt, die sich die Béccars in den Wäldern von Palermo gebaut hatten, und dorthin begab sich auch Mássimo, den Hipólito Marcial Luro, ein enger Freund und engagierter Berater des Präsidenten-Clans, ersucht hatte, zu diesem Anlaß die Küche zu übernehmen. Mássimo war brillant an jenem Tag: *Tajinas* sind eine sukkulente Komposition, deren Geschmacks- und Aromareichtum vor eintausendzweihundertneunzig Jahren aus den nordafrikanischen Oasen der Wüstennomaden zu uns gelangt ist, weil sich ihr ausgeklügeltes Rezept im Reisegepäck der Feldköche befand, die mit der Verpflegung der Truppen von General Gibral Al-Tariq betraut waren – jenem maurischen Heerführer, der im Jahre 711 die Herkulessäulen passierte, um die Westgoten zu unterwerfen und die iberische Halbinsel zu erobern, aus dessen zum Mythos gewordenen Namen sich der des heute weltberühmten Felsens ableitet: Gibraltar. Die Prinzessin und der Herzog waren hingerissen von Mássimos *Reis-Tajina*, beide aßen wie ausgehungerte Galeerensträflinge, ohne jedoch ihre in europäischen Diplomatenkreisen geschulten feinen Tischmanieren aufzugeben, und auch die übrigen Gäste zeigten sich begeistert. Einige marschierten geradewegs in die Küche, um Mássimo zu beglückwünschen und ihm einige Geheimnisse des fremdartigen Menüs zu entlocken, und allen erklärte er ohne Umschweife, daß er nur Fleisch aus dem Lammrücken verwende, es in schöne Stücke schneide, Erdnußöl in einer Kasserolle erhitze, das Fleisch darin goldbraun anbrate und dann feingehackte Zwiebel, frischen Koriander, Ingwer, Safran und ein wenig Salz und Pfeffer hinzufüge. Doch steckte zweifellos noch mehr dahinter, denn Mássimo spielte mit seinen Sätzen wie ein Magier mit dem Inhalt seines Zylinders, ehe er etwas daraus hervorzaubert, immer einen Trick nach dem anderen, um nur ja die Sinne nicht zu überfordern. Und so fuhr er mit breitem Lächeln fort: Daneben mische er in einem anderen Topf Erdnußöl mit Reis und Safran, Brühe, Petersilie, Thymian, Lorbeer, je einer Prise Salz und Pfeffer, dann aufs Feuer damit und das Ganze zum Kochen gebracht, anschließend rasch in die Kranzform und von da auf die Platte. Eine Delikatesse.

Kurz nachdem Mássimo und Alessandro Partner geworden waren, beschlossen sie, einer inneren Notwendigkeit Genüge zu tun, die ihnen unumgänglich schien: der vollständigen Veröffentlichung des von den Zwillingen verfaßten Kochbuchs. Drei Monate verwandten sie darauf, die Texte durchzugehen und zu korrigieren, und als das Buch druckfertig vorlag, war es zu einem Wälzer von fast dreihundert Seiten angewachsen. Bei der Aufteilung in Kapitel hielten sie sich streng an die Gepflogenheiten ihrer Zeit: Sie erstellten ein alphabetisches Glossar, sortierten die Rezepte nach Hauptzutaten, faßten die Einträge nach Themengruppen zusammen, damit der Leser rasch fündig würde, trennten kalte und warme Küche, vereinten Getränke und Säfte in einem gesonderten Katalog, ordneten die Gerichte nach Typen und sorgten bei der Seitengestaltung für eine gute Plazierung der Zeichnungen. Sie legten Überschriften für die verschiedenen Bereiche fest und definierten die Inhalte, wiesen Illustrationen zu, gliederten die Rezepte nach Grundrezepten, Saucen, Suppen und Brühen, kalten Platten, Fleisch, Fisch, Geflügel, Salaten, Desserts und Gebäck, Brot, Getränken, Tees und exotischer Küche, zudem systematisierten sie das Küchenvokabular der Zwillinge und stellten eine Auswahl an Menüvorschlägen für Familienfeiern und gewichtige Anlässe zusammen. Zu guter Letzt tauften sie die namenlos gebliebenen Kreationen der Brüder, wie zum Beispiel den ausgezeichneten *Kabeljau Ludovico*, ein Meisterwerk, das man in einfachen karibischen Speiselokalen bis zum heutigen Tag genießen kann, insbesondere in Havanna, wo es noch so zubereitet wird wie einst von den Cagliostros: Man gibt den Stockfisch ohne Haut und Gräten in einen Topf mit kochendem Wasser und einem Fond aus Zwiebeln, zerdrücktem Knoblauch, reichlich Chilis, gehackter Petersilie, Salz und Pfeffer und fügt nach und nach Kartoffelstücke, ein wenig Safran und frische Brotkruste hinzu.

Das Buch erschien unter dem Titel *Handbuch der Südatlantischen Küche*. Der Einband war weiß mit roter Schrift, und in einem grünen Streifen am oberen Rand stand *Meisterköche Luciano und Ludovico Cagliostro*. Mássimo und Alessandro ließen eine Auflage von zweihundert Stück drucken, die sie binnen weniger Tage unter den namhaftesten Köchen des Landes, ein paar Freunden und einigen auserlesenen Gästen der Taverne verteilten. Doch sollte ein schier unglaubliches Schicksal diese Bücher ereilen: Mit Ausnahme von Mássimos eigenem Exemplar sowie einem zweiten im Besitz seines dreizehnjährigen Sohnes Renzo, der dem Vater bereits mit auffallender Begabung in der Küche zur Hand ging und das Buch hütete wie einen Schatz, war schon knapp zehn Monate nach der Veröffentlichung kein einziges mehr auffindbar. Alle übrigen waren, mit unbekanntem Ziel und ohne jeden Hinweis auf ihren Verbleib, nach und nach verschwunden. Eines nach dem anderen hatten sich auch die letzten in ihrem Regal auf dem Dachboden in Luft aufgelöst. Selbst Alessandro konnte seines irgendwann nicht mehr finden. Er nahm zunächst an, daß es in einer Ecke des *Almacén* sein müßte, wo eines seiner Kinder es hatte liegenlassen. Vielleicht war es zwischen Servietten oder Tischtücher gerutscht oder versteckt in einer der Speisekammern, hinter den Töpfen oder unter den Besteckschubladen. Doch wie es seine

Art war, hatte er sich mit dem unbegreiflichen Gang der Dinge bald abgefunden. Eingeschlagen in Papier und Stoff, damit die Feuchtigkeit ihm nichts anhaben konnte, blieb in einer Schublade der großen Kommode in seinem Schlafzimmer allein das Original zurück.

7

Als der kleine Renzo 1910 mit seinen Eltern in Mar del Plata ankam, war er acht Jahre alt. Die drei waren in Genua an Bord eines italienischen Überseedampfers gegangen, der Buenos Aires zum Ziel hatte, zuvor aber auch noch Marseille anlief und einen weiteren Zwischenhalt in Barcelona einlegte, um anschließend Kurs auf den Atlantik zu nehmen; nun fehlte nur noch ein kurzer Aufenthalt an den Kapverdischen Inseln und danach die große Überfahrt. Von den unruhigen Wellen des offenen Meeres gewiegt, vergingen die Tage, bis in der Ferne allmählich die Neue Welt auftauchte, zunächst als dünne, unscharfe Linie unmittelbar über dem Horizont – so mußte Rodrigo de Triana sie im Morgengrauen jenes 12. Oktober 1492 gesehen haben –, doch dann wurden die Formen deutlicher, und verschlafen erhob sich der Kontinent aus dem Wasser. Vor ihnen lagen die Häfen von Recife, Rio de Janeiro, Santos und Montevideo, und nach fast einem Monat auf See gingen sie in Argentinien vor Anker.

Gleich nach ihrer Ankunft in Mar del Plata mieteten Renzos Eltern ein Haus im Stadtteil La Perla. Dort wohnten sie etwas länger als drei Jahre und zogen dann auf Anregung Alessandros in den *Almacén* um. Auf diese Weise ließ sich Geld sparen, es gab keine Einwände, die ein Ausschlagen des Angebots gerechtfertigt hätten, denn im Haus war Platz für alle, und die drei Lombrosos belegten nur zwei Zimmer mehr. Anfangs tat sich Renzo mit dem Spanischen schwer, das Lesen und Schreiben bereitete ihm Mühe, sein Kopf und seine Hand verwechselten die Begriffe, denn er war in Paris geboren und aufgewachsen, hatte dort mit der Grundschule begonnen und sprach neben dem Italienischen – der Sprache seiner Familie – fließend Französisch. Als er dann in Argentinien eingeschult wurde, mußte er zunächst einmal der Adoptivsprache auf die Schliche kommen wie jedes andere Einwandererkind auch. Doch stellte diese Eingewöhnungszeit keinen Leidensweg für ihn dar. Mar del Plata hatte zu jener Zeit dreiunddreißigtausend Einwohner, von denen nahezu fünfzehntausend aus dem Ausland kamen oder Nachkommen ausländischer Eltern waren. In den Straßen begegneten sich Argentinier und Kreolen, Deutsche und Österreicher, Spanier und Franzosen, Italiener und Engländer, Schweizer und Polen, Libanesen und Schotten, Iren und Uruguayer, und so lebten die verschiedensten Rassen und Glaubensbekenntnisse unbeschwert unter derselben Sonne an demselben Küstenstreifen des südatlantischen Ozeans.

Der 7. Oktober 1914 war Renzos zwölfter Geburtstag, den er mit seinen Eltern und den Ciancaglinis im *Almacén Buenos Aires* beging. Sie veranstalteten eine sehr gelungene kleine Feier im engsten Kreis. Mássimo kochte mit großem Aufwand den ganzen Nachmittag lang, unterstützt von seinem Sohn und der elfjährigen María, Alessandros jüngster Tochter, die Renzo bedingungslos ergeben war. Zum unwiderstehlichen Duft des *Fondues* aus aromatischen Käsesorten und Weißwein mit Pfeffer, zu frischen, mit Minze, Rosenwasser und Granatapfelperlen verfeinerten Säften, den Schokoladentrüffeln, Mandel- und Zimtplätzchen, dem Kirschkuchen, der gefrosteten Erdbeermousse und dem cremegefüllten Blätterteig, den Pfannkuchen mit Honig, Datteln und getrockneten Feigen wurde an der festlichen Tafel gesungen und gelacht.

Als es Zeit für die Geschenke war, erlebte Renzo eine zukunftsweisende Überraschung: Mássimo überreichte ihm das *Handbuch der Südatlantischen Küche*. In jener Nacht, erschöpft von den Freuden eines ungetrübten Tages, schlief Renzo lächelnd ein, das Buch unter dem Kopfkissen.

Renzo Lombroso hatte die Begeisterung für das Kochen von seinem Vater geerbt. Seit er mit seiner Familie im *Almacén* wohnte, stand er vor allen anderen auf, duschte lärmend und prustend wie ein Wal, legte leichte Kleidung an, darüber die weiße Schürze mit seinem blau eingestickten Namen auf der Brusttasche, und rannte in langen Sätzen die Treppe hinunter zur Küche. Doch kaum daß Renzo sein Zimmer verließ und den Flur entlangging, sprang María Ciancaglini aus dem Bett und folgte ihm. Und so verbrachten die beiden die frühen Morgenstunden gemeinsam zwischen Puddingformen und Schüsseln, Teigspachteln, Platten, Spritzbeuteln, Backformen, Rührlöffeln, Pfannen, Töpfen und Messern. Sie vergnügten sich damit, Küchenkniffe auszuprobieren, die sie Mássimo abgeschaut hatten, und im Handumdrehen bereiteten sie irgendeine Leckerei, um den Morgen zu versüßen. Sie hatten sogar einen selbsterstellten Wochenplan: Montags gab es Biskuitrolle mit hausgemachter Marmelade, dienstags Karameltorte mit Hasel- oder Walnüssen, mittwochs Pudding mit Trockenfrüchten und kleine Honigkrapfen, donnerstags Pfannkuchen und *Crêpes*, freitags waren die mürben Gewürzkekse an der Reihe und samstags Cremeküchlein und Kleingebäck. Sonntags ließen sie sich immer eine besondere Überraschung einfallen: Maulbeertörtchen, Arme Ritter mit Zimt, Brandteigröllchen mit Zuckerglasur und Schokoladenfüllung, Gugelhupf mit Mandeln und *Crème Chantilly*.

Und in der Küche geschah es dann auch, daß Renzo und María beim Entziffern eines komplizierten Rezepts im *Handbuch der Südatlantischen Küche* auf einmal spürten, wie ihre Augen einander mit nie gekannter Unruhe suchten, und sie sich zum ersten Mal küßten. Sie tauschten einen zarten, scheuen Kuß, als wollten sie den Geschmack ihrer vor Verlegenheit feuerroten Lippen kosten, dann einen zweiten und noch einen, inniger diesmal, fingen an zu lachen und vertieften sich wieder in Lucianos und Ludovicos Rezepturen.

Kurz nachdem Alessandro die Schreckensnachrichten von seiner Cousine Casandra erhalten hatte, begann er ernsthaft darüber nachzudenken, ob er mit seiner Familie nach Italien zurückkehren sollte. Inzwischen hatte sich die Taverne zu einem der besten Restaurants der Atlantikküste entwickelt, und Ana stritt wütend mit ihrem Mann, weil ihr die Idee, das Land zu verlassen, schwachsinnig erschien. Zum Zeugen der täglichen Auseinandersetzungen und gegenseitigen Vorwürfe des Paares geworden, blickte Mássimo sorgenvoll in die Zukunft und begriff mit einem Mal, daß er gar nicht wußte, was er tun sollte, falls die Partnerschaft zerbräche. Wäre dann der Zeitpunkt gekommen, in einer reichen norditalienischen Stadt seinen alten Traum zu verwirklichen? Alessandro und Mássimo setzten sich zu einem Gespräch unter vier Augen zusammen, entkorkten eine Flasche Chianti, schenkten ihre Gläser voll, und während sie langsam tranken, kamen ihnen ganz allmählich die wenigen Worte, in die sich die Lösung für die Ängste und Wünsche beider Familien letztlich fassen ließ. Alessandro war derjenige, der es auf den Punkt brachte: Die Ciancaglinis würden in die Heimat zurückkehren, sagte er, und den *Almacén* ihren lieben Freunden, den Lombrosos, hinterlassen. Man werde die nötigen Papiere unterzeichnen, und es sollte keine gesetzlichen Hindernisse geben, den Besitz Mássimo, seinem Sohn Renzo und María zu überschreiben. Mássimo hob das Glas zum Mund, trank, runzelte die Stirn und lächelte, ohne noch ganz zu begreifen, was er soeben gehört hatte: Sprach Alessandro etwa von Renzo und María?

Im nächsten Augenblick waren die beiden Freunde von ihren Stühlen aufgesprungen und lagen einander unter hellem Gelächter in den Armen.

Am 15. März 1923 zur Mittagszeit fand die kirchliche Trauung von Renzo Lombroso und María Ciancaglini statt, eine stille Zeremonie in der weißen Kapelle von Santa Cecilia. Nur die Familienangehörigen und ein Dutzend Freunde nahmen daran teil. Das Brautpaar war selig, die beiden küßten sich unentwegt, steckten die Köpfe zusammen und raunten einander glühende Verheißungen ins Ohr.

Nach der Kirche: Das Essen in der Taverne, wo an zwei langen Tischen für die dreißig Gäste gedeckt war. Zum Auftakt ein Segensspruch des Priesters, der sie getraut hatte, dann der Toast auf die Gesundheit des jungen Ehepaares und gleich im Anschluß das Fest für Gaumen und Magen. Renzo und María hatten selbst gekocht und eigenhändig für die exotischen Düfte und Farben zum Schmuck ihres Festes gesorgt: Venusmuscheln auf Seemannsart, Auberginenkaviar mit Sesam, Makrelen in Weißwein mit Thymianblättchen, Krebse in Knoblauchbutter, in Sherry geschmorte Garnelen, und hinterher die Süßspeisen: Obstsalat mit kubanischem Rum, rosiges Marzipankonfekt mit Mandeln, Blätterteig mit Cremefüllung, die Cognac-Orangen des Großen Luciano, *Gâteau Saint-Honoré* mit Schlagsahne. Ihre Hochzeitsnacht verlebten sie in einer Luxussuite des Hotels Bristol. Renzo und María waren zwar sehr erschöpft, brannten jedoch vor Verlangen, und wie das bei Liebenden nun einmal ist, verlieh ihnen die Leidenschaft noch genügend Kraft, um sich, fest ineinander verschlungen, übereinanderliegend, mit verdurstender Haut und unersättlichen Lippen von der Morgenröte überraschen zu lassen.

8

Die erste Fassung des *Handbuchs der Südatlantischen Küche,* das Original, war ein herrliches Durcheinander handbeschriebener Blätter. Die ausladende Schrift der Brüder Cagliostro erinnerte an die venezianischen Kalligraphien der Renaissance, und die Rezepte – illustriert mit detailgenauen, farbig aquarellierten Bleistiftzeichnungen – waren ebenso gut leserlich wie die gelehrten Zitate in spanischer, italienischer und französischer Sprache, nicht zu vergessen die zahlreichen bibliographischen Referenzen und Verweise auf alte Gastronomiebücher und das ausführliche Eingehen auf großartige Rezeptsammlungen, die in den europäischen Königshäusern einst flüchtigen Ruhm genossen hatten, wie zum Beispiel das *Libro del buen amor y la buena mesa* – »Das Buch von der guten Liebe und der guten Tafel« –, das Plácido Hoyuelos Arroyo zugeschrieben wird, dem aus Burgos stammenden genialen Küchenmeister am Hof Karls IV. Der spanische König war zum einen berühmt für seine gigantischen abendlichen Gelage und zum anderen für sein stämmiges Mannweib Marie Louise von Parma, mit deren Unterstützung er sein Riesenreich ebenso zugrunde richtete wie den in Ungnade gefallenen vorlauten Plácido. Die Biographie des Kochs ist undurchsichtig, doch den wenigen Zeilen, die ihm in den Geschichtsbüchern zugestanden werden, läßt sich entnehmen, daß er nach einem verbalen Ausrutscher schweren Demütigungen ausgesetzt war und zuletzt in der fürchterlichen Seeschlacht von Trafalgar in Stücke gehackt wurde wie ein Krustentier. Wie es heißt, riß seine Alchimistenkunst in der Palastküche den Monarchen zu verzückten Begeisterungsstürmen hin, ärgerte jedoch die Königin. Böse Zungen erklärten den gottlosen Haß

Marie Louises auf den Küchenchef damit, daß dieser sie einmal, sturzbetrunken, mit einem allzu kecken Spitznamen belegt hatte: Stier mit Titten. Die Königin hielt sich nicht mit Racheplänen oder nachsichtigen Erwägungen auf, vielmehr bewog sie mit List und Tücke ihren Ersten Minister Manuel Godoy, den Koch auf das Kriegsschiff zu schicken, das der Herzog von Gravina in Cadiz seeklar gemacht hatte: Ihrem niederträchtigen Plan zufolge sollte Plácido von einem kaltblütigen Matrosen an einen Anker gekettet und über Bord geworfen werden. Doch mußte es zu diesem Verbrechen gar nicht erst kommen. Am kalten Morgen des 21. Oktober 1805 stach der arme Plácido zum ersten und letzten Mal in seinem Leben in See. Der Herzog von Gravina wurde dem Kommando des französischen Admirals Pierre Villeneuve unterstellt. Im Licht der aufgehenden Sonne brach die neununddreißig Schiffe zählende Flotte auf, nahm Kurs auf die Gewässer um Gibraltar und stieß wenige Stunden später auf eine lebende Legende, Admiral Nelson und sein Flaggschiff, die unsinkbare *Victory* – zweiunddreißig weitere Schlachtschiffe in ihrem Kielwasser. Da bekam der glücklose Admiral Villeneuve es mit der Angst zu tun, so daß ihm bei seinem Angriff ein schwerer Irrtum unterlief. Es kommt vor, daß die mutigsten Männer in eisiger Furcht erstarren, wenn sie sich mit einem Mythos aus Fleisch und Blut konfrontiert sehen, doch in der Hitze des Gefechts fordert jeder Fehler einen hohen Preis. Die Engländer versenkten fünfundzwanzig feindliche Schiffe, die Kanonen des legendären Admirals jagten die Pulverkammer des Schiffs in die Luft, auf dem der arme Plácido Dienst tat, und die gewaltige Explosion überlebten nur wenige Seeleute sowie der Herzog von Gravina selbst, der nach dem Schiffbruch schwerverwundet auf dem Wasser trieb, bis er von seinen französischen Alliierten aufgefischt wurde. Die Helden von Trafalgar haben deutliche Spuren hinterlassen: Nelson starb in der Schlacht und wurde unsterblich. Villeneuve versuchte, seine angeschlagene Ehre zu retten, indem er Selbstmord beging, dennoch erinnert sich fast niemand mehr an ihn. Nach dem Aufstand von Aranjuez dankte Karl IV. zugunsten seines Sohnes Ferdinand VII. ab, doch zwang Napoleon Bonaparte die beiden Monarchen hinterrücks, die spanische Krone 1808 an ihn abzutreten. Jedenfalls ist der Atem der Geschichte ein launischer Wind, und an die Toten mit weniger illustren Namen erinnert sich kein Mensch: Wo im Atlantischen Ozean mochten wohl die verkohlten Knochen des Kochs ihr Grab gefunden haben? Das Buch, das Plácido Hoyuelos Arroyo verfaßt hatte, erlebte Anfang des neunzehnten Jahrhunderts eine kurze Blüte, dann verschwand es in der Versenkung. Niemand weiß, auf welchen Wegen ein abgegriffenes, aber vollständiges Exemplar hundert Jahre später in die Hände der Cagliostros gelangt war. Mit Hingabe erweckten die Brüder einige der wundervollen kulinarischen Formeln, die der Mann aus Burgos erfunden hatte, zu neuem Leben und ließen daraus Gerichte von unvergänglichem Ruhm entstehen, wie die *Seezunge Luciano in Orangen-Rosmarinsauce*, für die man die Filets salzt, pfeffert und in Öl andünstet, sie dann in der Pfanne mit Orangensaft beträufelt und weiterbrät, bis sie golden sind, zuletzt fügt man die Rosmarinnadeln und eine Prise schwarzen Pfeffer hinzu und serviert sie zu weißem Safranreis.

Die ursprüngliche Version des *Handbuchs der Südatlatischen Küche* enthielt eine umfangreiche Liste von Ölen, Saucen, Gewürzen, Aromen, Kräutern, Treibmitteln und Duftstoffen, Zuchtvieh, Wild, Fisch und Meeresfrüchten, Vögeln und Stallgeflügel, Hülsenfrüchten und Gemüsen, Obst und Süßspeisen, Brotsorten, Torten, Kuchen und Kleingebäck, berühmten und unbekannten Beilagen, Suppen und *Consommés*, orientalischen und amerikanischen Pfannengerichten, ein bunt gewürfeltes gastronomisches Glossar mit Begriffen und neuen Wortschöpfungen aus dem argentinischen Küchenjargon, Kapitel zu Techniken des Kochens, Bratens, Brühens, Dämpfens, Grillens, Überbackens, Glasierens und Einlegens sowie Aufstellungen von Utensilien und Geräten mit einem bebilderten Anhang zu Apparaturen eigener Herstellung, einen Abschnitt zu Gewichten, Umrechnungs- und Maßtabellen, eine eingehende Studie zum Thema Ofentemperaturen und Backzeiten, Ratschläge zur Hygiene und Aufbewahrung von Nahrungsmitteln, Wein- und Getränkelisten, eine Reihe wohltuender Kräuter-, Früchte- und Blütentees, Tips für die Zubereitung von Kaffee und Tee sowie einen exotischen Überblick über typische Gerichte der afrikanischen und fernöstlichen Küche.

Mássimo und Alessandro verwandten – wie gesagt – mehrere Monate auf die Fassung des einzigartigen *Handbuchs der Südatlantischen Küche*, die sie veröffentlichen wollten. Das Ergebnis ihrer Arbeit war ein Werk voll kulinarischer Magie. Und als das *Handbuch* gedruckt und ausgeliefert war, übereignete Mássimo das Original Alessandro, damit dieser es aufbewahre wie den wertvollsten Schatz der Welt. Und was machte Alessandro damit? Er wickelte es in Reispapier und Organdy zum Schutz vor Feuchtigkeit und legte es in eine Schublade der Kommode aus Zedernholz, die im großen Schlafzimmer des *Almacén* stand. Dort lag es, im Dämmerschlaf wie ein verwunschener Diamant, und wartete darauf, anderen Augen seine Wunder zu offenbaren.

9

Ehe das Jahr 1923 zu Ende war und bevor César Lombroso das *Handbuch der Südatlantischen Küche* entdeckte, sollte allerdings noch eine ganze Menge geschehen. Das Netz des Lebens ist ein Gespinst, für das wir nur unzureichende Erklärungen haben. Wie es scheint, machen wir einen Schritt vorwärts, den nächsten zur Seite, immer im trunkenen Takt der Ereignisse. Aus diesem Grund überschlagen sich beim Blick in die Vergangenheit die Bilder in lärmendem Durcheinander und finden nur ganz allmählich zu klangvoller Verbindung. Mit der Zeit läßt sich jedoch erkennen, wie ein Teil ins andere greift, bis sich die Dissonanzen mit einem Mal zu Harmonien fügen. Und wie der heisere Nachhall des Donners wandelt sich das wilde Rauschen der wirbelnden Bilder und Worte in unserem Kopf zu einer geheimnisvollen, unsere Erinnerungen verklärenden Musik.

Unter dem eisernen Regiment von Mássimo und Renzo Lombroso erlebte der *Almacén Buenos Aires* in der zweiten Dekade des zwanzigsten Jahrhunderts seine Glanzzeit. María Ciancaglini entwickelte sich zu einer außerordentlichen Feinschmeckerin; der frische Jasminhauch, der sie Tag und Nacht umwehte und stets ihre Anwesenheit in der Küche verriet, mischte sich stimmig mit den verführerischen Düften der Kräuter und Gewürze, von denen die Taverne beständig durchzogen war: einem feinen Hauch von Kreuzkümmel, Muskatblüte, Lorbeer, Garam Masala, chinesischen und thailändischen Würzpulvern, Anklängen von Mandelaroma, dem feinen Bukett von Vanille- und Kakaoschoten.

In jenen Jahren wuchs der Badeort zu einer Stadt heran, in der das triumphale Gepränge des Zentrums einen krassen Gegensatz zum verschwiegenen Elend der Außenbezirke bildete. Die herrschaftlichen Villen und Häuser in Strandnähe prunkten mit französischen Dachziegeln, Carrara-Marmor, slowenischer Eiche; die Möbel und Täfelungen waren aus Belgien, London und Paris importiert; das Porzellan aus Limoges herangeschafft worden; das ziselierte Silberbesteck entstammte den exklusiven Werkstätten an Rhein und Donau. Nicht weit davon brodelte allerdings ein ganz anderes Leben, und man mußte gar nicht weit gehen, um es zu entdecken: In den weiter landeinwärts gelegenen Vierteln bestand der Schmuck der bescheidenen blechgedeckten Backsteinhäuser allein aus Gebeten, einem entbehrungsreichen Alltag und den von einer Generation an die nächste vererbten Träumen von einem ungewissen Wohlstand.

Die Familien aus Buenos Aires, die ihre Sommerferien in Mar del Plata verbrachten, reisten nie ab, ohne dem *Almacén* mindestens einen Besuch abzustatten. Dies war ohne Zweifel die glorreichste Zeit des Restaurants. Die Küche wimmelte von Gehilfen, die Mássimos, Renzos und Marías schmackhaften Anweisungen folgten, und der Speisesaal war ein behaglicher Bienenkorb, durch den sich die Kellner mit Tabletts voller Delikatessen schlängelten. Still und leise setzte sich Mássimos kulinarische Raffinesse durch, und sein unerschöpflicher Erfindungsreichtum ließ die Rezepte der Brüder Cagliostro in völlig neuem Glanz erstehen: leicht veränderte Konsistenzen, sanfte Variationen der Saucen und Würzmischungen, eine allgemeine Verfeinerung, ganz im Sinne des aristokratischen Kosmopolitismus, wie er auch in den französisch angehauchten Manieren und Gewohnheiten der besseren Gesellschaft zur Schau getragen wurde, die den seinerzeit angesagtesten Millionär Marcelo Torcuato de Alvear umschwirrte. *Der göttliche Marcelo*, wie ihn die adligen Damen im Vertrauen nannten, wurde 1922 Staatspräsident und auf Schritt und Tritt von seiner Gattin, der italienischen Sopranistin Regina Paccini, begleitet. Die beiden bereisten regelmäßig die Atlantikküste und pflegten im *Almacén* das Mittagessen einzunehmen, umringt von eleganten, vornehm parlierenden Schwatzmäulern, die das Paar in seinen Vorlieben nachahmten und dessen hochwohlgeborenen Eitelkeiten fröhlich Beifall spendeten.

In einer Sommernacht des Jahres 1924, während Alvear und seine Frau mit einer Gruppe von Freunden in der Taverne zu Abend aßen, hatte die berühmte Sängerin eine plötzliche charmante Anwandlung, die sie ihrem Gatten ins Ohr wisperte. Der Präsident lächelte, drückte ihr einen raschen, warmen Kuß auf die linke Hand, entschuldigte sich leise bei seinen Gästen, erhob sich mit der Feierlichkeit eines Sultans, durchquerte mit langen Schritten wortlos den Speisesaal, ging in die Küche, blieb vor Mássimo stehen und äußerte liebenswürdig und mit schlichten Gesten die Bitte, ein einzigartiges Dessert für seine Frau zu kreieren. Alvear war ein hochgewachsener, korpulenter Mann mit den Zügen und dem Auftreten eines Fürsten und verfügte über eines der größten Vermögen des Landes, doch schlug er an jenem Abend ohne jedes Gehabe einen bescheidenen, bettelnden Ton an, der dem Chefkoch zu Herzen ging. Der legendäre Küchenmeister, der, wie viele in Mar del Plata ansässige Italiener, mit dem sozialistischen Zeitgeist sympatisierte, blickte den Präsidenten an, ohne mit der Wimper zu zucken, grinste geschmeichelt wie ein Beduine, schielte schelmisch zu seinem Schwiegersohn hinüber, und beide versprachen in knappen Worten, das Gewünschte in weniger als einer halben Stunde auf den Tisch zu bringen.

Und so erblickte die *Crêpe Regine* das Licht der Welt, ein Rezept, das so delikate Aromen vereint wie die weltbekannte *Crêpe Suzette*. Für den Teig verwendete Mássimo Butter, die er mit Zucker und ein paar Tropfen Honig süßte, Mandarine,

Zitronenwasser und schließlich Curaçao zum Flambieren. Die Füllung bereitete er aus Erdbeerherzen, parfümiert mit goldbraunem karibischem Rum, Sahnetupfern und Chartreuse-gewürztem Kakao. Unvergeßlich.

1927, in der Januarvollmondnacht, wurde María schwanger, und am 8. Oktober gebar sie ihr erstes Kind, einen Jungen. Etwa zwei Monate später, am Nachmittag des Heiligen Abends, brachten sie ihn in die Kapelle der Kathedrale der heiligen Petrus und Cäcilie und tauften ihn auf den Vornamen des Magiers Federico Zefirano, des kreativsten Kochs im Herzogtum Ferrara. Renzo und María hatten keine willkürliche Wahl getroffen: Beide waren sie fasziniert von Federico, dem Schöpfer der *Tagliatelle col prosciutto*, die der Spitzenkoch ersonnen hatte, um seiner überschwenglichen Bewunderung für die gewellte Blondmähne Lucrezia Borgias Ausdruck zu verleihen. Der Priester der Kathedrale – ein vorbehaltloser Anhänger der *Minestrone Lombardo*, die Mássimo mit schwarzem Pfeffer und Parmesan garnierte – sagte in seiner kurzen, sehr persönlich gehaltenen Ansprache, das Schicksal dieses Kindes sei von seinem Blut geprägt und hänge von seinem Gaumen ab. Und kaum daß der Geistliche das Zeichen des Kreuzes auf Federicos Stirn gemacht hatte, stippte der Kleine ein Fingerchen ins Weihwasser und steckte es schnurstracks in den Mund, um es zu kosten.

Am 28. Juni 1896 fand in Buenos Aires der Kongreß der Sozialisten statt. Anlaß der Versammlung war die Verabschiedung einer Grundsatzerklärung, des Programms und der Satzung der brandneuen politischen Bewegung, was diesen denkwürdigen Tag zum Geburtstag der Sozialistischen Partei Argentiniens macht. Doch beachte man das Datum, den 28. Juni, denn die

Absurdität der Geschichte wollte, daß genau achtzehn Jahre später die Ciancaglinis in Mar del Plata eintreffen würden, während zur gleichen Zeit jenseits des Ozeans in Sarajewo ein tödlicher Schuß fiel, der zum Auslöser des Ersten Weltkriegs werden sollte. Als die Sozialistische Partei Argentiniens gegründet wurde, arbeitete Mássimo Lombroso als Chef der Suppenküche im Hotel Principe di Savoia in Mailand und hätte sich nicht träumen lassen, daß sein Weg ihn vierzehn Jahre später an die kalte Südatlantikküste führen würde.

Die italienische Gemeinschaft in Mar del Plata wurde immer zahlreicher. Bereits 1899 fanden sich mehr als vierhundert Personen zu einem Vortrag über den sozialistischen Gedanken im Saal des Solidaritätsverbandes *Sociedad Italiana de Socorros Mutuos Giuseppe Garibaldi* ein. Und von der Saat zur Ernte brauchte es nur wenige Jahre: 1907 rief eine Gruppe engagierter Bürger das *Centro Socialista* ins Leben, wobei die Familiennamen der Pioniere auf deren italienische Herkunft schließen lassen: Magrini, Musante, Valenti, Liberatore, Ventura, Zaccagnini, Bramuglia, Risso.

1910, als Mássimo nach Mar del Plata kam, entstand die *Federación Socialista Bonaerense*. Und auf Betreiben eines seiner Gehilfen im Hotel Bristol, der ihn einlud, sich der Partei anzuschließen, trat der Koch im folgenden Jahr dem Sozialistischen Zentrum bei. Mitte des Jahres 1911 ging aus unterschiedlichen politischen Strömungen der Stadt die *Junta Popular de Resistencia a los Comisionados* hervor, eine Initiative, die auf breiter Basis Front gegen die Regierung machte. Der Bürgermeister wurde damals vom Gouverneur von Buenos Aires nach eigenem Gutdünken bestimmt, weshalb sich mehrere Gruppierungen vereinigten, um gegen den skandalösen Wahlbetrug seitens des konservativen Lagers aufzubegehren. Es kam zu öffentlichen Kundgebungen, Protestmärschen und Unruhen, die in Schlägereien und Steinschlachten mit der Polizei ausarteten und von dieser mit brutaler Gewalt beendet wurden. Nach einem besonders heftigen Zusammenstoß war unter den Verletzten auch Mássimo, der genäht werden mußte, aber trotz der fünf Zentimeter langen Platzwunde am Kopf sein breites Lächeln nicht verlor. Von diesem Tag an fehlte der Küchenmeister nie im Zentrum, unterstützte dessen Kandidaten in ihrem Sendungsbewußtsein, beteiligte sich an den Treffen und Versammlungen und stellte später den *Almacén* für gemeinsame Mahlzeiten und Geselligkeiten der Partei zur Verfügung.

Diese Zeit der Hoffnung ging jedoch zu Ende. Am 6. September 1930 erlitt das Prestige des *Almacén* einen schweren Schlag: Präsident Hipólito Yrigoyen, ein unbestechlicher Demokrat, wurde entmachtet. Die Faschisten unter dem Kommando des Generals José Félix Uriburu hatten ihn gestürzt und damit den ersten Militärputsch der argentinischen Geschichte herbeigeführt. Folternd und mordend zogen fanatische Horden durch das Land und tränkten es mit Blut, steckten Zeitungsredaktionen und Parteilokale in Brand, jagten die republikanischen Richter davon, um sie durch linientreue Beamte zu ersetzen, und inhaftierten Tausende von Oppositionellen. Uriburu, berauscht von seiner Autorität und dem Beifall seiner Gefolgsleute, verhängte am 10. September das Kriegsrecht und begann ohne ordentliche Gerichtsverfahren hemmungslos zu foltern und zu töten. Die Grausamkeit der Faschisten richtete sich gegen jeden, der sich dem Diktator widersetzte, die Gefängnisse füllten sich mit Anarchisten, Sozialisten und Radikalen, doch sprach man über die Qualen der politischen Häftlinge nur hinter vorgehaltener Hand und betrauerte die Erschossenen lautlos.

Am 10. September wurde in Rosario ein katalanischer Arbeiter standrechtlich erschossen, weil er Flugblätter gegen das Regime gedruckt hatte, und tags darauf brachte eine Todesschwadron – bestehend aus einem Leutnant, zwei Gefreiten, einem Feldwebel und sechs einfachen Soldaten – in einem namenlosen Gefängnis in Patagonien zwei militante Sozialisten um, die der Aufwiegelung angeklagt waren. Die beiden starben in einem Zeitabstand von nur fünfzehn Minuten: Einer war der Generalsekretär des *Centro Socialista* von Mar del Plata, und der andere, auffällig geworden, weil er sein Restaurant für geheime politische Versammlungen zur Verfügung gestellt hatte, war Mássimo Lombroso.

10

Am 11. *September 1930*, nach einem kurzen Prozeß vor einem Militärtribunal unter dem Vorsitz eines ungenießbaren Hauptmanns, feuerte das Exekutionskommando der Armee eine Salve auf den verängstigten Koch ab. Vier Tage zuvor, frühmorgens, während die Stadt sich noch verschlafen räkelte, hatte eine Soldatenpatrouille in Kampfanzügen mit großem Getöse den *Almacén* gestürmt. Die Männer waren ins Haus gestürzt, die Gewehre mit den aufgepflanzten Bajonetten im Anschlag, hatten Tische und Stühle umgetreten, Drohungen ausgestoßen, faschistische Parolen gebrüllt und Mássimo und Renzo mitgenommen. Vater und Sohn gingen gemeinsam den gleichen Leidensweg, Schulter an Schulter, und sie brauchten nur den Kopf zu drehen, um in den Augen des anderen die eigene panische Angst zu lesen. Seite an Seite wurden sie zwei Tage und Nächte lang geschlagen und gequält, das Schmerzgeheul des Vaters mischte sich mit dem des Sohnes, dieselbe Richtstätte diente ihnen beiden als Golgatha. Sie waren vollkommen erschöpft, als man sie auf einen getarnten Lastwagen warf, mit einem Dutzend anderer mißhandelter Gefangener zusammenkettete und ohne Rast zu einem Gefängnis in der unwirtlichen Grenzregion von Patagonien schaffte.

Mássimo geht auf das Schafott zu: Sie haben ihm die Hände gefesselt und stoßen ihn vor sich her, einen langen, feuchten Korridor entlang, durch eine braune Eisentür und hinaus auf den verwaisten Gefängnishof; hoch am Mittagshimmel steht senfgelb die Sonne, die kaum die Luft erwärmt. Ohne jede Aussicht auf Begnadigung zum Sterben verdammt, setzt Mássimo schwerfällig einen Fuß vor den anderen, bis der Trupp vor einer kugeldurchsiebten Mauer zum Stillstand kommt. Dort lassen sie ihn stehen, steif wie ein Stock, Auge in Auge mit seinen Henkern. Und einen überwältigenden Augenblick lang, während er die unwirsche Stimme des Leutnants schon seine Exekution befehlen hört, sieht er in einem Gewitter aus Farben und Formen Bilder aus seinem Leben vorüberziehen. Zusammenhanglos wirbeln die Erinnerungen durcheinander, und die stinkende schwarze Kapuze erstickt seinen entsetzten Aufschrei.

Renzo wurde verschont und zu fünf Jahren Haft im Zuchthaus von Ushuaia verurteilt, doch hatten die Torturen Wunden verursacht, die sich bald entzündeten, so daß er als Notfall in die Krankenstation der Anstalt eingeliefert werden mußte. Die Sanitäter versorgten ihn mit mechanischer Gleichgültigkeit; Fanatismus setzt das gesunde menschliche Empfinden außer Kraft und zermürbt den Geist. Die offenen Schwären fraßen sich ihm ins Fleisch, und als nach ein paar Wochen der rechte Arm vom Wundbrand befallen war, wurde er amputiert. Als Renzo im Operationssaal wieder zu sich kam, war er über und über von seinem eigenen Blut verkrustet, das Fieber pulsierte in seinem ganzen Körper, und die wilde Rotte seiner Alpträume verkeilte sich in seinem Hirn und seinem Gemüt. Er verlor so oft das Bewußtsein, daß ihm das Gefühl für die Zeit und seinen verstümmelten Körper irgendwann endgültig abhanden kam.

Zwei Monate später wurde er aufgrund seiner angegriffenen Gesundheit begnadigt und freigelassen. Als Renzo im *Almacén* auftauchte, hatte er zehn Kilo abgenommen und trug den Armstumpf in eine schmutzige, zerfetzte Binde gewickelt. Noch immer wollte das Schlottern seiner Knochen und Muskeln nicht nachlassen, und er bewegte sich langsam und ungelenk wie ein Bettelmönch. María empfing ihn mit verweinten Augen und wußte nicht recht, ob sie die Spukgestalt eines Büßers oder einen Auferstandenen vor sich hatte, der den Katakomben entronnen war. Sacht nahm sie ihn in die Arme, hielt ihn auf dem Weg durch den Salon mit Mühe aufrecht, half ihm die Haupttreppe hinauf, führte ihn in die Suite und entkleidete ihn behutsam. Dann brachte sie ihn ins Bad und wusch seinen Körper mit warmem Wasser und Jasminseife; in einem sanften, schweigenden Ritual glitten die Hände der Frau über die geschundene Haut ihres Mannes. Nachdem sie ihn mit angewärmten Tüchern abgetrocknet hatte, kleidete sie ihn in einen Schlafanzug, der nach getrockneten Veilchen duftete, bettete ihn auf die vertrauten Kissen, zündete ein Mandelöllämpchen zu Ehren der Jungfrau von Lourdes an und löschte das Licht, um ihn von den Strapazen ausruhen zu lassen. Und während er in den Schlaf sank, streichelte sie ihn, übersäte ihn mit hauchzarten Küssen und sprach flüsternd von der Wunderkraft der Liebe, und auf diese Weise pflegte sie ihn tagein, tagaus, stets begleitet von dem kleinen Federico.

Anfang April, mit dem Eintreffen der kalten Südwinde und der Kormorane auf ihrer Wanderschaft entlang der Küste, wurde Renzos Martyrium zur Agonie. Er starb still und zitternd mit offenen Augen im Morgengrauen des 12. April 1931. Als er seinen letzten Atemzug tat und das Leben für immer aus ihm wich, umfingen ihn die Arme seiner Frau und der fassungslose Blick seines Sohnes.

Einen Tag nach Mássimos und Renzos Verhaftung durch das Militär hatte die Stadtregierung die Schließung des *Almacén* angeordnet. Die Fenster des Gebäudes blieben dunkel; die Tür öffnete sich nur noch, wenn María mit ihrem Sohn ausging oder heimkam; die Küchendüfte verflogen wie Rauch; die Lampen, die die Taverne mit goldenem Licht erfüllt hatten, waren erloschen, das Klappern der Teller und Bestecke verstummt, die anheimelnde, appetitliche Wärme, die den Öfen und Bratröhren zu entsteigen pflegte, abgezogen. Und in wenigen Wochen hatte sich die Straßenecke in ein Denkmal ohne eigenen Pulsschlag verwandelt.

Es ist wenig überliefert aus dieser düsteren Zeit; über das Verhängnis der Familie Lombroso sprach man in Mar del Plata nur mit gesenkter Stimme. Kunden müssen nicht unbedingt auch Freunde sein, und den meisten Leuten ist eine Tragödie in der Nachbarschaft ohnehin gleichgültig. Lediglich ein paar Mitglieder der Sozialistischen Partei kamen auf die Witwe zu, um ihr Hilfe anzubieten und Trost zu spenden, diskrete, liebevolle Besuche, Balsam inmitten des unbeschreiblichen Grauens, das über die Lombrosos hereingebrochen war.

Das kleine Vermögen, das der *Almacén* erwirtschaftet hatte, fiel nun María und Federico zu, so daß sie sich ohne materielle Not in das riesige Haus zurückziehen konnten, während draußen in den Straßen die Faschisten ihre Hatz fortsetzten. Und ganz allmählich begannen Mutter und Sohn, ihre Wunden zu lecken und sich die Splitter aus dem Herzen zu ziehen, wohl wissend, daß sich dem Terror nur mit aberwitziger Hoffnung begegnen ließ, wollte man nicht die Hölle auf Erden erleiden oder mit dem eigenen Leben abschließen und sich dem Pulverdonner an der Schläfe, der straff um den Hals gezogenen Schlinge, dem Gewehrschuß im Dunkel einsamer Verzweiflung ausliefern.

Federico wuchs am einzigen Ort der Welt heran, an dem seine Mutter schließlich ihren Frieden wiederfinden sollte: in der Küche des *Almacén*. Jeden Nachmittag, wenn der kleine Lombroso aus der Schule heimkam, machte er seine Hausaufgaben und spielte eine Weile mit seinen Freunden in der Nachbarschaft. Und dann verschanzten sich Mutter und Sohn in der Küche, um gemeinsam den schimmernden Geheimnissen nachzuspüren, die Luciano und Ludovico Cagliostro dereinst im *Handbuch der Südatlantischen Küche* verewigt hatten. Beschwingt von dem neuerlichen Zauber, den die Rezeptideen ihrer Vettern auf sie ausübten, entriegelte María im Frühjahr 1941 die Türen, zog die Keile weg, klappte die Läden zurück und riß die Fenster auf, zündete im Speisesaal die Lampen und Kerzen an, spülte das Geschirr, polierte das Besteck, füllte die Vorratskammern mit Köstlichkeiten und grübelte über Rezepten und kulinarischen Geheimformeln für die Speisekarte der neu erstandenen Taverne. Sie ließ die Fassade streichen, engagierte einen Küchengehilfen und zwei Kellnerinnen und machte den *Almacén Buenos Aires* am 8. Dezember zur Mittagszeit wieder auf.

Seit der Tragödie waren zehn Jahre vergangen.

Im Lauf der infamen vierziger Jahre ging mit Mar del Plata eine Art Häutung vor sich. Mit Bauprojekten, die heute längst Wahrzeichen der Stadt sind, drückte ihr das konservative Regime seinen profanen Stempel auf: So entstanden die Rambla Casino, das Theater Auditório, das unterkühlte Hotel Provincial, die Strandbäder an der Playa Grande, das Rathaus Palacio Municipal und die neue Verbindungsstraße von der Hauptstadt zur Küste. Und mit der Ankunft zahlreicher Immigranten, die den Greueln des Zweiten Weltkriegs oder der Hungersnot des spanischen Bürgerkriegs zu entkommen trachteten, wucherten die Stadtteile, und die Innenstadt füllte sich mit Wohnblocks, in denen sich spanische, italienische und französische Dialekte unter die kastilischen Laute mischten. Doch kamen auch Tausende von Männern und Frauen über Äcker und Feldwege aus dem ganzen Land, in der Hoffnung, irgendwo in der Touristenmetropole, zur der sich das Badeörtchen entwickelt hatte, einen Schlupfwinkel zu finden. Für Mar del Plata war dies die Zeit, in der sein wachsendes Ansehen ihm den Namen »Perle des Atlantiks« einbrachte.

11

5. *Februar 1979: der schwarze Tag,* an dem Beatriz Mendieta den kotbedeckten kleinen Lombroso und die Überreste seiner Mutter Marina Ferri fand. Der Polizeibeamte Franco Luzardi hat den Schreibtisch der Wachstube aufgeräumt, damit der Kollege, der ihn ablösen würde, sich nicht über die Unordnung beschwerte: die Papiere mit den Strafanzeigen, die Ordner und Aktenbündel mit Unterlagen zu verschiedenen Verbrechen, ein paar billige Füllhalter, Kohlepapier, überquellende Aschenbecher, die Kaffeetasse, ein leeres Kaugummipäckchen, die Morgenzeitungen. Luzardi hat das Gefühl, wieder einmal den ganzen Tag mit der Nase in der Klosettschüssel und den Händen in der Jauche zugebracht zu haben, und ahnt, daß man sich unweigerlich mit irgendeiner Seuche ansteckt, wenn man im Unrat wühlt. Vor wenigen Stunden hat Beatriz Mendieta ihre Aussage beendet und die Dienststelle verlassen. Dem jungen Polizisten dröhnt der Kopf vom Wortschwall der Frau, und noch immer liegt ein leichter Essiggeruch in der Luft. Das Aroma des Unheils ist unverkennbar, überlegt Luzardi, es bleiben der saure Geschmack im Mund, das Jucken in den Augen, das Brennen auf der Haut, die ein grausig bewahrheiteter Alptraum verursacht.

Was taten die Polizisten, Feuerwehrleute und Sanitäter, die sich zum *Almacén* aufmachten, um nachzusehen, was hinter der Anzeige Beatriz Mendietas steckte? Luzardis Bericht für die Polizeiakte gibt uns Aufschluß über die wichtigsten Fragen: Beim *Almacén* trafen vier Polizeibeamte der Feuerwehr ein, ein Rettungswagen des Krankenhauses mit einem Sanitäter am Steuer und der diensthabende Gerichtsmediziner, der im eigenen Wagen vorfuhr. Sie alle gingen hinein, durchquerten den

Salon und stiegen entschlossenen Schrittes die Treppe zum oberen Stockwerk hinauf. Dort schlug ihnen ein übler Geruch entgegen, und sie hielten inne. Die Feuerwehrleute holten Atemschutzmasken aus den Taschen ihrer Uniformjacken und setzten sie auf, der Sanitäter und der Arzt rümpften mit erfahrenem Gleichmut die Nase, dann näherten sich die sechs Männer der offenen Tür des Zimmers, aus dem der Gestank kam, und traten ein. Luzardi hält sich nicht mit ekelhaften Einzelheiten auf, sondern beschreibt nur schnörkellos das Wesentliche: den Körper des Kindes, das in seinen eigenen Exkrementen und den Überresten seiner Mutter lag, den Arzt, der den kleinen Lombroso in ein sauberes Leintuch wickelte, das er der Kommode entnommen hatte, den Sanitäter, der das Fenster öffnete, um die verpestete Luft hinauszulassen, die Feuerwehrleute, die den Ort mit bedächtiger Sorgfalt untersuchten, die Benachrichtigung der Dienststelle und die darauffolgende Ankunft zweier Beamter der Spurensicherung, die Hinweise sammelten und nach möglichen Fährten forschten, und schließlich die Zeremonie der Fachleute, die für die Bergung der kläglichen Reste der Frau und deren Abtransport in die Leichenhalle zuständig waren. Ganz hinten in der von dem Polizeibeamten Luzardi zusammengestellten Akte liegen der Obduktionsbericht, die Ergebnisse des Polizeilabors, das Resümee des Arztes, der das Kind untersucht hatte, sowie einige Angaben zur Identität der Mutter und ihres Sohnes.

Zudem findet sich in der Akte eine Textpassage, mit deren Hilfe sich die Ungeheuerlichkeit des Vorfalls erfassen läßt: Mit knapper Präzision sind dort die Schlußfolgerungen des Pathologen aufgelistet, der an Körper und Kleidung des Kindes, an Bettüchern, einer Decke, dem Kopfkissen und an der Wäsche gefundene Stuhlreste und andere organische Spuren analysiert hatte: »Die Ergebisse der durchgeführten Untersuchungen weisen eindeutig darauf hin, daß sich das Kind über einen Zeitraum von etwa sechs Tagen von der Leiche seiner Mutter ernährt hat ...«

César Lombroso blieb zehn Tage lang im Kinderkrankenhaus von Mar del Plata. Über die Behandlung, der er in dieser Zeit unterzogen wurde, ist nichts bekannt. In jenen Jahren der grausamen Militärdiktatur gingen viele Klinikaufzeichnungen in Flammen auf oder verloren. Niemand wird je erfahren, was dem kleinen Waisenjungen dort widerfuhr, denn viele namenlose Kinder sind auf diese Weise ihrer Identität beraubt und zu einem Leben im geheimen verdammt worden, von wo nur wenigen die Rückkehr gelang. Lombroso allerdings hatte einen persönlichen Schutzengel, oder vielleicht war es auch der Satan höchstselbst, der so eifrig über ihn wachte: Tatsache ist, daß es Adoptiveltern für gewöhnlich nicht im Traum einfallen dürfte, sich einen Kannibalen ins Haus zu holen, und doch ist dies möglicherweise der Grund, warum seine verschwundene Spur zwei Jahre später wieder auftaucht.

Am 21. September 1982 öffnet der *Almacén* aufs neue seine Pforten unter der Obhut von Rafael Garófalo und seiner Frau Bettina Ferri – einer Cousine ersten Grades von César Lombrosos Mutter –, die aus Italien angereist waren, um eine unerwartete Erbschaft anzutreten.

12

Bettina Ferri war auf dem Land geboren, an der Adriaküste des Friaul. Ihr Vater Giuliano und sein einziger Bruder Paulo waren zusammen auf der Obstplantage aufgewachsen, die ihre Familie seit Mitte des neunzehnten Jahrhunderts in der Region bewirtschaftete, zehn Hektar fruchtbaren Landes mit Apfelbäumen, Birnbäumen, Milchvieh und einer äußerst ertragreichen Schweinezucht, der Grundlage ihres traditionellen Handwerks: Sie produzierten köstliche Schinken und Schweinerücken, entbeinte Keulen für Spießbraten, Filetmedaillons, Grillkoteletts, Bauchspeck, Schulterstücke ohne Knochen, Würstchen und Schnitzel zum Kurzbraten und Einlegen in Rotwein. Stammt die Mortadella, dieses traditionsreiche Wunderwerk, etwa nicht aus Julisch Venetien? Um das Privileg, einwandfrei als Schöpfer der Mortadella anerkannt zu werden, befehden sich die Köche von Bologna und die des Friaul bis heute unerbittlich. Dazu sollte man wissen, daß diese Wurst bereits zu Zeiten Marco Polos, Anfang des vierzehnten Jahrhunderts, am venezianischen Hof bekannt war. Der Weitgereiste erzählt in seinen faszinierenden Memoiren, daß zu seinem Proviant beim Aufbruch in das fernöstliche Riesenreich des Großen Kublai Khan auch mehrere Gefäße mit Mortadella gehörten. In jene Zeit reicht auch das Rezept zurück, das Luciano Cagliostro verwendete: Schweinefleisch, Rindfleisch, ein wenig Speck, etwas gemahlene Myrte, anschließend ein Bad in Salzlake und zum Schluß das Räuchern. Die Geschichte aus dem Friaul wird in Bologna nicht akzeptiert und als Schwindel bezeichnet: Dort schwört man, die erste Mortadella sei im fünfzehnten Jahrhundert von Mönchen in den Klöstern der Emilia-Romagna hergestellt worden und habe von diesen auch ihren vollmundigen Namen erhalten, der auf das lateinische *myrtetum* zurückgehe und soviel bedeute wie »mit Myrte gewürzt«, woraus sich wiederum – so die in Bologna wie im Friaul vertretene Ansicht – der Begriff *mortadella* ableite. Zumindest in diesem Punkt stimmen beide Legenden also überein.

Den Ersten Weltkrieg überstanden die Brüder Ferri unversehrt, obgleich das Artilleriefeuer gefährlich nah über die schwächlichen Dächer ihrer Häuser donnerte. Die Mussolini-Diktatur allerdings sollte ihr Leben aus den Angeln reißen.

Flüchtende faschistische Truppen verwüsten ihre uralten Obstgärten, hungrige Soldaten verschlingen ihre Schweine, stehlen ihr Hab und Gut, vergewaltigen die Frauen des Dorfes, schneiden den Männern, die sich ihrer Söldnerbrutalität widersetzen, die Kehle durch. Paulo und Giuliano können ihre Haut retten; wie durch ein Wunder endet keiner von beiden abgestochen auf dem Dorffriedhof.

Paulo taucht zehn Jahre später in Mar del Plata auf: Er arbeitet in einer Fleischerei am Hafen, heiratet die Tochter eines spanischen Lebensmittelhändlers, und 1953 kommt sein einziges Kind auf die Welt, Marina. Im Winter 1955 stirbt Paulo Ferri an einem Lungenödem. Seine Frau hinterläßt keine erkennbaren Spuren, sie bleibt ein Geist ohne Lebensgeschichte; es ist nicht einmal bekannt, wo der Grabstein behauen wurde, der sie vergeblich vor dem Vergessen schützen sollte. Und Giuliano? Mag sein, daß er nie ins Exil gegangen ist wie sein älterer Bruder, sondern beschlossen hat, in seiner Heimat zu bleiben. Sein Lebensweg ist ein fest versiegeltes Geheimnis mit zu vielen Zweifeln und sehr wenigen Gewißheiten.

Im Jahre 1981, dem Jahr, das ihr Leben für immer verändern sollte, lebte Bettina Ferri noch in Cervignano im Friaul. Mitte März erhielt sie per Einschreiben einen Umschlag vom italienischen Konsulat in Mar del Plata; darin befanden sich zwei von

Konsul Umberto Pasanante unterzeichnete und mit dem Dienststempel versehene Schriftstücke, mit denen er sie darüber in Kenntnis setzte, daß ihre Cousine Marina Ferri an einer seltsamen Krankheit verstorben sei, und im folgenden mitteilte, daß das Justizministerium der Republik Argentinien – nach aufwendigen Nachforschungen seitens der Behörden und vielen Monaten der unablässigen, hartnäckigen Suche – sie, Bettina Ferri, unzweifelhaft und unanfechtbar als engste Angehörige Marinas ausfindig gemacht habe. In den letzten beiden Absätzen seines Briefes wies der Konsul sie darauf hin, daß sie aufgrund des Bürgerlichen Gesetzbuchs wie auch durch das gesunde menschliche Rechtsempfinden eines jeden guten Katholiken verpflichtet sei, sich unverzüglich zweier äußerst vordringlicher Angelegenheiten anzunehmen: der Versorgung ihres kleinen Neffen César Lombroso und der Verwaltung der Besitztümer, die das Kind geerbt habe. Im Anschluß folgte eine detaillierte Auflistung dieser Besitztümer: der *Almacén*, das Mobiliar, die beträchtliche Menge Geschirr, das Besteck, die Kücheneinrichtung, das Bankguthaben, das Auto und ein Hektar Land ohne feste Bestimmung in der Gegend von Chapadmalal südöstlich von Mar del Plata.

Als Bettina diesen Brief bekam, 1981, war sie einundzwanzig Jahre alt. An Weihnachten 1976 hatte sie Rafael Garófalo geheiratet, einen zwanzig Jahre älteren Bäcker von gutem Leumund und ausgeglichenem Wesen. Er war ein einfacher Mann, wortkarg und arbeitsam, der in einem bescheidenen angemieteten Ladenlokal sein Geschäft betrieb, seit seiner Hochzeit jedoch einen harten Kampf um die Finanzen fechten mußte, weil seine Frau mehr ausgab, als er verdiente, und die Schuldenlast erbarmungslos drückte. Sie konnten keine Kinder bekommen, weil des Bäckers Samen den gierigen Schoß seiner Gattin nicht zu befruchten vermochte, und so erschien ihnen die Nachricht aus Amerika ein Glückstreffer mit wenigen Wermutstropfen. Ihre Freunde dagegen waren besorgt: Argentinien würde vom Militär regiert, es gäbe Tausende von Toten und Verschwundenen, die Diktatoren erstickten das Land mit ihrem unheilvollen Netz aus Verschleppung, Folter und Mord, warum sie das Kind denn nicht abholten und nach Cervignano zurückkehrten? Doch stießen ihre Worte auf taube Ohren, die Vorfreude war stärker als alle Befürchtungen, und in wenigen Wochen hatten die Garófalos ihr ganzes Hab und Gut zu Geld gemacht, ihre Rechnungen bezahlt, Pässe beantragt und die Reise organisiert. Von ihren Freunden lautstark verabschiedet – letztlich ist es immer besser, sich unter Gelächter Lebewohl zu sagen als unter Tränen – und noch immer berauscht von dieser überraschenden Wende ihres Schicksals, beluden sich die beiden mit den wenigen Dingen, die sie mitnehmen wollten; dann verschluckte sie der Schlafwagen des Zuges, der sie geradewegs nach Rom brachte. Bei Einbruch der Dunkelheit bestiegen sie ein Flugzeug, das über das Mittelmeer flog, auf den Kanarischen Inseln noch einmal zwischenlandete, um Passagiere aufzunehmen, und dann in zehntausend Metern Höhe den Atlantischen Ozean überquerte, bis es im Flughafen von Ezeiza wieder festen Boden gewann. Es war um die Mittagszeit, die Stadt Buenos Aires wimmelte von Menschen, die überallhin zu spät zu kommen schienen. Die Garófalos entschieden sich für die Weiterreise per Eisenbahn und brachen nachmittags nach Mar del Plata auf. Erst beim Einschlafen, im Bett des ruhigen Hotelzimmers, das Konsul Pasanante für sie reserviert hatte, merkten Bettina und Rafael, wie erschöpft sie waren von der zehrenden inneren Anspannung, die sie bis in ihre Träume hinein beherrschte. An der Küste kündete der kalte Südwind vom Ende des Herbstes 1981.

Ohne daß dies begründet oder gerechtfertigt werden müßte, hatte der italienische Konsul penibel wie ein Buchhalter nach César Lombrosos Vorfahren geforscht: Gut zwei Jahre lang lebte der Kleine im Kinderheim *Patronato de la Infancia*, einem trübsinnigen Gebäude, das die zweigeschossigen Unterkünfte mit ihren verglasten Galerien U-förmig umschließt und auf einen baumbestandenen Garten mit Plattenwegen und hortensien- und rosenbepflanzten Ecken blickt. Die dicken Mauern wirken uneinnehmbar, die hohen Giebeldächer sind mit französischen Ziegeln gedeckt, der Eingang wird von einem einschüchternden Portal aus massigen Säulen bewacht, auf denen ein nach Norden gerichteter Steinbalkon ruht. Um die Schliche des Teufels auf Abstand zu halten, hat man gleich nebenan die Kapelle San Carlos de Borromeo errichtet: Hoch oben an der Spitze des hohen Glockenturms ragt von einem gemeißelten Sockel aus weißem Stein das Kreuz auf und wacht über die Seelen der Unschuldigen, die an diesem Ort leben.

Dort war César Lombroso untergebracht, als seine Tante und sein Onkel ihn abholen kamen. Der Konsul begleitete die beiden und kümmerte sich um die Formalitäten, die juristische Abwicklung und den erforderlichen bürokratischen Papierkrieg, damit der Waisenjunge sein neues Leben im *Almacén* beginnen konnte.

13

Wie kam es nun eigentlich dazu, daß Bettina Ferri zu César Lombrosos »engster Angehörigen« wurde? Bisher ist uns nicht einmal bekannt, wer oder wo der Vater des Kindes ist, denn in unserem lückenhaften Rückblick ist er bisher nicht vorgekommen. Auch wissen wir nicht, wie es mit dem *Almacén Buenos Aires* weitergegangen ist, und da ist noch etwas, das sich unserer Kenntnis entzieht und unsere Sinne nach wie vor genüßlich in Atem hält: der Verbleib der Originalhandschrift des wunderbaren *Handbuchs der Südatlantischen Küche.*

Das beste wird wohl sein, zuerst die alten Geheimnisse zu lüften, bevor wir versuchen, neue zu entschlüsseln. Stützen wir uns also auf einige maßgebliche Fakten, um den vagen Spuren, die die Zeit überdauert haben, mit festerem Schritt nachgehen zu können.

Zumindest zwei sehr wichtige Daten sind so sicher wie das Amen in der Kirche:

Erstens: Am 8. Dezember 1941 zur Mittagszeit machten María Ciancaglini und ihr einziger Sohn Federico Lombroso den *Almacén* wieder auf.

Zweitens: Am 21. September 1982 abends eröffneten Bettina Ferri und ihr Mann Rafael Garófalo den *Almacén Buenos Aires* erneut.

Sehen wir also, was sich im Verlauf dieser einundvierzig Jahre zugetragen hat.

Am 8. Oktober 1941 wurde Federico Lombroso vierzehn Jahre alt. Und mit der goldenen Hoffnungsfreude der Seefahrer, die am Horizont Land sichten, machte seine Mutter exakt zwei Monate später – auf den Tag genau, so wollte es die unbegreifliche Arithmetik des Lebens – den *Almacén Buenos Aires* wieder auf. Wie kam es zur Wiedergeburt der Frau aus ihrer tränennassen Asche? Von gewaltiger Willenskraft beflügelt, erhob sie sich unvermittelt aus der Niedergeschlagenheit, die sie gefangenhielt, seit Renzo in ihren Armen gestorben war, und begann wieder zu leben. Möglicherweise genügte eine einzige Geste, um sie aus der Hölle zurückzuholen, denn läßt sich nicht bereits erahnen, daß Federico mit der unsichtbaren Zauberkraft des väterlichen Erbes gesegnet war, einer aus Duft- und Geschmacksnoten, exotischen Aromen und köstlichen Texturen schöpfenden Zauberkraft? Es sollte hier noch einmal daran erinnert werden, daß Federico, als man ihn im Jahr seiner Geburt am Nachmittag des Heiligen Abends in der Kathedrale der heiligen Petrus und Cäcilie taufte und der Priester das Kreuz auf seine Stirn zeichnete, einen seiner winzigen Finger ins Weihwasser getaucht und ihn flugs wie der Flügelschlag eines zustoßenden Falken oder der pfeilschnelle Stachel einer Wespe zum Mund geführt hatte, um einen Tropfen zu kosten. Niemandem außer María war die blitzartige Bewegung aufgefallen. Doch war der Moment, in dem ihr Kind die heiligen Sakramente empfing, nicht der rechte Zeitpunkt für kühne Prophezeiungen und unsichere Prognosen. Die engelsgleiche Geduld der Mutter sollte nicht verwundern: Eine Frau, die neun Monate lang ausharren muß, um das Wunder des Lebens zu vollbringen, weiß auch abzuwarten, bis die Zeit ihre Karten auf den Tisch legt.

Zusammen mit seiner Mutter ging Federico Lombroso das großartige *Handbuch der Südatlantischen Küche* Seite für Seite durch, und die riesige, stille Küche des noch immer geschlossenen Restaurants wurde zu seinem liebsten Spielplatz. Der junge

Lehrling erwies sich als geborener Alchimist, eifriger Forscher nach mysteriösen Regeln und Techniken, Magier bei der Auslegung der uralten Pläne aus dem heiligen Buch der Götter. Aromen und Düfte von Kräutern und Gewürzen erfüllten seine Träume mit exotischen Phantasien, die von seinen Großonkeln gesammelten und erdachten Formeln fesselten seine Gedanken ebenso wie die Marías, und diese erkannte in ihrem Sohn das lebende Abbild ihres Gatten und ihres Schwiegervaters. Der Anblick Federicos in der Küche: seine kleinen, flatternden Hände, die sich hierhin und dorthin bewegten wie fünffach geflügelte Vögel und mit besessener Experimentierfreude mischten und kneteten, einlegten, würzten, schnitten, rührten, schuppten, brieten. War es nicht diese sich tagtäglich wiederholende Szene, die monatelang durch Marías Träume geisterte, ehe die Frau begriff, was sich damit ankündigte? Und so muß es dann passiert sein: Das stumme Bild wuchs sich zu einem mächtigen Totem aus, zum schallenden Echo eines Gebets, zu einem heißen Flehen, und eines Nachts im Frühling, während in der Stadt nichts als das Rauschen des Meeres zu hören war, hatte María plötzlich das Gefühl, die Haut schälte sich ihr vom Körper, und sie sprang aus dem Bett, von ihrem eigenen erstickten Aufschrei aus dem Schlaf gerissen, die Kehle vor abgrundtiefem Erschrecken wie zugeschnürt. Da erblickte sie unmittelbar vor sich das violette Feuer der Zukunft. Bestimmt starrte sie hingerissen auf die Lohe der Verkündigung, hypnotisiert von diesem makellosen Glanz, mit dem Gefühl, nie in ihrem ganzen Leben etwas klarer gesehen zu haben: Es war das Bild ihres Sohnes Federico in der weißen Kochschürze, wie sie selbst und auch Renzo, Mássimo, Luciano und Ludovico sie einst getragen hatten.

Als María Ciancaglini das Ruder übernahm und den *Almacén Buenos Aires* trotz der rauhen See jener Zeit mit fester Hand auf Kurs hielt, gewann die Taverne einen Großteil ihrer verlorenen Noblesse zurück. Federico reifte zu einem sachverständigen Interpreten der verborgenen Weisheiten heran, die seine Großonkel dreißig Jahre zuvor in ihrem *Handbuch der Südatlantischen Küche* niedergeschrieben hatten; doch wenn er auch fasziniert war von den tausend Gesetzen des perfekten Geschmacks, die er den magiesprühenden Seiten entnahm, schlug ihn doch nichts so sehr in Bann wie die Rezepte für Fisch und Meeresfrüchte. Immer öfter war die Taverne nun von maritimen Düften durchzogen: Seezunge und Garnelen mit französischem Estragon, Filets vom brasilianischen Plattkopf mit Sesamsaat, gemahlenen Korianderkörnern und Mahaleb, Seehecht mit Jamaika-Pfeffer und weißem Senf, Kabeljau mit Paprikaschoten, Lauchzwiebeln und Knoblauch, Krebse mit Zwiebelsalz. Leider finden hier nur wenige Gerichte der erlesenen Speisekarte Platz, so daß nicht einmal auf den Heilbutt im Steintopf mit Selleriewürfeln und rotem Pfeffer näher eingegangen werden kann, geschweige denn auf die geräucherten Forellenfilets in Meerrettichsauce, die geräucherten Miesmuscheln mit Spargelsauce oder die Krabben in Currysauce – einige der Andenken, mit deren Hilfe sich die Magie erfassen läßt, die von Federicos brillantem kulinarischem Genie ausging.

Im Herbst 1945, am Ende des Zweiten Weltkriegs und drei Monate vor seinem achtzehnten Geburtstag, war Federico ein an der ganzen Atlantikküste hochgeschätzter Koch. María hatte sich aus der Küche zurückgezogen und die Verwaltung des Unternehmens übernommen. Sie kontrollierte die Kasse, kümmerte sich um die Auswahl der Rohstoffe, führte die Preisverhandlungen mit den Lieferanten, sorgte für die Einarbeitung des Personals und wachte mit Argusaugen über den Speisesaal, damit jeder Gast zufriedengestellt war. Federico, mit Leib und Seele seinem rauschhaften Schaffensdrang hingegeben, ließ währenddessen seine unnachnahmlichen Geschmackskompositionen entstehen. Seine Kreationen waren Gesprächsthema in der Stadt, die Kunde von seinem feinen Gaumen und seiner Kunstfertigkeit ging von Mund zu Mund, von Ohr zu Ohr, und auf diese Weise verbreiten sich Geheimtips und Alltagsgerüchte nun einmal am schnellsten. Touristen, die noch nie zuvor in der Taverne gewesen waren, wußten ihre Bestellung schon im vorhinein auswendig oder hatten sie auf einem sorgsam zwei- bis dreimal gefalteten Zettel notiert, den sie aus irgendeiner Tasche zogen. Reisende, die zum wiederholten Mal nach Mar del Plata kamen, schauten zumindest einmal vorbei, um sich vom Koch mit etwas Neuem überraschen zu lassen. Und die Einheimischen, seinen Rezepten längst verfallen, pflegten kurz vor Mitternacht ins Lokal zu strömen, da dies angeblich die Stunde war, zu der der junge Lombroso auf dem Höhepunkt seiner künstlerischen Inspiration schwelgte.

Das nationalsozialistische Deutschland kapitulierte am 8. Mai 1945, doch waren die Greuel des Dritten Reichs offene Geschwüre, die noch für lange Zeit die sieben Weltmeere verpesten sollten.

Kurz zuvor, am 27. März 1945, erklärte das südatlantische Militärregime unter General Edelmiro Farrel und seinem charismatischen Vizepräsidenten Coronel Perón den Deutschen und den Japanern den Krieg.

Und am 10. Juli läßt sich nahe der Küste von Mar del Plata unter tief verhangenem Himmel die schwache Silhouette eines deutschen Unterseebootes erahnen. Ein paar Fischer entdecken es, als sie in ihren Booten zum Hafen zurückkehren. Die Nachricht wird sofort von den Radiosendern publik gemacht und sorgt für Bestürzung unter der Bevölkerung.

An diesem 10. Juli war der Zweite Weltkrieg für beide Seiten bereits zu Ende, und die Bewohner von Mar del Plata, die zu Tausenden zum Strand eilten und auf das dunkle Schiff blickten, fragten sich verwundert, was wohl ein deutsches U-Boot an der südatlantischen Küste verloren haben mochte, eine halbe Weltreise von seinem Stützpunkt im Baltikum entfernt. Vielleicht war die Besatzung auf der Flucht vor den Schrecken der Nachkriegszeit, weil ihr Gefangenschaft oder Hunger drohten. Kaum einen halben Tag später erschien neben diesem ersten ein zweites Unterseeboot an der Oberfläche; wie zwei satte Haie ruhten sie auf den Wellen vor dem nahen Horizont und ließen ihre schwarzen Metallflossen aus dem winterkalten Wasser ragen. Und die grausamen Feinde von vor wenigen Monaten waren plötzlich zu freundlichen Ausländern geworden. Die Männer von *U-530* und *U-977* – so hießen die beiden vor Mar del Plata ankernden schwarzen Haie – ersuchten um Asyl, als bäten sie unbefangen um eine milde Gabe. Und dieselbe Regierung, die ihrem Land erst hundert Tage zuvor den Krieg erklärt hatte, gab diesem Ansinnen der Deutschen erfreut statt. Eine Woche darauf ging ein Teil der *U-530*-Besatzung von Bord. Einige der Matrosen und Offiziere ließen sich in der Stadt nieder, während die Mehrzahl mit ungewissem Ziel landeinwärts reiste, vielleicht in die Sierra von Córdoba, die Täler des Río Negro oder den dichten Dschungel des Chaco.

Im Morgengrauen des 18. Juli verließen beide Schiffe den Hafen, tauchten ab, navigierten mehrere Stunden im verborgenen und kamen vor den trostlosen Stränden von San Clemente del Tuyú, nur ein paar Meilen nördlich von Mar del Plata, wieder an die Oberfläche. Alle Besatzungsmitglieder verließen die Schiffe und wurden von drei Landsleuten in Empfang genommen, Offizieren der *Admiral Graf Spee*, die dort auf sie gewartet hatten. An diesem einsamen Sandstrand verliert sich jede Spur der Unterseeboote, ihr Verbleib ist ein ungelöstes Rätsel, doch hält sich das Gerücht, sie lägen ebendort auf Grund, gleich vor der Küste von Tuyú. Aber bevor die Schiffe sich im Dunst der Legende auflösten, wurden Dutzende von Kisten aus ihrem

Rumpf getragen: der Schatz der Nazibonzen, die den Alliierten entkommen waren und in Argentinien Unterschlupf gefunden hatten, Gold, Diamanten, Dollars, englische Pfund und Schweizer Franken. Wie es heißt, soll ein Großteil dieses Vermögens Juan Perón und seiner Frau Eva Duarte zugute gekommen sein.

Eine Kleinigkeit kann hier jedoch nicht unerwähnt bleiben: Unter den Matrosen der *U-530*, die in Mar del Plata Asyl suchten, befand sich auch ein äußerst ungewöhnlicher Mann – Jürgen Becker, Koch von Beruf –, und dieser sollte schon sehr bald den *Almacén Buenos Aires* entdecken.

❧ *14* ❧

Als Becker 1937 in die deutsche Marine eintrat, war er sechzehn Jahre alt. Er war damals der einzige Kochlehrling eines alten Wirtshauses an der Ostsee, im Hafen von Kiel. Das Lokal hatte eine schmale Eisentür, die quietschte wie ein verwundeter Mandrill, sobald sie jemand öffnete oder schloß. Dahinter befand sich der rechteckige Speiseraum mit dem schwarz-weiß gewürfelten Fliesenboden, den vergilbten, über und über mit Fotografien, Wimpeln, Wappen, arthrotischen Pistolen und Gewehren geschmückten Wänden und den zahllosen ausgedienten Gerätschaften aus der Seefahrt, die von der Balkendecke herabhingen. Nur spärlich sickerten Sonnenschein und nächtliche Lichtreflexe durch die ölig beschlagenen Scheiben der vier Eisenfenster, es gab ein Dutzend quadratischer Zederntische und stabile Holzstühle, eine kurze Theke zur Übergabe der Bestellungen, zwei Regalwände voller Flaschen, Gläser und Geschirr. In der Hafenspelunke verkehrten Matrosen, die zu den unablässigen Manöverübungen der Panzerkreuzer, Unterseeboote und Zerstörer tagtäglich aufs Meer hinausfuhren. Die Männer ließen sich zum Essen und Trinken nieder wie streikende Söldner, gaben dröhnend ihre Heldentaten zum besten, begleitet von Lachsalven, die nach rostigem Blech klangen, schwärmten von den heißen Lenden, die sie in diesem oder jenem Bordell geritten hatten, beschrieben mit unmißverständlichen Gesten die Rundung eines Busens, an dem sie sich mit dem Rum der Wollust berauscht hatten, tranken auf das Wohl ihrer alkoholverätzten Eingeweide und verspeisten ihr Leibgericht: die berühmten, mit roten Trauben, Äpfeln und weißem Rum *Gefüllten Schweinerippchen.*

In der fettverschmierten, brütendheißen Küche der Ka-
schemme, in der er seit seinem zehnten Lebensjahr arbeitete,
ließ Jürgen Becker seiner blühenden kulinarischen Phantasie
zunehmend freien Lauf und begann, eigene Gerichte zu erfin-
den: So entstanden saftige Kompositionen wie zum Beispiel der
Scheerhafen Hasentopf, für den ein Hase in Stücke geschnitten
wird, mit Zwiebeln, Knoblauch, Thymian und Rotwein in einen
Steinguttopf kommt und darin drei Tage ziehen muß, ehe man
ihn unter Beigabe von Schmalz, Speck, Schwarzbrotkrume und
Brühe gart, mit feingehackter Myrte anrichtet und heiß serviert.
Diesem Gericht und seiner balsamischen Wirkung verdankte
Jürgen Becker die bedingungslose Ergebenheit der regelmäßig
im Wirtshaus zechenden Seeleute und schließlich auch deren
Angebot, gegen doppelte Bezahlung und ein dreimal so aben-
teuerreiches Leben auf einem ihrer Schiffe anzuheuern. Becker
willigte sofort ein, schließlich hatte sein kurzes Leben bis dahin
wahrhaftig unter keinem guten Stern gestanden: Verwaist mit
sechs Jahren, als seine Eltern bei einem Eisenbahnunglück zu
Tode gequetscht wurden, war er bei seinem Onkel aufgewachsen,
dem Koch der Hafenspelunke, der ihn wie einen Sklaven hielt
und für die Kammer, die er ihm in seinem Haus zur Verfügung
stellte, auch noch Miete kassierte. Als Jürgen also den verlockenden Vorschlag vernahm, schlug ihm unvermittelt der Wind der
Freiheit ins Gesicht, aber auch die bittere Verachtung seines
Onkels, der ihn anschrie, er solle nur machen, daß er fort-
komme und endlich aufhören, ihm mit seinem jämmerlichen
Anblick auf die Nerven zu gehen. Jürgen füllte Formulare aus,
hielt mehreren in zackigem Ton geführten Befragungen stand,
unterzog sich unerschrocken den ärztlichen Untersuchungen
und befriedigte schließlich auch noch die arglistigen Ansprüche
eines preußischen Hauptmanns mit aristokratischen Allüren,
strahlend weißer Uniform, einem schwarzen Lippenbärtchen
wie dem des Führers und einer grenzenlosen Vorliebe für Sauer-

kraut, dieses germanische Gericht, das in Argentinien als *chucrut* bekannt ist. Der großspurige Hauptmann hegte eine Abneigung gegen junge Männer wie Jürgen, er bevorzugte Blaublütige und hatte für Burschen ohne Stammbaum nichts übrig. Zudem verursachten ihm das frische Lächeln des Aspiranten auf die Schiffsküche sowie die offene, gradlinige Art, mit der dieser auf seine Mitmenschen zuging, Unbehagen, und darum stellte er dem Bewerber die Aufgabe, ein Sauerkraut zuzubereiten, und zwar blind, indem er sich nur auf Nase, Tastsinn und Gedächtnis verließ. Jürgen nahm die Herausforderung mit franziskanischer Bescheidenheit an: Er war gewohnt, in der finsteren Wirtshausküche zu arbeiten und sich im dämmrigen Schatten seines gemieteten Zimmers zurechtzufinden, ohne irgendwo anzustoßen. Also folgte er dem Hauptmann in die unordentliche Küche eines Panzerkreuzers, erfaßte sein Umfeld mit dem scharfen Blick eines Kondors und sagte, er sei bereit. Kaum daß man ihm die Augen verbunden hatte, begann er sogleich, sich mit der Sicherheit eines Chirurgen zu bewegen: Er tastete nach dem Weißkohl, schnitt ihn klein und schichtete ihn in eine Schüssel, wobei er grobes Meersalz und Pfefferkörner zwischen die einzelnen Lagen streute, deckte das Ganze gut zu und ließ es ruhen. Eine Woche später machte er sich erneut an die Arbeit, den Hauptmann zur Seite, die Binde vor den Augen. Er dünstete gelbe Rüben und Zwiebelscheiben an, löschte mit zwei Schuß weißem Rheinwein ab und gab Schweineschmalz und Gänsefett dazu. Nun fehlten noch die Frankfurter Würstchen, einige Streifen westfälischer Rauchschinken, der Speck und die Schweinerippchen. Als das Sauerkraut fertig war, richtete er es auf einer Platte an und nahm erst danach die Augenbinde ab. Der Hauptmann war sprachlos, eine solche Fingerfertigkeit hatte er noch nie erlebt, geschweige denn je etwas so Köstliches gegessen. Er leckte sich mit spartanischer Genügsamkeit die Lippen und verkündete feierlich, Jürgen habe die Prüfung erfolgreich bestanden. Hocherfreut riß Becker Mund und Augen weit auf, bedankte sich leise und machte Anstalten, sich zu verabschieden, als der Hauptmann ihn barsch zurückhielt, um ihm seinen ersten Einsatzort als Marinesoldat des Dritten Reichs anzuweisen: die Kombüse von *U-530*, einem Unterseeboot, das im Hafen klargemacht wurde, um mit unbekanntem Ziel auszulaufen.

Zwei Jahre lang fuhr Jürgen Becker zur See, glücklich im feuchten Leib des U-Bootes, bis der Ausbruch des Zweiten Weltkriegs den harmlosen Seemanövern ein Ende bereitete, die ihn von einem Hafen zum anderen und vom schwarzen Meeresgrund an die Oberfläche geführt hatten, wo der weiße Nordpolwind die Wellen kräuselte. Mit einem Schlag verdüsterten sich die Mienen seiner Kameraden, die geschwätzigsten Mäuler verstummten, das Gelächter erlosch, die Befehle der Offiziere nahmen einen schärferen Ton an, denn die Nähe des Todes löst bekanntlich Beklemmungen aus, die mit keiner Medizin zu lindern sind. Doch worunter Jürgen am meisten litt, das waren nicht die wilden nächtlichen Schlachten, die feindlichen Kanonensalven, deren erstickter Donner das Schiff erbeben ließ, auch Seekrankheit und Klaustrophobie, die nach mehreren Wochen in der Tiefe des Ozeans selbst manchem erfahrenen Seemann zu schaffen machten, schreckten ihn nicht. Die Küche des Unterseebootes war nun seine Welt, und nicht einmal, wenn er in seiner Koje lag und schlief, überfiel ihn das Gespenst der Angst. Sein schlimmster Alptraum jedoch attackierte ihn nach wie vor: Darin schuftete er den ganzen Tag im Wirtshaus, ertrug seinen galligen Onkel und kehrte nach Mitternacht in seinen Verschlag zurück.

Am 15. Juli 1945 bei Tagesanbruch war das Wetter in Mar del Plata regnerisch. Der Südwind peitschte auf den Bug des Unterseebootes *U-530* ein, und die Wellen warfen den Rumpf des

Schiffes hin und her, ohne Rhythmus, ohne Pause. Jürgen war dabei, die Küche nach dem Frühstück zu putzen und aufzuräumen, als der Kapitän ihn zu sich beorderte. Der Koch begab sich zur Kommandobrücke und erhielt den Befehl, sich fertigzumachen, um am übernächsten Tag von Bord zu gehen, denn einige Besatzungsmitglieder, zu denen auch er gehöre, würden in der dort vor ihnen liegenden Stadt zurückgelassen. Das war alles, was der Kapitän mit einem angestrengten Lächeln sagte, und Jürgen begriff, daß wieder einmal der Zeitpunkt für einen Kurswechsel gekommen war, er seinen Seesack schultern und ein neues Leben anfangen mußte. Wenige Wochen zuvor, unter Wasser auf dem Weg zum Südatlantik, hatte er seinen dreiundzwanzigsten Geburtstag gefeiert und einige seiner Kameraden zu Marzipankuchen, Mandelplätzchen, Dörrobsttörtchen und Apfelsaft eingeladen.

Zusammen mit zehn weiteren Besatzungsmitgliedern verließ der deutsche Koch am Abend des 17. Juli 1945 *U-530*. Einer nach dem anderen sprangen sie an Deck eines Schiffes der argentinischen Marinebehörde, das sie zum Hafen von Mar del Plata brachte. Während der Fahrt sah Jürgen starr den Lichtern der Stadt entgegen, kleinen weiß und rot glimmenden Punkten über dem Meer, als er plötzlich ein Ziehen in der Magengrube verspürte und sich umwandte, um der Silhouette von *U-530* einen letzten Blick nachzuwerfen. Doch da war nur noch der Glanz des Vollmondlichts auf dem Wasser. Auch *U-977* war nirgends zu sehen. Er schaute angestrengter, durchbohrte die Dunkelheit mit den Augen und glaubte einen Moment lang, die feine Kielwasserspur eines durchs Wasser pflügenden Periskops zu erkennen, einen langen, dünnen Faden aus weißem Schaum, schmunzelte aber gleich darauf, als er einsehen mußte, daß es sich um eine Luftspiegelung handelte. Jürgen Becker und die anderen

Männer von *U-530* gingen an Land, wo sie von einer Regierungs-
delegation in Empfang genommen und mit einer ordnungs-
gemäßen Aufenthaltsgenehmigung und einer neuen Identität
versorgt wurden. Diese Landung war eine streng vertrauliche
Maßnahme, eines von vielen Geheimritualen, die dazu dienen
sollten, die Schreckensspuren zu verwischen. Das Zählen der
Leichen und der Verstümmelten, die noch um ihr Leben ringen,
reicht nicht aus, um die epidemischen Folgen eines Krieges wiederzugeben, sind da doch auch noch all diejenigen, die ihre Heimat, ihre Vergangenheit, ihre Sprache und ihre Namen verlieren. Ihnen bleiben nur Erinnerungen, in die Schützengräben
des Gedächtnisses geduckt, die sie mit niemandem teilen können, doch mitschleppen wie einen stummen Reliquienschrein.

Die Seeleute von *U-530* wurden eilends aus dem Hafen und
ins Hotel Baja Sajonia gebracht, Eigentum eines deutschen Ehepaares, das nach dem Ersten Weltkrieg nach Argentinien ausgewandert war. Dort erhielt jeder ein Einzelzimmer und eine
Unterweisung durch einen Regierungsbeamten. Jürgen wurde
von einem schroffen Mann abgefertigt, der perfekt Deutsch
sprach und ihm kurz und bündig seine neue Situation erklärte:
Man gewähre ihm politisches Asyl, knüpfe an diesen Status
jedoch strenge Bedingungen. Bis auf weiteres müsse er in Mar
del Plata bleiben und dürfe keinerlei Reisen unternehmen,
zudem sei ihm untersagt, seine Kameraden von *U-530* wieder-
zusehen oder Nachforschungen über ihren Aufenthalt anzustel-
len. Zum Schluß forderte der Beamte Jürgen auf, etliche Papiere
zu unterschreiben, händigte ihm seine neuen amtlichen Aus-
weisdokumente aus, teilte ihm mit, das Hotelzimmer sei für
vierzig Tage bezahlt, damit er sich eine Bleibe suchen könne,
und überreichte ihm einen Umschlag mit Geld und den Worten,
davon könne er mehrere Monate leben. Außerdem gab er ihm
einen Zettel, auf dem die Adressen von ortsansässigen deutschen Familien standen, die ihm helfen könnten, Arbeit und

Wohnung zu finden. Endlich allein, zog Jürgen sich aus und kroch ins Bett, unvermittelt von einer vorsintflutlichen Müdigkeit gelähmt; er schloß die Augen, atmete tief durch und vermißte den leichten Ölgeruch, der immer in der Luft des Unterseebootes gelegen hatte, das Auf und Ab des Schiffes beim Durchgleiten der Meere und das unablässige heisere Murmeln der Dieselmotoren. Immer wieder schreckte er aus dem Schlaf, verwirrt vom Echo unbenennbarer Nachtgeräusche, wälzte sich von einer Seite auf die andere und stand auf, kaum daß das erste Morgenlicht sein Fenster erreichte. Sogleich fiel sein Blick auf den argentinischen Ausweis, und er mußte lächeln, als er las, daß er jetzt offiziell Jorge Brecher hieß, obgleich er diesen Namen außer für amtliche Angelegenheiten letztlich niemals benutzen sollte. Binnen weniger Stunden war er zu einem Geist ohne Wurzeln geworden, und ihm wurde bewußt, daß ein einziger Tag an Land ausgereicht hatte, um ihn aufs neue zur Waise zu machen. Dennoch empfand er keine Trauer, sondern sagte sich im Gedanken an den erst kürzlich beendeten furchtbaren Krieg, daß er der Hölle, die Millionen von Männern und Frauen das Leben gekostet hatte, immerhin mit heiler Haut entronnen war.

15

Das Handbuch der Südatlantischen Küche *der beiden großen Meisterköche* Luciano und Ludovico Cagliostro sollte vierzehn Jahre lang Federico Lombrosos ausgeprägtes Talent nähren. Wie wir ja bereits wissen, hatte die Taverne ihr früheres Ansehen bald zurückerlangt und war von den Hyänenbissen eines vergifteten Jahrzehnts genesen. Nach kurzer Zeit lernten die maritimen Düfte das Fliegen auf eigenen Schwingen, und die saftigen Spezialitäten des jungen Küchenmeisters genossen immer regeren Zuspruch.

Ungefähr einen Monat nach seiner nächtlichen Ankunft in Mar del Plata lernte Jürgen Becker Benjamín und Ana Hesse kennen, ein Hamburger Ehepaar, das seit 1925 in der Stadt lebte. Die Hesses hatten seinerzeit einige Wochen in Niederländisch-Guayana bei einem Verwandten verbracht, der sich jedoch als miserabler Gastgeber entpuppte, und waren dann nach Argentinien gekommen, wo sie beschlossen, sich an der Küste südlich von Buenos Aires niederzulassen. Für Benjamín war es nicht leicht gewesen, eine einträgliche Arbeit zu finden. Zuerst versuchte er sein Glück als Gehilfe eines Apothekers, den das Rheuma und der goldene Havanna-Rum vorzeitig hatten altern lassen; dann übernahm er die Verwaltung des am schlechtesten besuchten Kinos an der Rambla Bristol, war Portier des kleinen Hotels Mariscal in La Perla, das ein erbarmungsloser Blitzschlag in Flammen aufgehen ließ, und bot seinem Unstern schließlich die Stirn, indem er auf ein eigenes Geschäft setzte: Zusammen mit seiner Frau richtete er eine kleine Wäscherei und Reinigung ein, und damit gewannen sie, ohne daß sie große Sprünge hätten machen können, aber auch ohne finanzielle Not ganz allmählich Boden unter den Füßen. María Ciancaglini vertraute ihnen die Tischwäsche des *Almacén*, die Uniformen des Personals und Federicos Kochkleidung an, denn dieser legte Wert auf eine stets fleckenlos weiße Erscheinung. Auf der vertraulichen Liste, die Jürgen von dem undurchsichtigen Regierungsbeamten erhalten hatte, waren auch die Hesses vertreten, und eines kalten, sonnigen Morgens machte er sich ohne besondere Ankündigung auf den Weg zu ihnen und hatte großes Glück: Das Ehepaar lud ihn zum Mittagessen ein, und nach der unverzichtbaren Siesta begleitete Benjamín ihn nachmittags zum *Almacén*, um ihn persönlich zu empfehlen und als Dolmetscher zu fungieren. Kaum daß María und ihr Sohn Jürgen kennengelernt und in die Küche geführt hatten, damit er sie über seine Kenntnisse unterrichtete, entschieden sie auch schon, ihn einzustellen. Und wenngleich sie keine Silbe von dem verstanden, was Jürgen in seiner mit Rs und Chs gespickten Sprache sagte, störte dies Federico nicht im geringsten; ganz im Gegenteil, hatte ihm die Erfahrung doch längst gezeigt, daß sich wahre Könnerschaft in der Küche schweigend äußert. Ein paar Gesten und Zeichen würden genügen, um sich problemlos mit dem Deutschen zu verständigen. Abgesehen davon rechneten Mutter und Sohn fest damit, daß Jürgen ihre Sprache bald erlernt haben würde – und sie sollten recht behalten.

Besonders angenehm überraschte Jürgen Becker, daß Marías und Federicos Angebot eines festen Arbeitsplatzes im *Almacén* auch die Einladung umfaßte, dort einzuziehen. Er verließ also das Hotel, richtete sich mit seinem zerknitterten Seemannsgepäck in einem der Zimmer des Obergeschosses häuslich ein, wo ihm sogar ein eigenes Badezimmer zur Verfügung stand, und fühlte sich so gut aufgehoben wie ein Sultan im Exil. Schon nach wenigen Monaten sehnte er sich nicht mehr nach seinem alten Leben unter Wasser zurück, erwachte jedoch noch ab und zu mitten in der Nacht, verkrümmt und schweißgebadet, die Zähne aufeinandergepreßt, die Augen stumpf, aus seinem immer wiederkehrenden Alptraum, wieder im Wirtshaus seines Onkels zu sein.

Im Winter 1946 feierten María und Federico Jürgens ersten Jahrestag im *Almacén*. Im Laufe der Zeit war zwischen den beiden jungen Köchen eine herzliche Freundschaft entstanden. Jeden Tag, den sie gemeinsam in der Taverne verbrachten, spielten sie mit neuen Erfahrungen, entdeckten oder verfeinerten einen Geschmack oder ein Aroma oder wetteiferten unter schallendem Gelächter, wer mit verbundenen Augen das bessere Gericht zubereitete. In jener Zeit erfand Jürgen die ausnehmend delikate *Languste Marinela*, eine Suppe, die er mit Frühlingszwiebeln, gemahlenem Kardamom, getrocknetem französischem Estragon und rosa Pfeffer würzte und María Ciancaglini widmete. Diese Köstlichkeit wurde an den südatlantischen Stränden zu einem Klassiker.

Jürgen Becker besaß ein angeborenes Talent für das Kochen: Er vermochte die exotischsten und komplexesten Geschmackskombinationen mühelos zu unterscheiden, erkannte auf Anhieb das exakte Maß und die genaue Menge, als wäre er bei den größten Gourmets in die Lehre gegangen. Niemals verwechselte er Zusammenstellungen oder Mischungen; seiner virtuosen Zunge genügte eine federleichte Berührung, um Dutzende von Rezepten und Formeln zu analysieren; er kalkulierte Zutaten und Portionen so sicher wie ein Alchimist der Renaissance. Und wenn er sich auch ohne Diplom oder formale Laufbahn längst zu einem Meisterkoch entwickelt hatte, spürte er doch, wie sich ihm ein grenzenloses Universum unbekannter Möglichkeiten eröffnete, als Federico ihm Einblick in das erstaunliche *Handbuch der Südatlantischen Küche* gewährte.

Am 21. September 1950, glückstrahlend wie ein Diamant, heiratete Federico Lombroso die schöne Libertad Franetti. Das Mädchen war zart wie ein Blütenblatt, zwanzig Jahre alt und von ihrer Mutter – einer drallen, attraktiven Witwe, die bereits neun Kinder von vier verschiedenen Ehemännern hatte, als sie Libertad das Leben schenkte – zeitlebens auf Rosen gebettet worden. Dem fünften und letzten Gatten der Witwe war es nicht einmal mehr vergönnt gewesen, die einzige Frucht seines Samens heranwachsen zu sehen: Gleich nach der Taufe des Kindes entschlief er für immer infolge des gigantischen Gelages, mit dem er die Feier der christlichen Weihe begangen hatte. Genaueres wurde die bekannt, es gab nicht einmal Ermittlungen, doch hing über den armen Kerlen möglicherweise ein gottloser Fluch, der sie einen nach dem anderen in dieselbe Familiengruft auf dem Friedhof de la Loma abwandern ließ. Dort ruhen sie nun Seite an Seite wie Trophäen, und manche Dinge muß man einfach glauben oder an seinen Zweifeln ersticken; immerhin überlebte kein Mann mehr als fünf Jahre Ehe mit der gebärfreudigen Frau. Jürgen Becker war Federicos und Libertads Trauzeuge. Und das Fest wurde im kleinen Kreis, aber mit einem üppigen Angebot an überwältigenden Geschmackserlebnissen und Farbeindrücken im *Almacén Buenos Aires* gefeiert.

Federico und Libertad richteten sich im *Almacén* ein, die Mutter überließ ihnen die Suite, und der Umzug ging leicht und schnell vonstatten, da Kleidung und persönlicher Besitz nur von einem Zimmer ins andere getragen werden mußten. Jürgen feierte die Gattin seines besten Freundes mit einer meisterhaften Schöpfung: Libertad liebte Desserts und Süßspeisen, und als sie ein

Kind erwartete und die Schwangerschaftsgelüste anfingen, widmete der deutsche Koch ihr seinen berühmten *Bananenschaum mit Paprika*, der noch heute hergestellt wird, indem man Bananenlikör mit Rahm, ein paar Tropfen Zitronensaft, honiggesüßtem Eischnee, einer Prise Zucker, etwas Zimt oder Schokolade und einer Spur süßem Paprika verschlägt. Jürgen verzierte diesen Nachtisch immer mit kleinen, in Rum eingelegten Erdbeeren, Federico dagegen richtete ihn lieber mit Tropfen von Bitterschokolade an. Kaum daß die Stammkundschaft des *Almacén* das Dessert für sich entdeckt hatte, schickten die Frauen ihre Männer zu jeder Tages- und Nachtzeit los, um eine frische Portion zu besorgen. Und es konnte durchaus vorkommen, daß jemand um Mitternacht oder im Morgengrauen an die Tür der Taverne klopfte, um wenigstens ein Löffelchen voll für die Gattin zu erflehen, weil diese in wundersamer Erwartung die neun Südseemonde durchlebte, diese riesigen Alabastermonde, die mit keinem Mond in irgendeinem anderen Teil der Welt zu vergleichen sind.

Edoardo Lombroso, Federicos und Libertads einziges Kind, kam am 15. August 1951 zur Welt. An diesem Tag der verheißungsvollen Zukunftsaussichten hielten Gewerkschafter aus der ganzen Provinz Buenos Aires in Mar del Plata eine feurige Versammlung ab, um sich für eine neue Präsidentschaft Juan Peróns einzusetzen, dem diesmal allerdings seine Frau Eva Duarte als Vizepräsidentin zur Seite stehen sollte. Peróns starke und zugleich zerbrechliche Frau – vom einfachen Volk liebevoll Evita genannt – übte auf María Lombroso eine tiefe Faszination aus. María kannte Evita noch aus deren Zeit als Hörfunkschauspielerin, hatte sie bei ihrem Kampf für das Frauenwahlrecht unterstützt, Straßenpropaganda in der Stadt betrieben und politische Zusammenkünfte im *Almacén* organisiert. Und in der Menschenmenge, die die Plaza de Mayo füllte, als Evita am 27. September 1947 vom legendären Balkon der Casa Rosada aus das Gesetz verkündete, das den argentinischen Frauen endlich das seit einem halben Jahrhundert eingeklagte Recht zugestand, war darum auch María und drängte sich inmitten von Tausenden, die im Chor den am heißesten verehrten Namen jener Zeit riefen. María reiste allein nach Buenos Aires, stieg in Mar del Plata in den Zug und an der Plaza Constitución wieder aus. Sie durchquerte ganz Buenos Aires zu Fuß, Hunderte von neuen Bildern ließen ihr die Augen übergehen, sie fühlte die maßlose Leidenschaft, die Evita zu wecken vermochte, wenn sie zu ihrem Volk sprach, und kehrte, noch bebend von den aufwühlenden Ereignissen jenes historischen Tages, über dieselben Geleise durch die feuchte Pampa nach Hause zurück.

Am 15. August um die Mittagszeit betrat ohne jede Vorankündigung plötzlich Eva Perón den *Almacén*, begleitet von zehn Männern und Frauen, die sie zu einem Fischessen einladen wollten. Federico und Jürgen erstarrten, als die Küchentür aufging und Evita erschien, einen guten Tag wünschte, lächelte und ohne allen Dünkel ganz selbstverständlich mit ihnen sprach. Kein Zweifel: Gute Menschen bedürfen nicht vieler Worte, um einander zu verstehen, und so entwarfen die beiden Köche in wenigen Minuten ein unvergeßliches Menü: Fisch und Meeresfrüchte am Spieß mit Ingwer und Reisflocken, Filets von Ostseeheringen in weißem Rheinweinessig, Crêpes mit gekochten Krabben und Tomatensauce, gebackene Seezunge mit Sesam, Eis mit schwarzem Johannisbeersirup und einen wahren Gaumenschmaus: Bienenwaben mit Himbeeren. Eva Perón aß fast nichts, führte von jedem Teller nur ein Häppchen zum Mund, gerade genug, um von jedem der exklusiven Leckerbissen entzückt zu sein. Es war allgemein bekannt, daß die tatkräftige Frau sich sehr sparsam ernährte, und in jenen Jahren nahm sie noch weniger zu sich als sonst. María wollte dieses Ereignis nicht versäumen; sie war in der Suite des *Almacén*, um ihre Schwiegertochter zu versorgen, als sie jedoch hörte, daß Evita in der Taverne war, zog sie sich um, machte sich vor dem Spiegel ein wenig zurecht und ging hinunter, um sie zu begrüßen. Zu Tränen gerührt, küßte María Evita auf beide Wangen und erzählte ihr, daß sie damals auf der Plaza de Mayo dabeigewesen sei, als Evita das Gesetz zum Frauenwahlrecht verkündet habe. Eva Perón strich ihr übers Haar, gab ihr einen geräuschvollen Kuß und schenkte ihr ein weißes Seidentüchlein, damit sie ihre Augen trocknen konnte. Nicht einmal zehn Minuten später eilte Federico herbei und gab seiner Mutter Bescheid, daß es an der Zeit sei, in die Klinik zu fahren.

Eva Perón fuhr noch am selben Abend mit dem Auto, das sie nach Mar del Plata gebracht hatte, in die Hauptstadt zurück, hielt jedoch zuvor an der Klinik an, fragte sich zu dem Zimmer durch, in dem Libertad lag, und verabschiedete sich mit einem Berg von Geschenken für das Neugeborene: Puppen, Babykleidung, einer Wiege mit mehreren Garnituren Laken und Decken, Rasseln und himmelblauen Lätzchen. Auch für die Eltern und die Großmutter gab sie ein Überraschungsgeschenk ab: eine gerahmte Fotografie von Juan und Eva Perón, die María im Speisesaal der Taverne an die Wand hängte. Auf dem Bild steht das Paar Seite an Seite, lächelnd und unerschütterlich – der General in Galauniform, die Mütze in der Hand, sie mit ihrem Haarknoten und in einem straßbestickten Kleid aus blauer Spitze, und seitlich in ein weißes Feld hatte Eva Duarte ihren Namen und eine Widmung geschrieben: »Für María, Libertad und Federico, zum steten Andenken an den heutigen Tag.«

Ihr Wunsch sollte sich erfüllen: Niemals würden die drei diesen Tag vergessen.

16

Niemand warnte Federico und Libertad, María oder Jürgen vor dem Unwetter, das sich am Horizont zusammenbraute. Die ersten Anzeichen des aufziehenden Gewitters waren im September 1955 zu spüren, als Juan Perón durch einen Militärputsch seines Amtes enthoben wurde und die *Revolución Libertadora* – so der vollmundige Name der illegalen Regierung – an seine Stelle trat. Der Haß auf das frühere Regime nahm irrationale Züge an, und es begann die politische Verfolgungsjagd auf die Anhänger General Peróns.

María Ciancaglini erhielt brutale anonyme Drohbriefe, die Fassade des *Almacén* wurde mit beleidigenden Inschriften beschmiert, die Fensterscheiben mit Steinen und Stöcken eingeschlagen, und am 17. Oktober 1955, wenige Stunden vor Tagesanbruch, steckte der randalierende Pöbel das Gebäude in Brand.

Der *Almacén* lag eingehüllt in die frühlingsstille Nacht, Federico und Libertad schliefen in ihrer Suite, María und Jürgen in ihren Zimmern, und auch der kleine Edoardo lag in seinem Bettchen im eigenen Zimmer. Sie waren alle im oberen Stockwerk und hörten das Tappen eiliger Füße auf der Straße nicht, bemerkten auch nicht die Hände, die rund um den *Almacén* Benzin ausgossen. Erst die Hammerschläge, unter denen die Türen und Fenster im Erdgeschoß zersplitterten, und das Krachen der Molotowcocktails, die unten im Speisesaal explodierten, rissen sie aus dem Schlaf. Der erste, der aus dem Bett sprang und erschrocken die Treppe hinunterrannte, war Jürgen. Er hatte plötzlich das Gefühl, wieder im Unterseeboot und von einem feindlichen Unterwasserangriff überrascht worden zu sein, doch als er das Feuer erblickte, hielt er verstört inne. Die Flammen verschlangen die Wandtäfelungen und Möbel mit roten Zungen, leckten bereits nach der Decke und den Treppen, die Hitze schlug Jürgen entgegen wie eine tausendschwänzige Peitsche, das Holz des Oberstocks knackte, dicker schwarzer Qualm verpestete die Luft. Jürgen hustete, kniff die tränenden Augen zusammen, bedeckte das Gesicht mit den Händen und lief wieder nach oben. María stand im Flur und schrie wie wahnsinnig, denn die Flammen hatten sich wie Salamander eine der Personaltreppen emporgeschlängelt und versperrten den Zugang zu Edoardos Zimmer, während der Kleine drinnen in panischer Angst weinte und nach seinen Eltern schrie. Von einer bösen Ahnung erfüllt, stürzte Jürgen zur Suite, um nach Federico und Libertad zu sehen, doch als er die Tür aufriß, quoll ihm ein so gewaltiger Feuersturm entgegen, daß er taumelnd zurückwich. Er spürte die Gluthitze auf der Haut und sah sich nach María um, die immer noch laut heulend und wie versteinert an derselben Stelle stand. Es dauerte einen Moment, bis Jürgen reagierte, in sein Zimmer rannte und das Fenster aufriß. Die frische Nachtluft ließ ihn wieder durchatmen, er blickte hinunter und sah die Feuerwehr eintreffen, den riesigen roten Lastwagen, der schwerfällig vorwärtsschwankte, und auch die Schaulustigen, die auf der Straße stehenblieben, um sich das Drama nicht entgehen zu lassen. Mit verzweifelter Hast knotete er seine Bettlaken zusammen, band ein Ende am Fuß des Kleiderschranks fest und warf den Rest aus dem Fenster. Dann rannte er zurück, um María zu holen, fand sie reglos im Flur, zerrte sie in das Zimmer, wo er die Laken hinabgelassen hatte, und befahl ihr hinunterzuklettern, während er das Kind holte. Die Frau gehorchte mit angstverzerrtem Gesicht. Der *Almacén* hatte sich in eine zähe Rauchmasse verwandelt, die Feuersbrunst ließ keine klaren Umrisse oder sicheren Pfade mehr erkennen. Jürgen warf noch einen Blick aus dem Fenster und sah, daß María den Boden fast erreicht hatte, wobei ihr zwei Feuerwehrmänner halfen, während andere die Leiter anstellten und Wasser aus den Schläuchen zu spritzen begann. Er öffnete den Schrank, nahm seine schwere Marinegasmaske heraus, stülpte sie über, holte tief Luft, wie man es ihn bei den Rettungsübungen gelehrt hatte, und schloß die Augen. Und so, Lider und Lippen fest zusammengepreßt, folgte er blind und stumm den vertrauten Wegen. Wie ein Blitzstrahl durchzuckte ihn die Erinnerung an die Kombüse des Panzerkreuzers, wieder tastete er, die Binde vor dem Gesicht, mit den Händen in der Dunkelheit umher, um das beste Sauerkraut seines Lebens herzustellen, und im nächsten Augenblick sah er sich durch den schmierigen Dunst der Kieler Hafenspelunke schleichen, leise, um nicht den Zorn seines Onkels zu wecken. Er verscheuchte die alten Bilder und lief aus dem Zimmer, wandte sich im Flur nach rechts, zögerte einen Moment, fühlte die Flammen an seinen Beinen emporzüngeln, legte dennoch die wenigen Meter zurück, die ihn noch von Edoardos Schlafzimmer trennten, und hielt dann inne, weil er wußte, daß vor ihm, unmittelbar an der Tür, ein Feuerschwert waberte, das ihm den Zugang verwehrte. Doch währte seine Angst nur einen Atemzug lang, gleich darauf duckte er sich und stürmte vorwärts, durchquerte das tosende Feuermeer, das bereits die Treppe hinauflodderte, und fand einige Schritte weiter das Kind, das sich hustend am Boden wand. Er hob es auf, rückte die Gasmaske zurecht, fühlte seine erschöpften Lungen rasseln, seine Haut im sengenden Gifthauch des Feuers brennen, sprang nach einer schnellen Kehrtwendung zurück in den Flur und lief mit langen Schritten durch die Flammenhölle zurück in sein eigenes Zimmer. Krampfhaft keuchend öffnete er die Augen: Die glühende schwarze Wolke zog durchs Fenster, und er konnte die Leiter erkennen, die wie in Erwartung eines Wunders von außen an die Fensterbank gelehnt war. Er blinzelte ein paarmal, preßte erneut die Lider zusammen, trat ans Fenster und brüllte aus Leibeskräften hinaus. Ein Feuerwehrmann kam die Leiter herauf, nahm mit ausgestreckten Händen Edoardo entgegen und machte sich, kaum daß er ihn sicher im Arm hatte, sogleich an den Abstieg. Als der Kleine gerettet war, reckte Jürgen den Kopf in die Nacht, hustete, schnappte noch ein wenig Luft und schloß erneut die Augen. Er ging zurück in die Mitte des Zimmers, fühlte, wie die Klauen des Feuers nach ihm schlugen, kreuzte mit marionettenhaften Sätzen den Raum, sprang hinaus auf den Gang und schlüpfte gebückt zu Federico und Libertad ins Zimmer. Erst dann begriff er mit Entsetzen, daß das Paar dort niemals lebend herauskommen würde. Jürgen strauchelte, ihn schwindelte, er fühlte sich von tausend Glutstacheln durchbohrt, klammerte sich an ein Möbelstück, um nicht zu fallen, und zog sich daran hoch, kraftloser als ein geknicktes Schilfrohr. Insgeheim jedoch schob ihn irgendeine heilige Hand vorwärts, und so tat er genau die richtige Anzahl von Schritten, um dem Maul des entfesselten Drachens zu entrinnen, in den sich der *Almacén* verwandelt hatte. Er schaffte es zum Fenster, wo die Leiter auf ihn wartete; zwei namenlose Arme halfen ihm hinunter, Sprosse um Sprosse, Tritt um Tritt, mit fest geschlossenen Augen und zusammengebissenen Zähnen. Erst als er unversehrt auf der Straße stand und spürte, wie María ihn schluchzend umschlang, wußte er, daß er die Augen wieder öffnen konnte: Er sah den *Almacén* knisternd dahinsiechen, die Sterne, glimmend wie Fünkchen, die in seinen Armen weinende Frau, den wiederbelebten Edoardo in der Obhut eines Feuerwehrmannes, die Flammen, die seinen besten Freund und dessen Frau verschlungen hatten.

Und dann, die weit aufgerissenen Augen starr auf das Flackern gerichtet, das die Nacht entweihte, tat Jürgen Becker etwas, was er noch nie getan hatte: Er begann hemmungslos zu weinen.

17

Wunder entstehen auf Horizonthöhe, man muß die Augen nur
ganz still ins Unendliche richten und kann sie aufgehen sehen
wie Sterne. Der *Almacén* war niedergebrannt, doch fand die
Polizei niemals heraus, wessen Hände das Feuer gelegt hatten,
in dem Federico Lombroso und Libertad Franetti umkamen.
Wie so oft verlor sich die Spur der Mörder im stinkenden
Dunst von Verschwörungen und Intrigen. Vom *Almacén* war
nur ein vollkommen zerstörtes, eingebrochenes Gerippe übrig-
geblieben, aus dem die Feuerwehr noch ein paar Knochen bergen konnte, und dabei geschah das Wunder: In den Trümmern
fand sich eine kleine Stahlkassette, die Jürgen seinem Freund
Federico geschenkt hatte, ein Andenken an sein Leben als
Schiffskoch. Jeder auf einem U-Boot besitzt ein solches Käst-
chen, um seine kostbarsten Geheimnisse im Ernstfall zu retten.
Und darin lag wie ein makelloser Talisman das *Handbuch der
Südatlantischen Küche* der Meisterköche Luciano und Ludovico
Cagliostro.

Jürgen Becker baute den *Almacén* wieder auf, Brett für Brett,
Pfosten für Pfosten, Profil für Profil, Ziegel für Ziegel. Er trieb
die Pläne auf, die im Städtischen Katasteramt archiviert waren,
und suchte sich einen Architekten, dem er das Auferstehungs-
werk anvertrauen konnte. Er gab seine gesamten Ersparnisse
dafür aus, und María legte noch das Geld von der Versicherung
dazu. Sie brauchten zwei Jahre, um die Brandwunden des Gebäudes zu heilen und sein gebrochenes Rückgrat wieder auf-
zurichten. Doch sie überwanden das Grauen, das sich in ihren

Seelen eingenistet hatte, beflügelten ihre Träume und wuchsen mit der Zeit zu einer Familie mit verkrüppelten Herzen zusammen.

Am 15. August 1957, Edoardo Lombrosos sechstem Geburtstag, eröffneten María und Jürgen das Restaurant wieder. Die Bewohner von Mar del Plata hatten den *Almacén* wie einen Phönix aus der Asche steigen und allmählich seine frühere, ehrwürdige Gestalt zurückgewinnen sehen: die beiden Stockwerke, darunter den Keller, das französisch anmutende Attikageschoß, den eigentümlichen Kuppelturm, das Restaurant im Parterre, in der oberen Etage die Privatzimmer, Bäder und Diensträume, die Nußbaumkredenzen voller Geschirr und bestickter Tafelwäsche, die Tische und Stühle aus poliertem Zedernholz, die Ölgemälde und Alpaka-Tapisserien. Von der Straße aus konnte man wieder zu den elf französischen Balkons hinaufblicken, zu dem an der Ecke vorkragenden Erker in Form eines kuppelüberwölbten Türmchens und zum Dachstock, hell und geräumig dank der zehn Gauben im Dach, das dekorativ mit schräg verlaufenden Zinkschindeln gedeckt war. Im Erdgeschoß erstand auch die makellose Küche wieder, gleich neben dem Salon, der als Gastraum diente, mit seinem Fußboden aus rötlichem Kiefernholz, mit spanischem Wachs auf Hochglanz gebracht, und die drei Treppen: die Haupttreppe aus edlem Holz und die beiden kleineren für das Personal. Und im Keller, gegen Versuchungen geschützt, das Lager, die Speisekammer und die kleine Bodega für die Getränkevorräte.

18

Maria Ciancaglini erhielt in den ersten Jahren regelmäßig Post von ihren Eltern: Nie vergingen mehr als drei oder vier Monate, allerhöchstens fünf, ohne daß der Briefträger sie mit einem großen weißen Umschlag bedachte, beschriftet mit schwungvollen Lettern in schwarzer Tusche, die Briefmarken verblichen von der Feuchtigkeit im Lagerraum des Schiffes, in dem die Postsäcke den Ozean überquert hatten. Doch nachdem der Zweite Weltkrieg ausgebrochen war, hörte sie nichts mehr von ihrer Familie, die Wochen vergingen ohne ein einziges Lebenszeichen. 1943 um die Jahresmitte erfuhr sie durch einen Brief des Dorfpfarrers die traurige Nachricht: Unter Beileidsbezeugungen und Ave-Marias berichtete ihr der Geistliche, daß ihre Angehörigen bei einem Luftangriff ums Leben gekommen seien. Sie hätten alle angstvoll zusammengekauert im Keller ihres Hauses gesessen, als die Mauern und Fundamente geborsten seien. Wie ein eiserner Stachel habe sich eine Bombe zielsicher in das rote Ziegeldach gebohrt und mit einer gewaltigen Explosion ein glückliches Zuhause schlagartig in ein Schafott verwandelt, in eine namenlose Gruft ohne Inschrift oder Letzten Willen. Zwei Tage habe es gedauert, bis die vielen entstellten Leichen aus den Trümmern geborgen waren. Die Männer, die dabei geholfen hatten, seien erschüttert gewesen vom gräßlichen Anblick ihrer zerquetschten Nachbarn. Nicht der schlimmste Alptraum vermöge das Todesgrauen wiederzugeben, das in den Ruinen gewütet hatte.

María, die erst ihren Mann, dann ihre italienische Familie verloren hatte, ertrug ihr trauriges Los einer Witwe und Waise im Zusammenleben mit Federico, Libertad und Edoardo Lombroso. Dann machte der niederträchtige Anschlag sie am 17. Oktober 1955 zur Ersatzmutter ihres einzigen Enkels. Sie war es, die ihn aufzog, wenngleich nicht allein, denn Jürgen Becker blieb im *Almacén*, und ganz allmählich wurden María und er unzertrennlich. Langsam entwickelten sie sich zu einer Familie ohne schriftliche Regeln oder Gesetze, denn die Liebe verfügt über ihren eigenen magischen Kodex, der keiner Norm oder Satzung bedarf. Als der *Almacén* niederbrannte, war María zweiundfünfzig und der deutsche Koch vierunddreißig Jahre alt. Beide trugen die Spuren erlittener Schicksalsschläge im blassen Gesicht, Kummer und Zweifel in den Augen, und trotzdem lächelten sie wie zwei Büßer, die, allen himmlischen Strafen zum Trotz, die Hoffnung niemals aufgeben. Denn Haut und Blut sprechen eine präzise Sprache: Der Körper verfügt über ein eigenes Alphabet, um auszudrücken, worüber der Mund schweigt und wovon die Augen sich abwenden.

Mit der Zeit eroberte sich die Taverne ihren legendären Ruf weitestgehend zurück. Jürgens sorgsame Hände schufen neue geheimnisvolle Geschmackskreationen, wobei hinter seinen Kompositionen stets die hervorragenden Hexenrezepturen des *Handbuchs der Südatlantischen Küche* erkennbar waren. Dessenungeachtet wünschte sich der deutsche Koch für die neue Ära des Restaurants auch eine neue Speisekarte, und so beschlossen er und María, die ihre Leidenschaft für das Kochen wiederentdeckt hatte, unerforschte kulinarische Wege zu beschreiten: Sie ließen die erstklassigen Meeresfrüchte Vergangenheit sein und widmeten sich statt dessen der kunstgerechten Zubereitung von Rind- und Wildfleisch, Zuchtgeflügel, Gemüse und Hülsenfrüchten mit Gewürzen, Kräutern und Körnern. Das *Hähnchen mit Höllenkräutern*, das Jürgen mit unübertrefflicher Virtuosität im Ofen schmorte, ist am Südatlantik bis heute ein Mythos: Zuerst hackte er das Hähnchen in Stücke und würzte es meisterhaft in einer Beize aus Chardonnay, Sonnenblumenfett, Petersilie, Lorbeer, gemahlenen grünen Anissamen, Madagaskar-Pfeffer und einer Prise Selleriesalz. Als Beilage servierte er kleine geschälte Kürbisse in Sesam, die gekocht und dann mit Dill, ein wenig Safran und Schnittlauch bestreut wurden. In dieses Gericht verliebte sich der Domherr von Mar del Plata, Fray Bernardo Mendieta, der jeden Freitagabend einen Tisch reservierte, um sich das Hähnchen schmecken zu lassen, mit Ausnahme der Karwoche, in der ihn die obligate Enthaltsamkeit zwang, sich fortwährend die Lippen zu lecken, während er die Fastenmesse las. Fray Bernardo war fünfzig Jahre alt und sah aus wie ein Zuchtstier im Ruhestand; sein schwerer Bauch spannte mit runder, doch kompakter Entschiedenheit die braune Kutte; sein struppiges graues Haupthaar, ebenso kurz geschoren wie der Bart, bildete einen lebhaften Kontrast zu seinem stets lächelnden roten Gesicht, und hinter den goldgeränderten Brillengläsern bewegten sich kleine, lebhafte Lapislazuliaugen. Der Franziskaner war ein großer Freund der gepflegten Tafel, des Rotweins Malbec de Mendoza aus Korbflaschen und religiöser Auseinandersetzungen: Einmal hatte er, ohne zu zögern, dem Bischof und der *Comisión Cristiana Femenina* die Stirn geboten, um eine Frau zu unterstützen, die als mannstoll verschrien und im feinsten Bordell der Stadt als *La Violetera* bekannt war, nun aber einen kräftigen Jungen unbekannter Herkunft zur Welt gebracht hatte und das Taufrecht für ihren Sohn einforderte. Drei Wochen lang widerstand Fray Bernardo dem Wüten des Bischofs und den giftsprühenden Verleumdungen seiner Gefolgsdamen, verschanzte sich hinter seinen eklektischen Prinzipien eines Dritte-Welt-Pfarrers und trug unter Anwendung einer außerordentlichen List letztlich den Sieg davon: Einen nach dem anderen zitierte er die Ehemänner des christlichen Frauenkomitees in seinen Beichtstuhl und drohte ihnen, ihre Abenteuer zwischen den blühenden Schenkeln der *Violetera* publik zu machen – und zwar ausgerechnet anläßlich der Fronleichnamspredigt –, wenn sie ihren Gattinnen nicht die überheblichen Köpfe zurechtrückten. Somit waren die Wogen rasch geglättet, die Gattenehre blieb intakt, der Bischof nutzte eine unvorhergesehene Vatikanreise, um dem Pfarrer freie Hand zu geben, und die junge Mutter ließ, angetan mit der Tracht einer Karmeliterin und in Begleitung der Zeugen sowie einiger Freundinnen aus dem biblischen Gewerbe, dem einst auch Maria Magdalena nachging, ihr Kind taufen.

Fray Bernardo war in Mar del Plata geboren, hatte an einem Priesterseminar in La Plata studiert und war nach seiner Priesterweihe in den Badeort zurückgekehrt, um in den ärmsten Stadtvierteln tätig zu sein. Mit der Zeit zog sein guter Ruf immer weitere Kreise und führte ihn schließlich aus der Vorstadt hinaus und bis in die Kathedrale der heiligen Petrus und Cäcilie, wo er auf seine väterliche, charismatische und volksnahe Weise weiterhin das Evangelium predigte.

Der Pastor wurde von Männern und Frauen aufgesucht, die unter den Schandtaten der Militärmacht zu leiden hatten, während die Diktatur von General Juan Carlos Onganía das Land geißelte. Nicht nur Forscher, Universitätsprofessoren, Künstler und Kreative waren auf der Flucht vor dem Tyrannen. Hunderte wurden des Unglaubens oder eines zügellosen Lebenswandels angeklagt und gerieten in die Fänge der Inquisition. Hier der schmachvolle Fall der beliebten Köchin Florencia Gayastegui, besser bekannt als *La Vasca de Oro*, die goldene Baskin, Schöpferin der herausragendsten Saucen und aromatischsten Gerichte, die man in Mar del Plata je gegessen hatte: Diese Baskin war mit einer Himmelsgabe gesegnet. Sie war im Kinderheim von Unzué aufgewachsen und von den Nonnen des Franziskanerordens Missionarinnen Mariens erzogen worden, nachdem sie im Alter von knapp vier Jahren auf ungeklärte Weise ihre Eltern verloren hatte. Schon früh entdeckte Florencia die riesige Küche des monumentalen Hauses, in dem sie zusammen mit dreihundert anderen Mädchen untergebracht war. Florencias Neigungen fanden bald die Zustimmung der Schwester Oberin, so daß diese ihr erlaubte, die Nase in Töpfe und Pfannen zu stecken und sich viele Stunden täglich von den kräftigen Gerüchen der schlichten Gastronomie umwehen zu lassen, die von den Köchinnen in Unzué praktiziert wurde. Florencias Geschick reifte zum edlen Handwerk, und 1944, als sie achtzehn Jahre alt war und damit das Alter erreicht hatte, in dem sie das Waisenhaus verlassen und sich ihren eigenen Weg im Leben suchen mußte, wurde ihr eine verlockende Stelle als zweite Küchenchefin im Gran Hotel Nogaró angeboten, nur wenige Schritte von der herrlichen Bristol-Bucht entfernt. Das elegante Hotel beherbergte vorwiegend wohlhabende Familien aus Buenos Aires und dem Landesinneren, und es dauerte nicht lange, bis *La Vasca* sich einen Namen als Spezialistin für Dressings, Zusatzstoffe, Sirupe, Süßungsmittel, Marinaden und Gewürze gemacht hatte. Ihr herausragender Geruchssinn gestattete ihr, einen Geschmack oder ein Parfüm mit unvergleichlicher Treffsicherheit zu erraten oder vorauszusagen. Viel ist von ihrem außerordentlichen Wissen nicht überliefert, denn General Onganías entfesselte Grausamkeit traf sie mit voller Härte und zwang sie, mit unbekanntem Ziel aus der Stadt zu fliehen. Doch müssen wir sie nicht allein schon wegen ihres Lieblingsgerichts *Calamares in Weißwein mit Kräutern und Ingwer* zu den größten Kochkünstlerinnen des letzten Jahrhunderts zählen? Tintenfische, enthäutet und geputzt, Sahne, ein Glas Weißwein, einige kleine Stangen Sellerie, feingehackte, in Schmalz angedünstete Zwiebel, indischer Safran, Thymianzweiglein und Assam-Curry. In einigen Speiselokalen im Hafen von Mar del Plata wird dieses Gericht noch heute zubereitet, dennoch können sich nur noch wenige Feinschmecker dieses kulinarischen Juwels entsinnen. Im Sommer 1945 lernte *La Vasca* Ernesto Guevara de la Serna kennen, der mit seinen Eltern und Geschwistern im Hotel Urlaub machte. Florencia leuchtete wie eine Kerze, sie war schlank, sehr reizvoll, mit schwarzem, gewelltem Haar und tiefgründigen Augen, und ihr beispielloser Venusmuschelsalat mit Waldpilzen aus den Gebirgen der Küstenregion überwältigte den späteren *Che* Guevara dermaßen, daß er dem Charme der Frau augenblicklich verfiel. Er lud sie ins Kino ein, bummelte mit ihr über die Rambla und die Strandpromenade, und die beiden freundeten sich an, nahmen Hand in Hand und fröhlich lachend an den Demonstrationen teil, die die Studenten gegen die Präsidentschaftskandidatur General Peróns organisierten, stellten sich gemeinsam mit den Mitgliedern des Studentenbundes der berittenen Polizei entgegen, stürzten sich ins Wasser, um den Pferden zu entgehen, und kehrten erst bei Einbruch der Dunkelheit triefnaß und glücklich ins Hotel zurück. Als Ernestos Ferien vorbei waren, reiste er ab, und niemand weiß, ob er Florencia je wiedergesehen hat, doch schrieben sie einander noch über Jahre. Die Briefe und Postkarten, die er ihr dann und wann ins Hotel schickte, kamen aus den verschiedensten Teilen Amerikas, bis der Sieg der Kubanischen Revolution die Figur des *Che* über alle Grenzen hinweg zum unschlagbaren Idol machte und sein Name in aller Munde war. Doch als im Juni 1966 das Militär die Macht an sich riß, war abzusehen, daß die Diktatur die Kommunisten zu ihren schlimmsten Feinden erklären würde. Die Baskin wurde Opfer von Verfolgung und Verrat, weil irgendein skrupelloses Klatschmaul ihr mehrere Briefe Ernestos entwendet und zur Polizei gebracht hatte, worauf sie kurzerhand verhaftet und monatelang auf einer Polizeistation im Stadtzentrum festgehalten wurde. Kurz vor Weihnachten 1967 kam sie frei, nachdem die Schwestern von den Missionarinnen Mariens die Entlassung ihres ehemaligen Zöglings erwirken konnten, doch war Florencia nur noch Haut und Knochen, fast kahlgeschoren, ihr Blick gebrochen von den durchlittenen Qualen, mit zitternden Händen und aufgesprungenen Lippen. Sie kehrte Mar del Plata den Rücken und machte sich auf den Weg nach Buenos Aires. Zwar wird vermutet, daß sie ins Ausland gegangen sein könnte, gewiß ist jedoch nur, daß sie ohne jeden Hinweis auf ihr Ziel spurlos verschwand.

Inmitten dieser verheerenden Hexenjagd donnerte die Stimme des Priesters in einem Strom hoffnungsfroher Verheißungen von der Kanzel und linderte die Leiden der Besitzlosen und Entrechteten mit dem Widerhall seiner schlichten Worte. Doch erregte die Leuchtspur seines Namens den Unmut der Kirchenoberen und den Zorn der konservativen Katholiken, die ihn als verkappten Kommunisten denunzierten, und Fray Bernardo hielt die Stellung als Gemeindepfarrer nur noch so lange, bis er den schweren Anklagen nicht mehr standhalten konnte. Um das Militärregime zu beschwichtigen, sorgte der Apostolische Nuntius 1968 für Bernardos Versetzung als Gefängniskaplan nach Feuerland. Die eisigen Winde, die an jenem Ende der Welt das Meer aufpeitschen, drangen ihm durch Mark und Bein und brachten ihn im Winter 1971 schließlich um. Die Insassen der Haftanstalt, viele von ihnen politische Gefangene, baten um die Erlaubnis, ihn aufbahren und mit einer Totenmesse verabschieden zu dürfen, doch wurde dies nicht zugelassen. Vielmehr begrub man den Priester auf dem Friedhof von Ushuaia mit einem stillen Gottesdienst: Inzwischen war schon wieder ein anderer Diktator an der Macht, General Alejandro Agustín Lanusse, und Geistliche wie Fray Bernardo genossen keinen guten Ruf.

In der Abenddämmerung des 12. September 1973, als die träge Wintersonne im Westen hinter den Bergen versank, waren María Ciancaglini und Jürgen Becker in ihrem Wagen auf der südlichen Küstenstraße unterwegs nach Miramar. Es war eine ruhige, angenehme Fahrt, die immense Weite des Meeres zum Greifen nah, der Weg von Pinien- und Eukalyptuswäldern gesäumt. Und in einer sehr engen Kurve raste plötzlich ein Tanklastzug ungebremst von hinten in ihr Fahrzeug. Der Stoß brachte das Auto zum Schlingern, sie kamen von der Straße ab, der deutsche Koch kurbelte mit sinnloser Verzweiflung am Lenkrad, stemmte sich mit seinem ganzen Gewicht aufs Bremspedal. Trotzdem riß das Asphaltband unmittelbar vor ihnen ab, und ein Abgrund von dreißig Metern tat sich auf. Der Sturz in die Tiefe war ihr Verhängnis.

Das Auto war nur noch ein Haufen Schrott, und in seinem Inneren lagen María und Jürgen, gewaltsam zusammengepreßt von der letzten Katastrophe ihres Lebens und so eng umschlungen, als hätten sie gewußt, daß sie nun nichts mehr trennen konnte.

Als Edoardo Lombrosos Großmutter und Jürgen Becker verunglückten, hatte er gerade seinen zweiundzwanzigsten Geburtstag hinter sich. Doch schlug er völlig aus der Art. Irgend etwas konnte mit seinem Blut oder seinem genetischen Speicher nicht stimmen, denn im allgemeinen wird eine Familientradition ja von den Eltern an die Kinder weitergegeben, der Apfel pflegt nicht weit vom Stamm zu fallen, der Prinz beerbt den König, und so entstehen Sippen, Dynastien, Geschlechter, Stammbäume, rätselhafte, unsichtbare Bande von einem Mann und einer Frau zu ihrer Nachkommenschaft, wie ein Fluß geheimer Zeichen, eine hieroglyphische Anleitung, die niemand versteht und nach der dennoch auf gelindem Feuer das Schicksal köchelt. Das *Handbuch der Südatlantischen Küche*, das köstliche Werk der Gebrüder Luciano und Ludovico Cagliostro, wanderte von Hand zu Hand und nährte mehrere Generationen lang die stille Flamme derer, die sich dem ehrbaren Handwerk des Kochens verschrieben hatten. Um das Jahr 1970 war der *Almacén Buenos Aires* mit seiner Taverne der unvergleichlichen Geschmackserlebnisse zu einem symbolträchtigen Ort geworden und in der Geschichte von Mar del Plata fest verwurzelt. Die Legenden um die Straßenecke wurden immer farbiger, die Einheimischen und Touristen, denen das Lokal bekannt war, erinnerten sich laut oder im Flüsterton des von anonymer Mörderhand gelegten Feuers und daß nicht einmal dieses dem *Almacén* ein Ende bereiten konnte. Und daraus entsteht Geschichte: aus den Stimmen, die vergangene Zeiten heraufbeschwören, aus Zeitungsberichten, die jemand ausschneidet und abheftet, aus Anekdoten, die auch ungeachtet gewisser Zweifel immer wieder erzählt werden.

Edoardo Lombroso war von dieser reichen Tradition nicht im geringsten infiziert. Die Küche hatte ihn nie gereizt und der Beruf seiner Altvorderen schon gar nicht. Und da er den Überschwang, mit dem die treuesten Speisegäste des Familienbetriebes die Rezepte lobten, vermutlich nicht nachempfinden konnte, stocherte er in den Delikatessen, die seine Großmutter und Jürgen zubereiteten, nur lustlos herum. Er hatte keine Freude daran, den Zauber duftender Kräuter, die wundersame Macht der Gewürze, die Magie der Tunken und Saucen zu entschlüsseln, und sollte nie über zwei Seiten des *Handbuchs der Südatlantischen Küche* hinauskommen.

Das einzige, was eines schönen Tages die Aufmerksamkeit des unglückseligen Edoardo Lombroso erregte, war eine Frau, schön und sanftmütig wie eine Anemone, eine Kellnerin mit Namen Marina Ferri.

❧ 20 ❧

Über das Leben Marina Ferris finden sich in den Unterlagen des Polizeibeamten Luzardi nur wenige gesicherte Informationen, aber nicht ein Wort von verläßlichen Zeugen, keinerlei Aussagen von Nachbarn, Angehörigen oder Freunden des Ehemannes. Beatriz Mendieta entdeckte Marinas abgenagtes Skelett und ihren kleinen Sohn César Lombroso am 5. Februar 1979.

Im Oktober 1972 hatte Marina Ferri ihre Arbeit im Restaurant des *Almacén* angetreten. Sie war von María Ciancaglini für einige Tage auf Probe eingestellt worden, und dieser gefiel die heitere Art des Mädchens im Umgang mit den Kunden sofort. Immer ein Lächeln auf den Lippen, die himmelblauen Augen flink wie Fünkchen, fand Marina stets die richtigen Worte auf die seltsamsten Fragen der Essensgäste, merkte sich spielend die Gerichte der Speisekarte und war in der Lage, zu jeder Gelegenheit das passende Menü zu empfehlen. Und wenngleich sie sich nie versucht fühlte, den Beruf der Köchin zu ergreifen, zögerte sie dennoch nicht, Vorschläge für neue Formeln und leichte Variationen einzelner Rezepte zu machen. Auf einen ihrer Einfälle ging ein großartiges Gericht zurück, das Jürgen zur exklusiven Spezialität des Hauses erhob: *Kaninchen in Cognac mit mediterranen Kräutern*, eine Delikatesse, von der Marina geträumt hatte, als sie zum ersten Mal über Nacht im *Almacén* bleiben mußte, weil ein plötzliches Unwetter mit Hagel und orkanartigem Sturm über Mar del Plata hereingebrochen war. Beim Frühstück erzählte sie ihren Traum, und Jürgen stand auf und begann umgehend, noch während sie sprach, mit der Mischung der Zutaten: ein zerkleinertes Kaninchen, einige Tropfen Apfelessig, etwas Chili, zerstoßener Salbei. Dann gab er

Schmalz in eine Kasserolle, briet das Fleisch darin an und fügte anschließend Zwiebelscheiben, ein wenig Milch, eine Spur Rosmarin, ganze Pfefferkörner und französischen Estragon hinzu.

Edoardo fand, wie gesagt, keinen Gefallen am Kochen, und er hielt sich auch möglichst wenig in der Taverne auf. Keine Aufgabe konnte ihn dort für längere Zeit halten, immer verließ er den *Almacén* unter irgendeinem Vorwand und kehrte erst nach Mitternacht zurück, und weder das Flehen seiner Großmutter noch Jürgens Vorhaltungen vermochten ihn von diesem Lebenswandel abzubringen. Marina weckte eine urplötzliche, atemberaubende Leidenschaft in ihm, doch wies sie ihn monatelang ab, denn eine innere Stimme warnte sie flüsternd, daß diese Liebe ihr kein Glück bringen würde. Allerdings sollten sich die Befürchtungen ihres argwöhnischen Verstandes dem Drängen ihres Herzens letztlich als unterlegen erweisen, so daß sie irgendwann dann doch nachgab, und als sie sich dem süßen Kampf der Sinne überließ und ein magisches Feuer über ihre Haut züngeln fühlte, mußte sie sich eingestehen, daß ihr Widerstand gegen ihr vor Begierde kochendes Blut endgültig gebrochen war.

Doch da ragte mit einem Mal ein Eisberg vor ihnen auf: Marina und Edoardo waren kaum zwei Wochen ein Paar, als María und Jürgen bei dem Verkehrsunfall ums Leben kamen.

Dieser neue Schlag, mit dem das Leben Edoardo Lombroso unangekündigt und erbarmungslos strafte, traf ihn schwer. Marina versuchte, ihm Trost zu spenden, zog zu ihm in den *Almacén*, kümmerte sich um das Restaurant, engagierte einen Koch und zwei Gehilfen, erledigte die Einkäufe und Bankangelegenheiten, übernahm die Lieferanten, das Servicepersonal, die Geschäftsführung und hielt den Betrieb aufrecht. Anfangs war Edoardo froh über Marinas Anwesenheit, denn tatsächlich liebte er sie von ganzem Herzen. Doch vergiften uns geheime Ängste oftmals ohne jede Vorwarnung das Blut. Wir geraten aus dem Tritt, was licht sein sollte, wird dunkel, und so verkroch Edoardo sich immer häufiger in seinem Zimmer, begann zu trinken und wegen Nichtigkeiten zu streiten, die Diskussionen gipfelten in Tränen und gegenseitigen Vorwürfen. Sobald der Morgen graute, spürten Marina und Edoardo jedoch, wie ihre Körper unweigerlich zueinanderstrebten, auf dasselbe Bett, in dieselben Laken sanken, bis sie vom Lärm der Angestellten erwachten und ihnen bewußt wurde, daß es wieder einmal an der Zeit war, das Paradies zu verlassen.

Im Oktober 1977 wurde Marina Ferri schwanger. Als sie die ersten Anzeichen ihrer bevorstehenden Mutterschaft bemerkte, ging ein Beben durch ihren Unterleib: Das Land war ein Dschungel, beherrscht von blutrünstigen Raubtieren, in der klebrigen Nachtluft hing der Geruch gewaltsam vergossenen Blutes, die Straßen waren Gefängnisse ohne Gitter, Kerker ohne Schloß, Verliese ohne feste Wände.

Und mitten auf diesem nationalen Kreuzweg war, wie ihr eigener Körper ihr unter Krämpfen und Stichen zu verstehen gab, nicht der geeignete Zeitpunkt, ein Kind in die Welt zu setzen.

Als Marina Ferri nach dem tragischen Tod von María Ciancaglini und Jürgen Becker die Taverne übernahm, mußte sie die Speisekarte ändern, da niemand der Hexenkünste des deutschen Kochs mächtig war. Es mußten andere kulinarische Kompositionen gefunden werden, um dem neuen Küchenchef Gelegenheit zu geben, seinen eigenen Stil zu prägen. Es war eine Zeit der gastronomischen Krise, die Stammgäste fragten mit jäh erwachter Nostalgie nach den alten Rezepten, ihren Gaumen und Augen war anzumerken, wie sehr sie die früheren Tafelfreuden aus appetitlichem Rind- und Wildfleisch, zartem Zuchtgeflügel, feinen Gemüsen und Hülsenfrüchten mit Gewürzen, Kräutern und Körnern vermißten. Marina gehorchte den uralten Weisungen ihres eigenen Blutes, und damit nahm die Taverne eine vorherrschend italienische Geschmacksnote an und roch von diesem Moment an verführerisch nach *Tagliatelle verde* – den Bandnudeln mit einer Sauce aus Spinatsaft –, den goldenen lombardischen Reisgerichten, dem berühmten *Timpano* – zubereitet mit kleinen Stückchen Hühnerleber und in Sesam gewälzter Trüffel – und den beliebten *Tallarines* mit ungarischem Pfeffer und Garam Masala. Was wir wohl niemals erfahren werden, ist, wer der Küchenchef war, der die Gerichte herstellte, woher er kam oder wohin er ging, nachdem er die Taverne wieder verlassen hatte.

Zwar gelang es dem *Almacén*, einige Klippen zu umschiffen und wieder in Fahrt zu kommen, dennoch schwand der legendäre Ruf, der ihn einstmals ausgezeichnet hatte, allmählich dahin. Edoardo stolperte durchs Leben, ohne je wieder richtig Tritt zu fassen oder seine Niedergeschlagenheit zu überwinden.

Zu allem Überfluß ergab er sich auf selbstzerstörerische Weise der Trunksucht. Tag für Tag streckte ihn der Rausch kurz vor Sonnenaufgang nieder, so daß er auch nicht ausreichend schlief, um seine Ausgeglichenheit zurückzugewinnen. Schon mittags war er, eine Menge alkoholischer Getränke im Magen, erneut in dem verderblichen Strudel gefangen, sein Blick verlor sich in fernen Welten, während ihm die Erinnerungen, heißhungrig wie Maden, stumm das Gemüt zerfraßen. Edoardo mischte edle Weine mit gemeingefährlichen Sirupen, starke Liköre mit explosiven Säften, feurige Cocktails mit Schnäpsen zu Getränken, die seinen Geist verwirrten bis zum Wahn.

Marina pflegte ihren schwellenden Bauch mit ängstlicher Entsagung, sie fürchtete, die Geburt dieses Kindes könnte unter einem schlechten Stern stehen, zudem war sie allein mit dem Restaurant, denn nicht einmal in den wenigen Stunden, die Edoardo noch mit ihr verbrachte, blieb er nüchtern. Obendrein hatte er zwei Freunde gefunden, mit denen er seine wilden Trinkgelage teilte. Der Arme war wie in einem Teufelskreis gefangen: Nicht lange, und er war zu einer traurigen reisgefüllten Stoffpuppe verkommen, die einen Abhang hinunterschlitterte, ohne irgendwo Halt zu finden.

Am Morgen des 13. Mai 1978 wurden Edoardo Lombroso und seine beiden Freunde von der Polizei erschossen. Es gibt sehr unterschiedliche Darstellungen des Vorfalls, je nachdem, ob Reporter, Augenzeugen oder der Bericht der Dienststelle zitiert werden. Natürlich existiert nur eine einzige Wahrheit, doch ist ihre Verbreitung zu vielen Einschränkungen unterworfen. Ein Ereignis, das absichtlich verfälscht wird, läßt sich niemals mit Gewißheit rekonstruieren.

Edoardo hatte den ganzen Abend mit seinen Freunden gezecht, das Gelage zog sich über Stunden hin, zwischendurch spielten sie zur Abwechslung Karten und aßen *Empanadas* und gegrilltes Fleisch. Kurz nach zehn Uhr gingen sie aus dem Haus, weil ihnen der Wein ausgegangen war, die Herbstsonne stand schon hoch, doch der Durst drängte. Laut lachend stiegen die drei in einen hellblauen Renault 6, dessen Motor zwar noch in gutem Zustand war, der allerdings schlimm aussah: das Blech rostzerfressen, Seiten und Kofferraum voller Dellen und beide Stoßstangen mit Draht festgebunden. Sie fuhren los und nahmen mit überhöhter Geschwindigkeit die Avenida Mario Bravo in südwestlicher Richtung, obwohl sie nach Norden hätten fahren müssen, doch waren sie so außer Rand und Band, daß auch der Kompaß ihrer fünf Sinne verrückt spielte. Wie von einem Wirbelsturm um die Kurve geweht, schleuderte der Renault in die Avenida Peralta Ramos und traf im nächsten Augenblick auf einen gewaltigen Trauerzug: Etwa zwanzig Streifenwagen, mehrere Mannschaftswagen der Infanterie, zehn Motorräder, die berittene Polizei im Trab und an die einhundertfünfzig Polizeibeamte gaben den bleichen Überresten des Kommissars Fabio Muster das letzte Geleit, nachdem dieser bei einer konfusen Schießerei durch vier Kugeln in Rücken und Nacken den Tod gefunden und das beste Bordell von La Perla um seinen guten Ruf gebracht hatte. Muster war ein Mörder und Folterer, der nachts mit seinen Untergebenen Raubzüge veranstaltet und die Häuser und Wohnungen von Gefangenen der Militärdiktatur geplündert hatte. Doch als man ihn an diesem Morgen mit allen Lorbeeren zu Grabe trug, war der Kommissar zu einem Helden geworden, der aus Pflichtgefühl sein Leben opferte. So heißt es doch in der Biographie eines jeden Schergen der Staatsmacht, oder etwa nicht? Verbrecher werden zu Märtyrern, Seelenverderber verkleiden sich als Gottesmänner, und Vampire kommen in den liebenswerten Gewändern von Vegetariern daher. Der hellblaue Renault bremste nicht, seine Insassen hatten die Leichenkarawane, die Richtung Südfriedhof zog, vermutlich überhaupt nicht wahrgenommen, und das Auto keilte sich wie ein Rammbock in den Leichenwagen mit dem fahnenumhüllten Sarg des Kommissars. Blech und Glassplitter flogen durch die Luft, der Sarg krachte auf die Straße, die Flagge wehte über den Asphalt, und der tote Muster, angetan mit seiner Galauniform, rollte in den Rinnstein, wo er bäuchlings in einer Schlammpfütze liegenblieb. Doch hatte die teuflische Vorsehung für diesen Vormittag noch einen weiteren üblen Scherz auf Lager: Nach dem Aufprall setzte der Renault 6 sein blindwütiges Rennen fort, überfuhr zwei Motorräder der Ehrenwache, rammte ein Pferd, überschlug sich mit Getöse und drehte sich mitten auf der Avenida wie ein zerbeulter Brummkreisel um die eigene Achse. Der Trauerzug kam abrupt zum Stehen. Das Klirren von Metall und Glas vermischte sich mit den lauten Stimmen der Polizisten, dem Wiehern der Pferde und den Schreien der drei Freunde, die, gefangen im verbogenen Eisen ihres Fahrzeugs, mit dem Tode rangen. Aus den Polizeiautos sprangen Männer mit gezückten Revolvern und Maschinenpistolen, die im Handumdrehen den hellblauen Renault 6 umzingelt hatten und das Feuer eröffneten. Niemand hat die Projektile gezählt, doch müssen es Hunderte gewesen sein, denn die drei Toten waren von Einschüssen buchstäblich durchsiebt.

Am nächsten Tag berichteten Presse und Radio auf ihre Weise über den Hergang; alles, was die wichtigsten Augenzeugen gesehen hatten und woran sie sich erinnerten, folgte strikt der offiziellen Version: Der barbarische Mord an drei armseligen Trunkenbolden sollte sich als Niederlage einer mächtigen Terrorbande erweisen, und mehrere Zeitungen titelten: »Drei gefährliche Mitglieder der Revolutionären Volksarmee geschnappt«.

Edoardo Lombrosos brutales Ende grub sich Marina Ferri

ins Gedächtnis wie ein wuchernder Tumor, und sie mußte allein sein, um dem Sog ihrer Alpträume zu widerstehen und den Krämpfen und Stichen in ihrem Leib standzuhalten.

22

Nach Edoardo Lombrosos Tod wurde der *Almacén* polizeilich versiegelt und die Angestellten der Taverne unter ungeheuerlichen Anklagen verhaftet. Am Ende ließ man sie zwar laufen, doch als die unglücklichen Köche und Kellner wieder auf der Straße standen und feststellten, daß sie arbeitslos waren, ging jeder seiner Wege. Marina mußte Verhöre und Schikanen über sich ergehen lassen, nicht einmal ihre Schwangerschaft hemmte die gnadenlose Gier ihrer Kerkermeister, die sie in eine übelriechende Zelle der Ermittlungsbrigade von Mar del Plata gesperrt hatten. Doch fand ihre Qual schlagartig ein Ende, als man sie am 15. Juli 1978 mit stechenden Schmerzen und beängstigenden Blutungen als Notfall in eine Entbindungsklinik einliefern mußte.

Noch am selbem Abend kam auf natürlichem Wege César Lombroso zur Welt.

Marina Ferri verließ die Klinik und kehrte mit ihrem Sohn in den *Almacén* zurück, die Polizei stellte ihre grausame Hetzjagd ein und hörte auf, Mutter und Kind zu belästigen. Wochenlang schloß sich Marina voll Angst und Mißtrauen im Haus ein, und erst, als an der Küste der Frühling zu knospen begann, ging sie mit dem kleinen César nach draußen. Sie nutzte die mittägliche Betriebsamkeit der Innenstadt von Mar del Plata, um in der Menschenmenge unterzutauchen, den einen oder anderen Gelegenheitseinkauf zu machen, und manchmal nahm sie in irgendeinem von Touristen überfüllten Lokal ein frugales Mittagsmahl zu sich. Mit ihren Nachbarn sprach sie kaum, und diese beäugten sie ihrerseits mit Argwohn, die Lippen von Furcht versiegelt. Auf der Straße wurde sie von zweifelnden Blicken und Getuschel verfolgt; der Terror der Militärdiktatur hatte zu einer kaltherzigen Vereinzelung geführt, in der die Menschen einander nicht mehr vertrauten.

Das Restaurant blieb geschlossen, Marina fühlte sich nicht mehr imstande, es zu führen. In jenen Monaten wurden lediglich die Fenster im Erdgeschoß um die Mittagszeit für eine Weile geöffnet, um Luft und Licht einzulassen. Regelmäßig wie ein Uhrwerk kam jeden Sonntag eine Putzfrau zum Saubermachen, eine leichte, ruhige Arbeit, mit der sie im Erdgeschoß und dem Oberstock mehrere Stunden zu tun hatte. Ab und zu hörte sie die Stimme der Mutter, das Lachen oder Weinen des Babys, den Fernseher, Radiomusik oder das Pfeifen des Windes im Dachstuhl.

Darüber hinaus gibt es keine verläßlichen Angaben zu dem, was sich bis zu jenem 5. Februar 1979 im *Almacén* abgespielt hatte: dem Tag, an dem Beatriz Mendieta das Gerippe Marina Ferris neben ihrem noch lebenden kleinen Sohn César Lombroso entdeckte.

23

Am Abend des 21. September 1982 machten Bettina Ferri und Rafael Garófalo die Taverne des *Almacén Buenos Aires* wieder auf. Nach langer Überlegung und begreiflicher Unschlüssigkeit kamen César Lombrosos Onkel und Tante schließlich überein, den Namen des Lokals beizubehalten, weil sie feststellten, wie geläufig er den Leuten war, während sie zugleich bemerkten, daß die Legende des Hauses nicht nur sonnige Zeiten, sondern auch Epochen schwerster Unwetter umfaßte, doch sind Glück und Leid schließlich aus keiner menschlichen Existenz wegzudenken.

Rafael, der in seinem Heimatdorf den Beruf des Bäckers ausgeübt hatte, fühlte eine ausgeprägte Neigung zum Gastronomiefach. Mit versessener Begeisterung machte er sich in der Restaurantküche ans Werk und engagierte einen erfahrenen argentinischen Koch, um Geschmacksrichtungen, Aromen und Traditionen in Einklang zu bringen. Und so begannen das saftige argentinische Fleisch, das goldgelbe *Risotto della Lombardia*, kreolische Eintopfgerichte aus Suppenhuhn, Zwiebeln, Paprika, feingeschnittenem Weißkohl, Petersilie und Lorbeerblättern, das sauer einlegte Pampa-Rebhuhn und die beliebten *Saltimbocca alla Romana* aus Kalbfleisch und salbeigewürztem Schinken ihre Koexistenz in ein und demselben Speisesaal. Und Bettina? Zu Anfang war sie für die Kasse und die Lieferanten verantwortlich, doch mußte sie schon nach kurzer Zeit eine Buchhalterin bemühen, da sie selbst nur über mangelhafte betriebswirtschaftliche Fähigkeiten verfügte und das Geschäft bald in den Ruin getrieben hätte. Von da an kümmerte sie sich lieber um die Öffentlichkeitsarbeit, die Dekoration des Salons, den Zukauf von

Geschirr und Besteck. Darüber hinaus widmete sie sich einer höchst wichtigen Aufgabe: der Erziehung César Lombrosos.

Es war das erste Mal in siebzig Jahren, daß die Speisekarte des *Almacén* ohne jeden Hinweis, ohne jede Anspielung auf das köstliche *Handbuch der Südatlantischen Küche* entstand. Keine Spur davon. In keinem einzigen Rezept. Obwohl das Geschmackszauberbuch der Cagliostro-Zwillinge die Peitschenhiebe des Schicksals unversehrt überstanden hatte – es befand sich noch immer in derselben Stahlkassette, in der es von María Ciancaglini und Jürgen Becker vor und nach dem schrecklichen Brand im *Almacén* verwahrt worden war –, schenkten Bettina und ihr Ehemann dem wundervollen Werk keinerlei Aufmerksamkeit. Das lag einerseits sicher an der spanischen Sprache, in der Luciano und Ludovico es seinerzeit verfaßt hatten, denn das Ehepaar konnte das Spanische kaum sprechen, geschweige denn lesen und schreiben. Möglicherweise gehorchte dieses Desinteresse aber auch einer geheimen Weisung der Vorsehung: Das *Handbuch* blieb in der Kommodenschublade in der Suite des *Almacén* bis zum 25. Januar 1989: dem Tag, an dem César Lombroso es fand, um sich nie wieder davon zu trennen.

❧ 24 ❧

Am Nachmittag des 25. Januar 1989, einem heißen Sommertag, war César im *Almacén,* während Bettina sich bei einem mehrstündigen Friseurbesuch eine Maniküre, eine kosmetische Gesichtsbehandlung, Massagen und neuartige Schönheitskuren verabreichen ließ und Rafael auf dem Markt, beim Weinhändler und im Gewürzladen seine Einkäufe erledigte.

Die Geräusche, die der Koch und seine beiden Gehilfen in der riesigen Küche verursachten, hallten in der stillen Luft des Hauses wider. Dort unten wurden die Vorbereitungen für die abendlichen Gaumenfreuden getroffen, Dressings und Saucen angerührt, Geflügel und Wild mit aromatischen Kräutern mariniert, Fisch und Schnitzel paniert, Gemüse geschnitten und gehackt, Brühen und Bouillons gekocht, Flanförmchen mit Karamel ausgekleidet – die Arbeit in der Taverne ließ wenig Zeit zum Faulenzen. César hatte es sich in seinem Zimmer bequem gemacht und las: Edgar Allan Poes *Der Doppelmord in der Rue Morgue* faszinierte ihn mit seinem düsteren Erzählrhythmus. Eine knappe Stunde später ging er jedoch hinunter, um im Salon des Restaurants zu spielen. Ein wenig gelangweilt stieg er dann seine Lieblingstreppe – eine der Personalstiegen – hinauf und trieb sich planlos im Flur der ersten Etage herum, wobei er ein Liedchen vor sich hin summte, bis er an der Suite vorbeikam.

Die Tür stand halb offen, und als er den Kopf wandte und ins Zimmer blickte, erstarrte er, als hätte ihn der Schlag getroffen. Er blieb wie angewurzelt stehen, ganz still, und fühlte unvermittelt einen Stachel in der Brust, der ihm den Atem nahm und ihm kalte Schauer über den Rücken jagte, doch riß er sich sofort zusammen. Als sein Schrecken sich wieder etwas gelegt hatte, sah er, daß ein blasser Lichtstreifen durch das angelehnte Fenster fiel und sich durch das dämmerige Zimmer stahl. Eine sanfte Brise bauschte die Gardinen, die bewegliche Schatten bildeten, gesichtslose Schemen, stumme Gespenster, die ohne Musik zu tanzen schienen, Gestalten, die er in ebendiesem Zimmer schon öfter gesehen, aber in diesem Moment aus irgendeinem Grund nicht gleich wiedererkannt hatte. César machte zwei, drei, vier Schritte, trat ins Zimmer und ging langsam mit bleiernem Schritt auf die Kommode zu. Dort hielt er inne und schielte unsicher auf das Bett: Das Kopfende war in dunstiges weißes Licht gebadet. Mehrere Minuten lang stand er reglos, spürte, wie einige Spritzer aus dem Meer ungeordneter Erinnerungen in sein Bewußtsein drangen und ihn lähmten. Dann aber löste er sich aus der seltsamen Verzauberung, streckte den Arm aus und zog, geduldig und behutsam wie ein Uhrmacher, eine Schublade nach der anderen auf. Und so stieß er, unter einem Halstuch aus roter Seide, auf die schwarze Stahlkassette mit dem goldenen Wappen der Deutschen Kriegsmarine auf dem Deckel. Ein Blitz erhellte seinen verwirrten Geist, und er erkannte mit verheißungsvoller Klarheit, daß sich im Inneren dieser Schatulle ein einzigartiger, magischer Gegenstand verbarg, der nur auf ihn gewartet hatte.

César Lombroso lernte schon sehr früh und mit jesuitischem Eifer das Lesen. Er war noch keine sieben Jahre alt, als er bereits Abenteuergeschichten, Kriminalromane und Gruselmärchen las, die andere Kinder und auch manchen Erwachsenen ängstigten oder abstießen. Möglicherweise suchte er in diesen Büchern Zuflucht, um dem rätselhaften Grauen zu entrinnen, das hinter den Schleiern seiner eigenen Erinnerungen lauerte; irgendwie ahnte César, daß es in seinem Leben geheimnisumwitterte Ereignisse geben mußte, über die ein dichter Mantel des Schweigens gebreitet war. Und was könnte es Beunruhigenderes geben als die Einsicht, daß man sich selbst ein Unbekannter ist?

Niemand klärte den kleinen César Lombroso darüber auf, wer er war, woher er kam, wie sein Lebensweg verlaufen war, bevor das Schicksal ihn mit einem Ruck dorthin verschlagen hatte, wo er sich jetzt befand. Wenn seine Tante oder sein Onkel mit ihm über diese Dinge sprachen, weil er sie mit unersättlicher Neugierde ausfragte, antworteten Bettina und Rafael immer nur, sie wüßten nichts über seine Vergangenheit, sie hätten ihr Leben im fernen Italien von einem Tag auf den anderen aufgegeben, um sich seiner anzunehmen, und seither gäbe es für sie beide nichts Wichtigeres auf der Welt als sein Wohlergehen.

Und so zimmerte sich das arme Waisenkind ein Vorleben: aus nichtigen Bruchstücken, losen Puzzleteilchen ohne Angabe von Daten, Orten oder Beteiligten, wenigen zusammenhanglosen, ungeordneten Fragmenten, mit purer Phantasie und irrigen Berechnungen.

Als nun César Lombroso das *Handbuch der Südatlantischen Küche* fand und darin zu blättern begann, verstand er auf Anhieb, daß er damit zum ersten Mal eine Hinterlassenschaft seiner Ahnen in den Händen hielt. Und die Erkenntnis, damit endlich etwas von seiner ureigenen, persönlichen Welt der Macht des Vergessens entrissen zu haben, durchströmte ihn mit einem leuchtenden Glücksgefühl. Mit der Zeit würde er mehr erfahren.

25

César war hingerissen von der zauberischen Alchimie des *Handbuchs*. Unablässig in die mit Kürzeln und Querverweisen übersäten Seiten vertieft, gelang es ihm nach und nach, mit bewundernswertem Scharfsinn die Rezepte zu entschlüsseln. Auf Befragen war er in der Lage, jede einzelne kulinarische Formel, jede Zutat, die Farbe der Gewürze, die Konsistenz der Saucen, die süßen und salzigen Bestandteile jeden Gerichts in kurzen Worten herzusagen, und beherrschte binnen weniger Monate den esoterischen Jargon der Gastronomen mit akademischer Gewandtheit. Mit allem war er vertraut: den Bezeichnungen für die einzelnen Werkzeuge und Gerätschaften, die ein guter Koch zur Hand haben muß, den exakten Maßen und korrekten Gewichten, und er wußte auch, wie man diese umrechnet, damit sich Geschmack und Aroma zu einem handwerklich perfekten Ganzen verbanden. Sobald César aus der Schule kam, erledigte er rasch seine Hausaufgaben und schlüpfte anschließend sofort in seine Kochkluft: Turnschuhe, Hose, ein kragenloses Hemd und die lange weiße Schürze. Die Garófalos, hoch erfreut über die ausdauernde Begeisterung, mit der ihr Neffe sich seiner Lieblingsbeschäftigung hingab, ermunterten ihn zu einer ordentlichen Ausbildung und meldeten ihn in einer Kochschule an, die César allerdings nur wenige Monate besuchte, da er es vorzog, im Restaurant seinen eigenen Weg zu erkunden.

Mitte des Jahres 1982 hatte Argentinien im Krieg gegen Großbritannien um die Herrschaft über die Falkland-Inseln eine schmerzliche Niederlage erlitten. Der damalige Diktator Leopoldo Galtieri, ein pompöser General, hatte in seinem manischen Machtrausch eine messianische Tragödie entfesselt, die am 2. April begann und zwei Monate später damit endete, daß Galtieri, grollend über die bittere Kränkung seiner Eitelkeit, den Rückzug antrat, worauf sein Militärregime unweigerlich zerbrach.

Der heranwachsende César Lombroso konzentrierte sich mit allen fünf Sinnen auf die Küche, denn dies war der Ort, wo er sich am wohlsten und vollkommen in seinem Element fühlte; die Stadt und die übrige Welt kamen ihm wie eine fremdartige und zugleich faszinierende Kulisse vor, und er liebte es, einsame Strandspaziergänge zu unternehmen, sich dicht am Wasser ein Weilchen im Sand auszustrecken und beim Rauschen des Küstenwindes vor sich hin zu dösen. Den Blick zum Horizont gerichtet, dachte er dann an das ferne Land, aus dem sein Onkel und seine Tante stammten, schlief ein und träumte von unerforschten Welten.

Als César am 15. Juli 1995 siebzehn Jahre alt wurde, war er bereits ein außergewöhnlich guter Koch und betörte nicht nur mit seinem kulinarischen Talent, sondern auch mit seinem attraktiven Äußeren: Er war groß und schlank mit harmonischen Gesichtszügen und gut proportionierter Gestalt, das braune Haar lang und gewellt, die lebhaften Augen kohlschwarz; seine geschickten Hände mit den langen Fingern bewegten sich flink wie Kolibriflügel, er sprach wenig, bedächtig, und auch wenn er lächelte, verzog er kaum den sinnlich geschwungenen Mund. In seiner verschlossenen Art wirkte er auf den ersten Blick sehr anziehend, doch legte der mineralische Glanz seiner Augen den Verdacht nahe, daß sein Geist sich insgeheim von einem gefährlichen Feuer nährte.

Das Alter, in dem andere Jugendliche von Gemütswallungen

und Fieberzuständen in Anspruch genommen sind, mit schwindelerregenden Emotionen und dem Erröten zu kämpfen haben und jeder Atemzug Brust und Lippen in Brand setzt, durchlebte César fröhlich verliebt in die magischen, von den Vettern seiner Urgroßmutter einst formulierten Beschwörungen. Dabei war es die tiefe Kommunion mit seinen Altvorderen, die den größten Zauber auf ihn ausübte: Er wußte um die Existenz einer okkulten Weisheit hinter den Worten, Abbildungen und graphischen Darstellungen des erstaunlichen *Handbuchs der Südatlantischen Küche*. Immerhin entstammten diese Seiten der Feder seiner eigenen Blutsverwandten, dachte César mit Fug und Recht. Woraus wieder einmal ersichtlich wird, wie die Zeit ihre Brücken zwischen längst Vergangenem und der Gegenwart schlägt: Oftmals genügt ein einziges Buch zum Beweis, daß die Ewigkeit mit archaischen Zeichen und tausendjährigen Formeln versiegelt ist, deren Sinn sich nur ganz wenigen Auserwählten vollständig erschließt; und so gibt es einen Zugangscode für jede Frage und jede Antwort, für all die großen Ungewißheiten, die den Zweiflern den Schlaf rauben, für jedes Rätsel, das sehnsüchtig des überlegenen Magiers harrt, für das Evangelium, das unablässig nach einer Stimme schreit, die das wundersame Wort Gottes zutreffend zu interpretieren wüßte.

Und genau dies tat das *Handbuch*: Mit seiner Hilfe gewahrte César, daß es in der Küche sehr viel mehr zu entdecken gab als die Ekstase raffinierter Sinnesfreuden, wie Luciano und Ludovico Cagliostro sich diese seinerzeit vorgestellt hatten. Vielmehr begriff der junge Koch darüber hinaus, daß sich dank des unendlichen Zaubers von Geschmacks- und Duftnuancen das Glück in seiner höchsten Vollendung erreichen ließ.

Und nichts auf der Welt hätte César davon abbringen können, diese Chance zu nutzen.

26

Eingehüllt in die verführerischen Düfte, die den *Almacén* durchzogen, gehorchte das tägliche Leben des jungen César Lombroso
ganz und gar der gastronomischen Liturgie, die ihm das *Handbuch der Südatlantischen Küche* vorgab. Stundenlang brütete er
selbstvergessen über den schmackhaften Hieroglyphen, die nur
er allein zu entziffern und in unnachahmliche Rezepte zu ver-
wandeln wußte, wie zum Beispiel das für den hochherrschaft-
lichen *Garnelenknoten mit Spargel*, das er einwandfrei übersetzte, nachdem er Lucianos Seiten zum Thema Meeresfrüchte
durchstöbert hatte. Es wird aus geschälten, teigummantelten,
ausgebackenen Garnelen, Räucherspeck aus Tandil in feinen
Streifen, grünem Spargel, Sojasauce, Frühlingszwiebeln, Kar-
toffelwürfeln, frischem gehacktem Koriander, Schnittlauch, gemahlenem schwarzem Pfeffer und etwas Chili hergestellt und ist
ein ausgesprochen feines Gericht, das César selbst mit einem
samtigen Wein wie dem Syrah aus dem Rhône-Tal zu begleiten
empfahl.

Für Rafael Garófalo war der unbeirrbare kulinarische Eifer des
Waisenjungen ein bittersüßer Trost, denn die einsilbige Gleichgültigkeit, mit der sein Neffe ihn und die Angestellten des Restaurants behandelte, kränkte ihn immer wieder aufs neue. Tatsächlich fiel es niemandem leicht, mit César ins Gespräch zu
kommen, und die Bemühungen, sein Vertrauen zu gewinnen,
hatten nicht viel Erfolg. Mit der Zeit lernte Rafael, sich ohne
Trauer in das Unbestreitbare zu schicken: Irgendein profaner
Grund hielt sie auf Distanz, den Onkel hier, den Neffen dort.

Manchmal empfand Rafael die schwarzen Augen des Waisenjungen sogar als bedrohlich und fragte sich erschrocken, woran es liegen mochte, daß der eiserne Blick dieser kindlichen Augen aus so abgründiger Tiefe zu kommen schien. Sollte es wirklich ein ernsthaftes Problem zwischen ihnen geben? Oder wurde Rafael womöglich nur von gewöhnlicher Eifersucht und Neidgefühlen heimgesucht, die ihm zwar Schmerzen verursachten, jedoch jeder Grundlage entbehrten?

Bettina Ferri hingegen war bezaubert von der geheimnisvollen Ausstrahlung ihres Neffen. Seit dem Tag, an dem sie ihn aus dem Waisenhaus geholt hatte, umhegte sie ihn mit aufopfernder Hingabe – vielleicht weil sie in ihm den Sohn sah, der ihr verweigert geblieben war – und ließ ihn nicht aus den Augen wie einen goldenen Talisman. César war damals gut drei Jahre alt gewesen und hatte zunächst große Schwierigkeiten gehabt, sich an den *Almacén* und seine neuen Vormünder zu gewöhnen. Am Anfang beäugte er sie mit dem finsteren Argwohn eines Kormorans, sprach kaum ein Wort mit ihnen, und zu allem Überfluß wurde er des Nachts von seltsamen Alpträumen aus dem Schlaf gerissen. Dann beruhigte Bettina ihn unter Liebkosungen und sang ihm leise italienische Wiegenlieder vor. Als er älter wurde, überwand er seine quälenden Ängste und Vorurteile, bemächtigte sich allmählich seiner eigenen Mysterien und fand inmitten der kargen Wüste seines kurzen Lebens eine Oase der Gelassenheit. Irgendwann hörten die bösen Träume auf, wenngleich er nur selten Ruhe fand, ohne daß seine Tante ihn streichelte und zärtlich in den Schlaf raunte. Dieses hautwarme Ritual war für ihn das Allerschönste, es tröstete ihn und linderte all die aufgestauten Ängste, die tief in seiner Erinnerung durch einen Zerberus ohne Namen und ohne Gesicht unter Verschluß gehalten wurden.

Dem armen Rafael Garófalo sollte es nicht vergönnt sein, jemals Césars Zuneigung zu erringen. Ein durchaus gotteslästerlicher Krieg, mit Engeln und Dämonen auf beiden Seiten, hielt Onkel und Neffe auf stummem aber stetigem Konfrontationskurs. Zwar versuchte der gutmütige Bäcker tatsächlich bis zur Verzweiflung, die Liebe des kleinen Waisenjungen zu gewinnen, dennoch hoben sie, einer wie der andere, immer zuerst die Schützengräben aus, um dann zum Zeichen des Waffenstillstands die weiße Fahne zu hissen.

Ohne daß dies den beiden zu Bewußtsein gekommen wäre, ohne daß sie es hätten begreifen und sich damit abfinden können, ging es bei Rafaels und Césars Feindseligkeiten insgeheim jedoch nur um eines: Bettinas Liebe.

27

Pablo Marzollo, der Koch, den Rafael Garófalo als Küchenchef für den *Almacén* einstellte, war Mitte der vierziger Jahre in Bahía Blanca zur Welt gekommen, dann aber, kurz bevor er in die Schule kam, mit seiner Familie nach Mar del Plata gezogen. Er wuchs im Stadtteil La Perla auf, wo sein Vater ein bescheidenes Haus gekauft hatte, und dort entdeckte er schon bald seine Berufung für die Gastronomie. Mit fünfzehn arbeitete er als Küchengehilfe im Hotel Royal, einem großzügigen, eleganten Gebäude, das Anfang des zwanzigsten Jahrhunderts auf dem Hügel Santa Cecilia errichtet worden war, ganz in der Nähe der Strände von Punta Iglesia und La Perla. In diesem Hotel wurde aus dem jungen Feinschmeckerlehrling ein gewandter Meisterkoch, doch machte er die Lorbeeren, die er mit seiner Kunst erntete, durch seinen sturen, streitsüchtigen Charakter, seine kaltschnäuzige Art und sein kraterrundes Maul, dem unablässig Kraftausdrücke und Unflätigkeiten entströmten, immer wieder zunichte. Keine Stelle behielt er lange, und mit der Zeit ließ er es sich zur Gewohnheit werden, wie ein Legionär von einer Küche zur nächsten zu ziehen. Sehr bedauerlich, denn immerhin werden ihm einige geniale kulinarische Glanzlichter zugeschrieben, die später, nachdem sie die unterschiedlichsten Moden und Stilrichtungen durchlaufen hatten, zu den empfehlenswertesten Gerichten der feinen argentinischen Küche zählen sollten. Hinter den Raffinessen der namhaftesten Köche unserer Zeit verbirgt sich so manches Rezept Pablo Marzollos, übernommen mit leichten Variationen sowie einem Übermaß an Diskretion, denn ungerechterweise entsinnt sich niemand mehr des wahren Urhebers eines so schmackhaften Gerichtes wie zum Beispiel der gefeierten *Goldflammen aus Krabben und Miesmuscheln,* denen er eine exquisite Zubereitung angedeihen ließ: Aus geheimen Mengen Weißmehl, Olivenöl, Ricotta, gehackten Schalotten und pikantem Parmesankäse bereitete er eine Masse, die in Verbindung mit dem Muschelsud, Weißwein, feingeschnittener Figueres-Zwiebel und rohen, geschälten Krabben zu einem wahren Leckerbissen wurde. Und was verhalf Pablo Marzollos *Goldflammen* zu solcher Berühmtheit? Nichts anderes als die verblüffende Schlagfertigkeit von Mona Casandra, einer beliebten Schauspielerin und Sängerin mit üppigen Rundungen und gut verborgenem künstlerischem Talent, die mehrere Sommer lang in den besten Revuetheatern von Mar del Plata Triumphe feierte. Mona Casandra war von lärmendem Wesen und mit einer ausgeprägten Sinnlichkeit begabt, die sie im Fernsehen und auf der Bühne zur Schau stellte. Ihr nackter Körper erschien in den auflagenstärksten Zeitschriften, ihr Busen und ihre fleischigen Hinterbacken, riesig wie sommersprossige Alabastermonde, nährten die sündigsten Männerphantasien im ganzen Land. Sie wurde maßlos geliebt, beschimpft oder beneidet, und sie hatte zwei fabelhafte Charakterzüge, dank derer sie es im argentinischen Showbusiness allmählich ganz nach oben geschafft hatte: Sie war ebenso unmoralisch wie verwegen. So rief sie beispielsweise eine pornographische Nachrichtensendung ins Leben, in der sie unanständige Intimitäten prominenter Persönlichkeiten ausplauderte, wobei nicht einmal Politiker, Machthaber, Wirtschaftsbosse und hohe Staatsbeamte ungeschoren davonkamen. Und irgendwie war sie auch noch an die Hauptrolle einer Telenovela gekommen, die in Mexiko und Miami gedreht wurde und in der sie eine Nonne verkörperte, die sich in einen zum Tode verurteilten Sträfling verliebt. Darüber hinaus schrieb sie eine erotische Kolumne für die meistgelesene Boulevardzeitung des Landes und moderierte eine spaßige Fernsehsendung mit Fragen und Antworten zum Thema Sex, die angeblich aus dem Programm genommen wurde, weil sie in Zeiten der Militärdiktatur eine Gefährdung für die brüchige Moral des Episkopats darstellte. Es gab nichts, wovor die »monumentale Mona«, wie sie von ihren Bewunderern genannt wurde, zurückgeschreckt wäre. Im Sommer 1975 war sie im angesehenen Theater des Hotels Royal, dem Abend für Abend meistbesuchten Saal in Mar del Plata, der Star ihrer eigenen Show. Darin hatte sie einen umwerfenden Auftritt, bei dem sie – splitternackt bis auf zwei große weiße Federn, die sie schwang wie Fächer – ganz allein mitten auf der Bühne stand und vor ihrem gebannten Publikum einen zwanzig Minuten langen anzüglichen Monolog hielt, der stets in schallendes Gelächter und tosenden Applaus mündete. Eines Abends jedoch pulsierte Mona Casandras aufreizender Körper vor Hitze, sie hatte an dem Nacktbadestrand, wo sie zu entspannen pflegte, zuviel von der kräftigen Sommersonne abbekommen, so daß ihre allerliebsten Brüste nun rot waren wie das Innere von Wassermelonen und der Sonnenbrand auf ihren Lippen glühte. Also erzählte sie zur Rechtfertigung der hartnäckigen Hautrötung ein schlüpfriges Abenteuer: In stürmischer Liebe entbrannt, habe sie sich am Nachmittag mit einem neuen Liebhaber in ihr Schlafzimmer zurückgezogen und dort das heißeste intime kleine Mahl genossen, das eine Frau sich nur wünschen kann: Nach dem Verzehr von *Goldflammen aus Krabben und Miesmuscheln* hätten sie sich mindestens sieben feurige Stunden lang in zügelloser Leidenschaft ihrer Begierde hingegeben. Und die wilde Geilheit, die das Essen in ihnen entfacht habe, sei nun schuld an ihrer wundgescheuerten Haut. Hingerissen lauschte das Publikum diesem Geständnis, Männer wie Frauen preßten sich in ihre Sitze und schwitzten vor unterdrückter Erregung, bis auf einmal eine kraftvolle Männerstimme lautstark nach der magischen Rezeptur verlangte. Mona Casandra ging lächelnd auf der Bühne auf und ab, wiegte sich in den Hüften wie eine läufige Wölfin und zählte verschmitzt die aphrodisierenden Eigenschaften der *Goldflammen* auf, was diese schlagartig berühmt machte. Am folgenden Tag druckten mehrere Zeitungen und Magazine einen groben Entwurf des Rezepts ab, seine Wirkungsweise war Thema in Radio- und Fernsehsendungen, Rezepthefte und Sonntagsbeilagen zum Thema Küche listeten die Zutaten auf, und eine detailliertere Fassung fand Aufnahme in den besseren Kochbüchern. Sogar in Filmen und TV-Serien kamen die *Goldflammen* vor, und sie waren Bestandteil des fürstlichen Menüs, mit dem ein europäischer Prinz seine Frischangetraute am ersten Abend ihrer Flitterwochen auf der Insel Mauritius bewirten ließ.

Mona Casandra, die noch öfter Gelegenheit hatte, die *Goldflammen* zu kosten, sollte dem Schöpfer dieser Delikatesse niemals begegnen: 1975 arbeitete Pablo Marzollo in *La posada de Côttet*, einem Gasthof in Villa Gesell. Und wie hatte es den Koch nun in dieses idyllische Dörfchen hundert Kilometer nördlich von Mar del Plata verschlagen? Er war von einer Einladung Charles Côttets dorthin gelockt worden, einem Bohemien und Architekten von kultiviertem, umgänglichem Wesen, der sich seinen Traum vom eigenen Hotel direkt am Meer erfüllt hatte: einige spartanische Zimmer, im ersten Stock ein kleiner Salon für gesellschaftliche Ereignisse und hitzige politische Debatten, im Erdgeschoß die Bar – bis heute ein Treffpunkt von Künstlern und Träumern, die in dem Strandbad vorbeischauen – und natürlich eine bescheidene, aber gut ausgestattete Küche zur Versorgung der Speisegäste. Côttet, Sohn französischer Eltern, war ein unersättlicher Leser lateinamerikanischer Romane, die er pfeiferauchend verschlang; Volksrevolutionen begeisterten ihn, und er liebte Frauenhüften, die so lebhaft waren wie seine blauen Augen. Charles Côttet, genannt *der Franzose*, stand auf der schwarzen Liste der wahnsinnigen Generäle, die 1976 die Regierung übernahmen, und so entschloß er sich zu einer ausgezeichneten Finte, um die blutrünstigen Korsaren, die ihm auf den Fersen waren, in die Irre zu führen: Von einem Tag auf den anderen verließ er sein Haus in der Hauptstadt, legte vage, jedoch offensichtlich ins Ausland weisende Fährten und zog sich nach Villa Gesell zurück. Dort ließ er sich in der Obhut von Freunden nieder und sorgte dafür, daß alle vierzehn Tage jemand beim Geheimdienst anrief und berichtete, Côttet, an der Spitze einer kleinen, aber gefährlichen, dem Schlächter Admiral Massera entlaufenen Gruppe von Fahnenflüchtigen, stünde im Begriff, über irgendeinen Grenzpaß ins Land zu dringen. Das führte zwar dazu, daß in La Quiaca oder am Puerto Iguazú, an den windigen Außenposten der Andenkordilleren und im dicht bewaldeten Grenzgebiet von Misiones und Formosa geifernde Gendarmen auftauchten, doch Côttet wurde niemals gefunden. Und als die Demokratie zurückkehrte, eröffnete er seinen Gasthof und verließ das Dorf nie wieder. Pablo Marzollo paßte sich dem sanftmütigen Stil des Hauses an, und als er nach Mar del Plata zurückkehrte, hinterließ er ein unvergeßliches Gericht, das in Villa Gesell noch heute auf der Speisekarte steht: *Tagliatelle Saccomanno*, zubereitet aus frischen Nudeln, gestoßenen Mandeln, gehacktem Rindfleisch, kleingeschnittenen Lauchzwiebeln, einer Prise Korianderkraut, einer Messerspitze Kardamom und einer Sauce aus Eiern, Milch, gemahlenen Dillsamen und indischem Currypulver. Pablo Marzollo hatte seinen Seelenfrieden gefunden, als ihm eines Tages Mona Casandras Kommentar über die *Goldflammen* zu Ohren kam, der ihm keine Ruhe mehr ließ, bis er beschloß, seinen Anteil am Ruhm einzufordern. Er schrieb Mona einen Brief, in dem er ihr erklärte, daß er der Erfinder dieses Gerichts sei. Wenige Tage später erhielt er ihre Antwort: Sie schickte ihm ein Ganzkörperfoto, auf dem sie aufreizend im Evaskostüm posierte, darunter ihr begehrtes Autogramm und drei bösartige Worte: »Träum von mir ...«.

Mitte des Jahres 1982, als Bettina und Rafael sich entschieden, den *Almacén* wiederzueröffnen, war Pablo Marzollo gerade arbeitslos. Der legendäre Ruf der Taverne war ihm bestens bekannt, und so zögerte er nicht, bei den ersten Anzeichen für eine Auferstehung seine Dienste anzubieten. Und er sollte Glück haben: Noch hatte das Ehepaar keinen neuen Küchenchef gefunden, es standen nicht einmal gute Anwärter für den Posten zur Wahl, zudem war Rafael von der Fülle der Erfahrungen, auf die der Bewerber zurückblicken konnte, sehr angetan, und vor allem gefiel ihm die gemeinsame Abkunft: Die Wurzeln von Pablos Großvater Giorgio Marzollo reichten bis nach Padua, von wo dieser vor vielen Jahren nach Buenos Aires aufgebrochen war. Und daß der Enkel das quirlige Blut seiner italienischen Vorfahren geerbt hatte, war nicht zu übersehen.

Rafael und Pablo verstanden sich auf Anhieb und in manierlichem Ton – manchmal müssen sich nur die Wege zweier gegensätzlicher Seelen kreuzen, um beide Gemüter in Einklang zu bringen. Die ruhige, schlichte Art des Bäckers wirkte besänftigend auf das griesgrämige Temperament des Kochs, und vom ersten Tag an arbeiteten sie Hand in Hand, ohne daß ein böses Wort fiel.

In den folgenden Jahren erstrahlte der *Almacén* in neuem kulinarischem Glanz, das geschmackssichere Geschick des Kochs schlug sich auf der Speisekarte nieder, und die Anzahl der Gäste verdoppelte sich täglich. Bettina und Rafael waren sehr glücklich über den guten Gang der Geschäfte, Pablo wirkte heiter und voller Schaffensdrang, und jeden Mittag und jeden Abend drängten sich die Gäste im Salon. In jener fruchtbaren Phase zeigte sich kein dunkler Punkt am Horizont, nichts versetzte die trüben Wasser am Grunde des Meeres in Aufruhr. Doch in Wahrheit bedeutete dies – wie so oft, wenn die Tragödie unmittelbar bevorsteht – nichts weiter als die Ruhe vor dem schlimmsten Sturm.

Das erste Auffrischen des scharfen Windes, der den *Almacén* erschüttern sollte, fiel auf ein bestimmtes Datum: den 25. Januar 1989, den Tag, an dem César Lombroso das *Handbuch der Südatlantischen Küche* fand. Früher oder später kommt der Zeitpunkt, zu dem das Naturgesetz durchbricht, niemand entgeht seiner Bestimmung, und darum flammte auch Pablo Marzollos im Zaum gehaltener Jähzorn irgendwann wieder auf. Der Auslöser? Quälende Eifersucht auf den Waisenjungen, den er zunehmend als professionellen Rivalen empfand.

Von 1995 an begann César geduldig, die von Luciano und Ludovico Cagliostro geprägte gastronomische Tradition mit neuem Leben zu erfüllen. Als Rafael und Pablo in der Küche des *Almacén* das Ruder übernahmen, hatten sie im Handumdrehen und ohne viel Federlesens sämtliche Gepflogenheiten und stilistischen Eigenarten abgeschafft, die seit siebzig Jahren vom *Handbuch der Südatlantischen Küche* vorgegeben worden waren. Anfangs, solange César nur das kleine Kind war, das sich in der Küche mit legendären alchmistischen Formeln vergnügte, unterstützten der Onkel, Pablo und die Gehilfen ihn noch in seinem Lerneifer mit guten Ratschlägen und Tips. Sie hießen ihn freudig willkommen, wenn er in die Küche kam, und klatschten jedem seiner Erfolge lächelnd Beifall.

Doch je älter der Waisenjunge wurde, je umfassender die Kenntnisse, mit denen er seine Handfertigkeit untermauerte, desto finsterer und abweisender wurde er in der Küche empfangen. Irgend etwas im Verhalten des Knaben verursachte den anderen Unbehagen. Vielleicht war es sein lakonisches Wesen eines konzentrierten Wissenschaftlers oder seine Gabe, in Lichtgeschwindigkeit Mischungen und Kombinationen zu analysieren, vielleicht auch die Gelehrsamkeit, die der Junge an den Tag legte, sooft er nach diesem oder jenem Rezept gefragt wurde, oder seine Gewandtheit bei der Zubereitung der kompliziertesten Gerichte. Seine Art verstörte sie wie ein Giftgas. Außerdem trug noch ein weiteres würziges Detail zur allgemeinen Gereiztheit bei: Keiner, nicht einmal sein Onkel, hätte offen etwas dagegen sagen können, daß César sich im *Almacén* aufhielt, wo immer er wollte; und in dem Bereich, der ihm am meisten am Herzen lag, konnte sich erst recht niemand seinem Wunsch und Willen widersetzen, denn letzten Endes stand außer Zweifel, daß César Lombroso Alleinerbe des Hauses sowie anderer sicher verwahrter Besitztümer sein würde. Der mit bissigem Scharfsinn gesegnete Pablo Marzollo war sich dieser Tatsache vollauf bewußt und versäumte keine Gelegenheit, Rafael mit vertraulich gesenkter Stimme und besorgtem Ton zu gestehen, daß er den sicheren Verdacht hege, der Neffe würde seines Onkels eines Tages überdrüssig sein und Rafael aus dem Haus werfen.

Allerdings war es nichts als purer Neid, was den Küchenchef zu dieser Warnung bewog: Nicht im entferntesten hätte er ahnen können, wie entsetzlich nah er der Wahrheit gekommen war.

28

Pablo Marzollos geübte Hand schleuderte den ersten Stein in den stillen See, auch wenn es nicht immer leicht ist, den genauen Beginn eines Konflikts auszumachen. Manchmal genügt ein Blick, um das Feuer der Zwietracht zu entfachen, ein einziges Wort schürt die Flammen, bis sie auflodern, und eine unbestimmte Geste kann den fürchterlichsten Ausbruch zur Folge haben. Die Eifersucht des Chefkochs entwickelte sich weitgehend unbemerkt, und abgesehen von gelegentlichen ironischen Bemerkungen oder vorlauten Kommentaren kam es jahrelang zu keinem ernsthaften Zwischenfall. Doch als César Lombroso sich anschickte, seinem launischen Gaumen folgend die Speisekarte abzuändern, gab es die ersten Probleme. Entschlossen, die Rezepte und kulinarischen Phantasien des *Handbuchs der Südatlantischen Küche* der Versenkung zu entreißen, ersetzte der Waisenjunge nach und nach die Gerichte, die Pablo bei seinem Eintritt in die Taverne aufgenommen hatte. Und da Bettina ihrem Neffen niemals etwas abschlug, genügte ein Wort von ihm, um sämtliche Argumente des Küchenchefs zu entkräften, wobei man dazu sagen muß, daß Césars feinsinnige gastronomische Weisheit diese unbestritten in den Schatten stellte. Der Sprengstoff dieser bitteren Beziehung war hochentzündlich und explodierte ziemlich bald.

In den letzten Septembertagen 1995 schien das Klima in Mar del Plata von einem seltsamen Zauber erfaßt. Der Wind, der um diese Jahreszeit für gewöhnlich noch mit kaltem Jodatem bläst, legte sich schlagartig, und die Temperaturen wurden von einem Fieber erfaßt, als stünde der Sommer vor der Tür. Lindenduft erfüllte die lauen Nächte, Orangenblütenhauch durchwehte die

Straßen, und die verwirrten Vögel begannen Wochen vor der Zeit mit den Vorbereitungen für ihre Pilgerreise. In jenen Tagen ging auch in Césars unbedarftem Körper eine Veränderung vor sich: Kaum daß er eingeschlafen war, wurde er von wüsten Träumen heimgesucht, er bebte wie ein Basilikumblatt, in seinem Magen zuckte es. Immer wieder schreckte er hoch und wälzte sich unruhig von einer Seite auf die andere, bis er schweißgebadet und mit rasendem Herzklopfen erwachte. Nicht daß seine früheren Alpträume zurückgekehrt wären, auch hatten die Gespenster seiner schlimmsten Erinnerungen nichts mit dem zu tun, was ihn jetzt peinigte. Dennoch entrang sich seinem Inneren dieser unverständliche Klageruf, Nacht für Nacht. Bettina erwachte, als sie ihn im Schlaf stöhnen hörte, stand auf, warf sich den Morgenmantel um und ging über den Korridor in Césars Zimmer. Vorsichtig trat sie ein und näherte sich seinem Bett. Der Junge zitterte, seine Augen waren geschlossen, er keuchte und murmelte sinnlose Worte. Sie lächelte, neigte sich über ihn, küßte seine Stirn und legte sich zu ihm auf die Matratze. Mit leichten Fingern begann sie ihn zu streicheln, zuerst die Wangen, dann das Ohr, den Hals. Sie strich ihm mit dem Zeigefinger über die Lippen, und César leckte mit überraschender Gier daran. Langsam beugte Bettina sich über ihn und küßte ihn auf den Mund, ganz sanft begann sie, mit der Zunge das Innere seines Mundes zu erkunden, während ihre Hände das Laken vom Körper ihres Neffen zogen. Sie fuhr fort, ihn zu küssen und zu lecken, begann sein aufgerichtetes Geschlecht zu liebkosen, und César, von einer verwirrenden Sehnsucht überwältigt, erwachte und blickte ihr fest in die Augen. Sie lächelte, er lächelte nervös zurück, ein nie gekannter Lustschauer erfaßte mit Macht seine Sinne. Bettina summte ein Liebeslied, während sie ihm den Schlafanzug auszog, entkleidete sich dann selbst und schmiegte sich an ihren Neffen. César fühlte, wie seine Tante zu einer schönen, lüsternen Katze wurde. Heißhungrig spielte ihr Mund mit seinem Körper, sie verschlang sein hartes Glied, ihre feuchte Zunge brachte seine Haut zum Glühen, ihre Brüste waren rund und die Warzen wie Blaubeeren, ihr Fleisch duftete nach Lavendel, ihre straffen Lenden waren unablässig in Bewegung, und mit einem Mal schoß der Blitzstrahl seines Lebenssaftes bis ins Innere von Bettinas bebendem Leib, bis in ihre tiefsten Abgründe, als gäbe es auf der Welt keinen noch so verborgenen Ort, den er nicht hätte erreichen können.

Pablo Marzollo beging den kapitalen Fehler, sich von seiner Eifersucht bis an den Abgrund treiben zu lassen. Doch als er dies erkannte, war es viel zu spät, so spät, daß ihm nicht einmal mehr Zeit blieb, seinen Irrtum zu bedauern: Das letzte, was er sah, waren die pechschwarzen Augen des Waisenjungen César Lombroso, wie Dolche aus Gagat, die ihn mit der kalten Gelassenheit des Henkers verabschiedeten.

29

Am Nachmittag des 15. November 1995 verlor Pablo Marzollo
endgültig die Beherrschung. César bat ihn, das Rezept für
Schweinerücken mit feiner Kräutercreme und Gemüseflan zu verändern, und erklärte ihm mit liebenswürdigem Gleichmut, daß
er die perfekte Komposition kenne, die das Kochgenie Luciano
Cagliostro vor vielen Jahren entwickelt habe und derzufolge
noch gratinierte Kartoffeln und Möhren dazugehörten. Zur
Verdeutlichung seiner Worte zeigte er Pablo, wie man das Fleisch
zerteilte, den Estragon zusammen mit Petersilie, Schnittlauch
und Kerbel sorgfältig kleinhackte, die Kräuter in Wasser mit
tahitianischer Limone legte und die Kartoffeln mit Sonnen-
blumenmargarine und einem reifen italienischen Käse, etwa
einem *Pecorino romano*, im Ofen goldbraun überkrustete.
Der Koch lauschte aufmerksam den Ausführungen des Waisenjungen, und die eigentümliche Sensibilität, mit der dieser einen
Geschmack oder eine Geschmackskombination, jedes Gewürz,
jede winzige Zutat beschrieb, die exakten Handgriffe, mit denen
er Techniken und Methoden erläuterte, schlugen Pablo eine Zeit-
lang in Bann. Doch mit einem Mal explodierte etwas in seinem
Herzen. Eine scharfe Klinge schnitt ihm durch die Brust, und er
platzte wie ein aufgepumpter Gasschlauch. Pablo begann Be-
leidigungen auszustoßen, eine Ungeheuerlichkeit nach der anderen, obszön wie ein Galeerensträfling, und Césars Stirn um-
wölkte sich. Bewegungslos, mit angehaltenem Atem, den Körper
gespannt wie eine Kobra, sah er dem Koch starr in die Augen,
ohne ein Wort zu sagen. Pablo war vollkommen außer sich, Gift
und Galle spuckend, rannte er durch die Küche, ruderte mit
den Armen und schrie César Drohungen und Grobheiten ins

Gesicht, in die er dessen Ahnen miteinbezog bis ins letzte Glied. Als das Feuer, das über seiner Vernunft zusammengeschlagen war, sich endlich legte, verstummte er, schnaubte wie die Stiere, wenn sie dichtgedrängt den engen Durchgang zur Weide passieren müssen, riß sich angewidert die Schürze und die Mütze herunter und ging hastig zur Tür. Auf dem Weg dorthin mußte er an César vorbei, der unverrückt und reglos wie eine Marmorstatue dastand, und noch einmal trafen sich ihre Blicke. Und in diesem Augenblick, während der Zorn in seinen Eingeweiden wühlte, erkannte Pablo Marzollo, daß er wieder einmal an einem Scheideweg angelangt war.

Nur daß er in diesem Fall nicht einmal mehr Zeit hatte, sich für eine Richtung zu entscheiden.

Bettina Ferri sprach über zwei Stunden mit Pablo Marzollo, bemüht, seine schwärenden Wunden zu heilen, und konnte ihn am Ende überreden, weiterhin als Küchenchef bei ihnen zu bleiben. Sie versicherte ihm, daß ihr Neffe den häßlichen Vorfall bestimmt bald vergessen haben würde und daß sich, wenn in ein paar Tagen die Wut verraucht wäre, gewiß ein Weg finden ließe, die Unstimmigkeiten beizulegen, die ihnen den Umgang miteinander so schwierig machten. Auch Rafael versuchte sich als Schlichter: Er besuchte den Koch und erklärte ihm, daß es keine Veranlassung gäbe, ein Schiff zu verlassen, das sich auf so sicherem Kurs befand. Das beste sei, den Streit im Sack der Vergangenheit verschwinden zu lassen und weiterzusegeln. Der *Almacén* sei jeden Abend voll bis auf den letzten Platz, und es habe doch keinen Sinn, einer temperamentvollen Auseinandersetzung zwischen zwei so exzellenten Feinschmeckern eine derartige Bedeutung beizumessen.

Am Ende entspannte sich Pablos verdrossene Miene zu einem elfenbeinernen Lächeln, denn in Wahrheit fühlte er sich durch das engagierte Eingreifen des Ehepaars sehr geschmeichelt, und so erklärte er sich bereit, seine Arbeit wiederaufzunehmen. Mit dem ersten Morgenlicht kehrte er am 17. November in den *Almacén* zurück. Als er die Küche betrat, brannten dort alle Lichter. An einem der Arbeitstische aus Holz und glänzendem Stahl stand César, in makelloses Weiß gekleidet, und zerkleinerte Früchte und Gemüse.

Pablo holte tief Luft und wünschte ihm mit rauher Stimme einen guten Morgen. César wandte nur knapp den Kopf, erwiderte den Gruß mit einem vielsagenden Lächeln und konzentrierte sich wieder auf seine Arbeit. Pablo wollte sich umziehen, wie er es immer getan hatte, und begab sich in den hinteren Teil der Küche zu einer Tür, hinter der eine schmale Seitentreppe zu dem ihm und seinen Gehilfen vorbehaltenen Dienstzimmer führte. Er hatte bereits den Arm ausgestreckt, wollte eben nach dem Drehknauf greifen, als ihm die Messerklinge durch den Hals fuhr. Er strauchelte, hustete ein Blutklümpchen aus, versuchte zu schreien, doch brachte ihn ein zweiter Stich an dieselbe Stelle zum Verstummen, dem noch einer folgte und noch einer. Er fiel auf die Knie, das Blut staute sich in seiner Kehle und erstickte ihn, er wollte ausspucken, erbrechen, konnte aber nicht. Dann packte ihn eine Hand bei den Haaren und schleifte ihn brutal über den Fußboden.

Und dies sollte das letzte sein, was Pablo Marzollo vor seinem Tod erblickte: das schweigende Gesicht des Waisenjungen, der aus der Unendlichkeit auf ihn herabsah.

30

César wußte, daß Pablo Marzollo am 17. November wieder zur Arbeit kommen würde, Bettina hatte ihn über ihre Aktivitäten immer auf dem laufenden gehalten, und auch Rafael gestand ihm seine Bemühungen in aller Offenheit. Als er die Nachricht hörte, lächelte der junge Koch den beiden wohlwollend zu und versicherte ihnen, daß ihm nichts lieber wäre, als diesen unsinnigen, grundlosen Streit zu beenden. Das Ehepaar stieß einen tiefen Seufzer der Erleichterung aus. Am meisten freute sich Bettina, denn für sie konnte sich der Zwist ihres Neffen mit dem Küchenchef zu einem Unwetter mit üblen Folgen auswachsen. Immerhin hegte Rafael seinen eigenen Groll gegen das Waisenkind, und in ihrem tiefsten Inneren war ihr bewußt, daß ihre Leidenschaft für César mehr Dämonen als Engel geweckt hatte, auch wenn ihr das nicht viel ausmachte: Sie empfand den Bäcker nur noch als Hindernis auf ihrem Weg, als Hemmschuh, der sie in der finstersten aller Katakomben festhielt. Möglicherweise hatte sie deshalb wiederholt einen fiebrigen, atemlosen Traum, in dem César sie von ihrem Mann erlöste.

Als Pablo Marzollo erstochen wurde, war soeben die Sonne aufgegangen, und es fehlten nur noch wenige Minuten, bis die Glocke der Kathedrale siebenmal schlagen würde. Der Waisenjunge berechnete seine Handgriffe mit der Präzision einer Spinne; er wußte, daß ihn bis zum späten Vormittag niemand unterbrechen würde. Also zerrte er Pablos Leiche zum größten Arbeitstisch, legte ihn darauf und entblößte ihn, indem er ihm mit Schere und Messer die Kleider vom Leib schnitt. Mit der

Gewissenhaftigkeit eines Chirurgen ließ er ihn langsam ausbluten und begann anschließend, ihn zu zerlegen. Césars Hände bewegten sich mit meisterlicher Perfektion am schwerelosen Körper des Küchenchefs: mit dem spitzen, scharfen Ausbeinmesser, dem Sägemesser, der Tranchierschere. Er füllte Töpfe und Schüsseln unterschiedlicher Größe mit den Stücken und Abschnitten, warf die Eingeweide in die Zerkleinerungsmaschine, die Haut in die elektrische Mühle, um sie zu Pulver zu zermahlen, Muskeln und Augen in den riesigen Fleischwolf, das Hautfett, Haare und Zähne in einen Sack für Schlachtabfälle, die Knochen in die Knochenmühle. Er bereitete das Blut für die Wurstherstellung vor, gab die Lungen in den Mixer, steckte auch die Därme, die Nieren, die Milz, das Herz, die Hoden und das Hirn in die Zerkleinerungsmaschine, schnitt die Zunge in feine Scheibchen und legte die Ohren zusammen mit Bändern und Sehnen für Gelatine beiseite.

In nicht einmal zwei Stunden war der Körper des unglücklichen Pablo Marzollo von der Erdoberfläche verschwunden, als hätte es ihn niemals gegeben. César beeilte sich mit den letzten Aufräumarbeiten: der gründlichen Säuberung der Küche, dem Einäschern der Kleidung und kleinerer Leichenreste im größten Ofen, dem umständlichen Verpacken des Sondermülls, dem er die Schuhe, den Gürtel und die in Fetzen gerissenen Ausweispapiere beifügte. Geduscht und sauber gekleidet, verließ César um Punkt neun Uhr die Küche. Er pfiff einen Schlager, als er die Tür des *Almacén* öffnete und mit einer Tasche über der Schulter auf die Straße hinaustrat.

Auf der Schiefertafel in der Küche hatte er mit grüner Kreide eine Botschaft hinterlassen: »Heute abend koche ich drei Gerichte: *Wildschwein mit Ingwer*, *Schweinefleisch mit Zimt* und eine *Fleischterrine mit Jamaica-Pfeffer*.«

31

Als die Stunden verstrichen, ohne daß Pablo im *Almacén* erschien, wurde Bettina unruhig. Sie überlegte schon, ob er oder sie selbst sich vielleicht im Datum geirrt haben könnten, aber nein, auch Rafael beteuerte, der Koch habe zugesagt, an ebendiesem Freitag frühmorgens wieder zur Stelle zu sein. Doch war es inzwischen sechs Uhr nachmittags, und sie hatten noch immer keine Nachricht von ihm. Was mit Pablo Marzollo wohl los sein mochte?, fragten sich der Bäcker und seine Frau, ohne jedoch ein Wort darüber zu wechseln, da insgeheim jeder seine eigenen Mutmaßungen anstellte. César war nicht in der Taverne, doch wie aus der Tafelaufschrift hervorging, hatte er für das abendliche Menü bereits vorgesorgt. Es handelte sich dabei um drei neue, vermutlich dem *Handbuch der Südatlantischen Küche* entnommene Gerichte, kulinarische Überraschungen, wie er sie einmal pro Woche anzubieten pflegte, stets Speisen von außergewöhnlichem Wohlgeschmack. Weder Rafael noch Bettina wunderten sich über die Ankündigung. Die zwanghafte Versessenheit ihres Neffen auf das von den Cagliostro-Zwillingen verfaßte Buch war ihnen seit Jahren vertraut, und es verging keine Woche, in der er nicht eine seiner gastronomischen Errungenschaften auf den Tisch brachte.

Als César zum *Almacén* zurückkehrte, stand die Sonne bereits tief über den westlichen Bergen. Bettina, die damit beschäftigt war, den Speisesaal herzurichten, begrüßte ihn mit einem warmen Kuß und streichelte ihm über die Wange, fragte ihn aber sogleich nach Pablo Marzollo. Sie und Rafael hätten mehrmals versucht, den Koch in seiner Wohnung in La Perla, wo er seit dem Tod seiner Eltern allein lebte, anzurufen, ihn jedoch nie erreicht. Er sei plötzlich spurlos verschwunden, wie vom Erdboden verschluckt. César hob nur die Schultern und zog die Mundwinkel herunter, woraus seine Tante schloß, und zwar vollkommen zu Recht, daß ihn das unerklärliche Verschwinden des Kochs nicht im geringsten scherte. Rafael dagegen empfand dessen Abwesenheit ganz anders: Pablo war sein einziger Freund gewesen, und er verstand nicht, warum dieser so unvermittelt und ohne ihm etwas davon zu sagen seine Meinung wieder geändert haben sollte. Er ging zum Haus des Kochs, klingelte, klopfte an Tür und Fenster, gab aber nach einer halben Stunde auf und suchte nach einem anderen Weg, indem er in den Pförtnerlogen der Nachbarhäuser und einigen Läden der Umgebung nach Marzollo fragte, ohne jedoch den kleinsten Hinweis zu erhalten. Hätte er sich mitten in einer Gespensternacht auf die Jagd nach einem bestimmten Geist gemacht, wäre es ihm vermutlich ebenso ergangen: Wie hätte er unter all den vielen Menschen, die in den Straßen der Stadt unterwegs waren, diesen einen finden sollen? Hunderte anonymer Gestalten und Gesichter ziehen an uns vorüber, ohne daß wir sie bewußt wahrnehmen, Tausende von Männern und Frauen, die sich zu Fuß, mit dem Auto, im Taxi oder im Bus durch die Stadt bewegen, doch sobald uns jemand nach ihnen fragt, können wir uns nicht an sie erinnern. Ihre Züge verschwimmen wie ineinandergelaufene Tempera, ihre Gesten verlieren sich oder verwischen, wir verwechseln ihre Kleidung, jeder ähnelt jedem, und kein Mensch ist der, der er eigentlich sein sollte.

Als es dämmerte und somit an der Zeit war, das Restaurant für ein vielversprechendes Wochenende zu öffnen, gab Rafael seine Suche nach dem verschwundenen Koch vorerst auf. Bettina machte sich schon keine Gedanken mehr um Pablo Marzollo und verfolgte lieber aus nächster Nähe die magischen Bewegungen Césars bei der Zubereitung des angekündigten Menüs. Er gab den Takt vor, dem die Küchenjungen gehorchten; wie ein eingeübtes Ballett tanzten sie nach der Choreographie, zu der sie der Waisenjunge mit leiser, ruhiger Stimme anwies: Sie schwangen Mörser, Reiben und Pressen, drehten Mühlen mit exotischen Pfeffersorten, rührten und wogen, siebten und kneteten, setzten Töpfe und Pfannen aufs Feuer, tauschten Spachtel gegen Scheren, Tranchiergabeln gegen Sägemesser, Schälmesser gegen Spieße. Hingerissen sah Bettina dieser sakralen Zeremonie zu, über die sie stets aufs neue in Verzückung geriet: die schlanke Gestalt ihres Neffen, der durch die Küche zu schweben schien, seine federleichten weißen Hände, die wie Ebenholz glänzenden Augen, seine Zungenspitze zwischen den in konzentrierter Anspannung zusammengepreßten Lippen. Ihn arbeiten zu sehen und rückhaltlos zu begehren war für Bettina eins: Das Herz sprang ihr in der Brust, und ihre Haut brannte in Vorfreude auf den jubelnden Rausch ihrer Sinne.

Spezialmenü für Freitag, den 17. November, im *Almacén Buenos Aires*: saftiges *Wildschwein mit Ingwer*, süßsaures *Schweinefleisch mit Zimt* und als besondere Delikatesse für den Genießergaumen: *Fleischterrine mit Jamaika-Pfeffer*. Das Restaurant war so voll wie selten in diesem Jahr, die Nachricht, daß César drei neue Rezepte ausprobieren würde, verbreitete sich schnell, und noch bevor das Lokal an diesem Abend seine Pforten öffnete, waren alle Tische reserviert. Der Stamm der Getreuen hatte sich zu dieser Zeit bereits gewandelt, denn zur traditionellen Klientel gesellten sich zunehmend auch andere Cliquen und Sippen. Jede Ära bringt ihre eigene Brut hervor, und das letzte Jahrzehnt des zwanzigsten Jahrhunderts in Argentinien bildete darin keine Ausnahme: In der Taverne erschienen immer öfter aufstrebende Politiker und privilegierte Beamte, Geschäftsleute und Unternehmer, die im Windschatten der offiziellen Macht gute Erträge erzielten, kühne Unternehmensberater, regierungsfreundliche

Journalisten, Produzenten banaler Shows, halbseidene Künstler, schöne Models in Begleitung sonnengebräunter Millionäre. Unter dem korrupten Regime von Präsident Carlos Menem infizierten sich viele Argentinier mit dem Virus der Eitelkeit. Doch hatte das Restaurant sein Publikum noch nie selektiert, so auch nicht in jener Zeit. Der legendäre *Almacén Buenos Aires* war und blieb ein Gasthaus, das mit seinem erstaunlichen Angebot an Speisen und Getränken seit sieben Jahrzehnten verwöhnte Gäste anzog: Touristen mit ausgefallenen Gelüsten, Schlemmer, die auf der Suche nach schmackhaften Formeln die sieben Weltmeere besegelten, Stammkunden mit einer Vorliebe für außergewöhnliche Rezepte, sachverständige Kenner einzigartiger Geschmacks- und Aromawelten, Angehörige des Hochadels und bescheidenes Nachbarsvolk, gottbegnadete Künstler, machtversessene Politiker, Gauner auf der Flucht vor ungeschriebenen Gesetzen, grämliche Priester und Rabbiner, wohlhabende Händler und Lehrer. Sie alle saßen in der Taverne zu Tisch, Heilige und Sünder, Insassen des Fegefeuers und Höllenbewohner, Ärzte und Quacksalber, strenge Inquisitoren und erbitterte Atheisten, Feen und Hexen, Weise und Scharlatane.

Nichts an diesem Abend war anders als sonst – abgesehen von dem bemerkenswerten Menü.

Wie also hatte César das *Wildschwein mit Ingwer* zubereitet? Er schnitt das Fleisch von Pablo Marzollos Rücken und Gesäß in dünne Scheiben und marinierte es zehn Stunden lang in Sherry und zwei Gläschen Rotweinessig mit etwas Knoblauchpulver und zerdrückten frischen Basilikumblättchen. Gegen Abend ließ er das Fleisch abtropfen und schlug es in Aluminiumfolie ein, wobei er entsteinte Dörrpflaumen, einige Tropfen Essig, Zucker, Garam Masala, roten Chili, grünen Pfeffer und getrockneten, gemahlenen Ingwer zufügte, und verteilte es auf mehrere ofenfeste Schalen. Daneben kümmerte er sich um die Sauce, mit der er das Fleisch überzog: ein Schnapsglas Apfelessig, Sojasauce, einige Tropfen Honig und etwas mit grünem Pfeffer vermahlener Ingwer. Und als Beilage reichte er kleine, mit Muskat bestäubte Reistörtchen. Die Gäste verliebten sich in den intensiven Wohlgeschmack des Gerichts und aßen es restlos auf, wenngleich ihm das herausragende *Schweinefleisch mit Zimt* in nichts nachstand: Dieses Schmorgericht hatte der Waisenjunge für die sorgsam entbeinten Fleischstücke aus Rumpf und Gliedmaßen des unseligen Pablo gewählt: Lendenfilets, Schnitzel, Schulterstücke, entfettetes Bauchfleisch, Halskoteletts, Medaillons, umwickelten Lendenbraten. Das alles briet er in Maisöl kräftig an, löschte mit Weißwein ab und streute Thymian, eine französische Gewürzmischung und Pfeffer darüber. Daneben dünstete er eine großzügige Menge geschälter Zwiebelchen in Schmalz weich, gab braunen Zucker, Ingwerpulver und Salz hinzu und ganz zum Schluß noch einen Schuß Sherry. Beim Anrichten umlegte César das Fleisch mit weißen Champignons und Waldpilzen in Zimtsauce. Die *Fleischterrine mit Jamaica-Pfeffer* stellte er her, indem er die zuvor bereitete Hackfleischmasse mit in Milch eingeweichter Weißbrotkrume vermengte. Zu diesem Gericht mit seiner süßsauren Geschmacksnote hatte Pablo Marzollos zerstückelte Leiche Muskeln, Augen, Lunge, Darm, Nieren, Hoden, Hirn, Milz und Herz beigetragen, und nachdem alles durch den mächtigen Wolf gedreht war, wurde der Fleischteig mit rohen Eiern, einer klug bemessenen Dosis rosigem Knoblauch, zerstoßenen Mohnsamen, Kardamom, süßem Paprika und einer Prise Muskat vermischt, mit Sonnenblumenöl bestrichen und in den Ofen geschoben. Die aufgeschnittene Terrine kam mit einer Garnitur aus fein gewürfelter roter Süßkartoffel, roter Beete und gelbem Kürbis zu Tisch. Niemand hätte der Versuchung widerstehen können, von jedem Gericht eine Portion zu kosten und dazu einen der samtigen Rotweine aus dem üppigen Tal von

Luján de Cuyo zu degustieren: César empfahl einen Cabernet Sauvignon oder einen Malbec und entkorkte sogar eigenhändig eine Flasche jeder Sorte, als er sich selbst zu Tisch setzte, um mit seinem Onkel, seiner Tante und dem Küchenpersonal das neuartige Menü einzunehmen. Mitternacht war lange vorüber, die Taverne lag verwaist, und die Beifallsstürme, mit denen die zufriedenen Gäste die kulinarische Veranstaltung und Césars köstliche Rezepte gefeiert hatten, waren verklungen. In der gleichmütigen Luft des *Almacén* hing nur noch der Duft der geheimen Orgie, ein letzter Hauch des unheiligen Abendmahls, bei dem Pablo Marzollo für alle Zeit vom Erdboden getilgt worden war.

32

Bettinas leidenschaftliche Begierde ließ im Lauf der träge verstreichenden Tage nicht nach, vielmehr nahm ihr Verlangen nach Césars schmalem Körper beständig zu. Mindestens drei- oder viermal in der Woche – nach Mitternacht, wenn Rafael längst schnarchte, den Mund aufgesperrt wie eine Auster – verließ sie das eheliche Lager und schlich sich in das einladende Bett ihres Neffen. Die lodernde Feuersbrunst hatte sie beide gleichermaßen erfaßt: Geschüttelt von wollüstigen Krämpfen, mußte Bettina ihr Stöhnen im Kissen ersticken, um den nächtlichen Frieden nicht zu stören, und César schlug, wenn ihn die Lust zerriß, die Zähne in eine alte Ledermappe, damit seine Schreie Rafael nicht aus dem Schlaf schreckten. Doch war im Grunde abzusehen, daß diese sündige, lasterhafte Liebe nicht lange unbemerkt bleiben konnte: Sollte dem Bäcker das unersättliche Fieber, das seiner Frau die Haut zerfraß, wirklich nicht aufgefallen sein? Tatsache ist, daß der ahnungslose, treue Gatte ihr niemals Vorhaltungen machte oder sich auch nur andeutungsweise beklagte. Dabei empfand Rafael durchaus Eifersucht auf den Waisenjungen, allerdings lag das vor allem an der unterkühlten Einsilbigkeit, die César seinem Onkel entgegenbrachte, während er mit Bettina einen liebevollen, zutraulichen Umgangston pflegte. Genügt nicht ein Blick zum Horizont, um das Gewitter heraufziehen zu sehen, das sich am Himmel zusammenbraute?

Rafael Garófalo fragte sich immer wieder, wo Pablo wohl sein mochte, ohne von der wahren Antwort auch nur die entfernteste Ahnung zu haben. Ein Monat verging, dann noch einer und noch einer, ohne daß jemand etwas gehört hätte. Von dem jähzornigen Koch fehlte nach wie vor jede Spur. Um seiner inneren Unruhe Herr zu werden und sein bohrendes Gewissen zu besänftigen, zeigte Rafael Pablo Marzollos unerklärliches Verschwinden beim Ersten Polizeirevier an. An dieser Stelle sollten wir innehalten, um uns folgenden bemerkenswerten Zufall nicht entgehen zu lassen: Nachdem Rafael von mehreren Beamten kurz zu seinem Anliegen befragt und, wie bei Behörden üblich, in barschem Ton von einem zum anderen verwiesen worden war, sollten seine Sorgen schließlich bei Inspektor Franco Luzardi Gehör finden, ausgerechnet dem Polizisten, der auch am 5. Februar 1979 Dienst gehabt hatte, jenem Sonntag, an dem Beatriz Mendieta den kleinen César Lombroso neben dem Skelett seiner Mutter entdeckte.

Doch das Gedächtnis ist ein empfindliches Instrument mit großer Reichweite, das ohne feste Methode oder Regel arbeitet. Als Rafael seinen Namen, den Namen seiner Frau, den seines Neffen und ihre Adresse nannte, dachte Luzardi zunächst gar nicht an das Kannibalenkind, das man an diesem Ort gefunden hatte und aus dem inzwischen, sechzehn Jahre später, ein Meisterkoch geworden war. Erst wenn er einige Tage danach gemächlich durch die Straßen schlendern und am *Almacén* vorbeikommen würde, sollte es dem Polizeioffizier wie Schuppen von den Augen fallen: Mit dem Gefühl einer dumpfen Explosion würden ihm plötzlich lange verschüttete Erinnerungen wieder durch den Kopf schießen.

Kaum daß Rafael die Dienststelle verlassen hatte, klappte der Polizist jedoch schnaubend die neu angelegte Akte zu, zündete sich eine weitere Zigarette an, steckte das Feuerzeug in die Hemdtasche, lehnte sich in seinem Sessel zurück und rieb sich die Augen, als müsse er einen Alptraum loswerden.

33

An diesem Montag im März befaßte sich Bettina wie gewohnt den ganzen Tag mit den Rechnungen der Taverne. Sie lächelte und trällerte Ohrwürmer aus ihrer italienischen Heimat vor sich hin, während sie die Einnahmen addierte und die Ausgaben substrahierte, Veränderungen und Ideen in eine Kladde eintrug, die sie als Gedächtnisstütze für ihre Gespräche mit dem Buchhalter des Restaurants benutzte, Geschäftspapiere abheftete, Steuerbescheide, Bankverbindlichkeiten, Lieferantenzahlungen, Löhne und Einkaufsquittungen sortierte und Listen der Produkte und Gegenstände erstellte, die für den *Almacén* angeschafft worden waren. Montags war nach guter alter Tradition der einzige Tag, an dem die Taverne geschlossen blieb. Die Angestellten hatten frei, Rafael verbrachte die Vormittags- und Abendstunden mit Einkäufen und Erledigungen für das Restaurant, César spazierte ziellos durch die Stadt, und Bettina widmete diesen Tag, wie gesagt, ihrer Schreibtischarbeit. Erst zum Abendessen kamen die drei wieder zusammen. César kochte Gemüse mit fernöstlichen Kräutern, gehackte Garnelen mit Knoblauchpulver und Schmalz, und zum Dessert probierte er ein neues Rezept aus: in Cognac gedünstete Birnen mit einer Füllung aus braunem Zucker und einem mit Orangenblütenhonig gesüßten Sahnehäubchen. Während des Essens war Rafael auffallend schweigsam. Schwermütig wie ein verurteilter Sträfling saß er am Tisch und schob das Besteck über den Teller, ohne einen Bissen zum Mund zu führen, trank einen Schluck Wein und hielt sich das Glas vor die Augen, als suchte er in den rubinrot funkelnden Sprenkeln auf dem Kristall ein Geheimnis. Er wälzte sichtlich ein Problem. War es das plötzliche Verschwinden seines Freundes Pablo Marzollo, von dem es seit jenem Freitag, an dem dieser sich in Luft aufgelöst hatte, kein Lebenszeichen gab? Bettina fragte ihren Mann, was los sei, doch er erwiderte nur lächelnd, nichts Ernsthaftes, als ob er sie beruhigen wollte, damit sie seiner Trauerstimmung nicht so viel Bedeutung beimaß. Auch César sagte sehr wenig, erkundigte sich allenfalls nach dem Resultat seiner Rezepte, der Verbindung von Zutaten und Gewürzen, dem Geschmack, den eine Kombination auf der Zunge hinterließ, der Konsistenz einer Speise, der Temperatur jeden Gerichts, wobei er sich in dem kleinen Buch, das er stets bei sich trug, Notizen machte.

Es war kurz nach Mitternacht, als Bettina ihr Fleisch glühen und ihr Herz unbändig schlagen fühlte. Vorsichtig stand sie auf, warf einen Blick auf ihren Gatten, der entspannt schlafend im Bett lag und lange Schnarcher aus tiefsten Katakomben von sich gab, und schlich aus dem Zimmer. Sie überquerte den Korridor und betrat das Zimmer ihres Neffen, der im *Handbuch der Südatlantischen Küche* las und in sein Büchlein schrieb. Sie widmete ihm ein unwiderstehlich pikantes Lächeln, küßte lange seinen Mund, zog sich aus und schlüpfte zu ihm unter die Laken. César legte sogleich das Buch und alles andere auf den Boden und löschte das Licht.

Bettina saß fest verankert auf César, seine Hände spielten mit ihren Brüsten, streichelten ihre Brustwarzen, Lippen und Wangen, preßten ihre Hüften und Schenkel. Die Frau gurrte zärtliche italienische Worte und zitterte vor Erregung.

Mit einem Mal flammte das Licht auf, und als die beiden aufblickten, stand Rafael neben dem Bett, das Gesicht schreckensstarr, die Augen blutunterlaufen, den Mund verzerrt, die Zähne gebleckt, in der Hand das riesige Messer. Doch zögerte der Bäcker einen Augenblick zu lang, und so blieb ihm nicht einmal mehr Zeit, einen Fluch auszustoßen oder seinen wilden Groll herauszubrüllen: Bettinas Arm versetzte ihm einen heftigen Schlag, dabei entglitt dem Pechvogel das Messer, und noch bevor er reagieren konnte, hatte seine Frau es ihm in den Bauch gerammt. Immer wieder stach sie zu, bis mit dem warmen Blut, das seinen gräßlichen Wunden entströmte, alles Leben aus ihm gewichen war.

Als Rafael auf dem Fußboden zusammensackte, kam Bettina wieder zur Vernunft. Sie heulte auf, barg den Kopf in den Händen und kauerte schluchzend neben dem leblosen Körper. César stand auf, nahm sie in die Arme, küßte sie und sagte, sie solle keine Angst haben, er werde das Unglück schon aus der Welt schaffen. Sie sah ihn erschrocken an, hörte jedoch auf zu weinen, lächelte nervös und stieß flüsternd hervor, sie würde es nicht ertragen, ins Gefängnis zu gehen und ihn nicht mehr sehen und nicht mehr umarmen zu können, denn sie liebe ihn mehr als alles andere auf der Welt. Wieder küßten sie sich, und wieder versicherte er ihr, sie könne ganz beruhigt sein, er wisse genau, welche Schritte er unternehmen müsse, damit der Vorfall niemals ans Licht käme. Bettina runzelte die Stirn, doch nickte sie schnell, richtete sich schwerfällig auf und zog sich wortlos in ihr Zimmer zurück.

César blieb allein zurück, atmete ruhig und preßte die Zungenspitze zwischen die Lippen. Er betrachtete den schlaffen, grotesken Körper auf dem Fußboden und sah auf seine Armbanduhr: Es war kurz nach zwei Uhr morgens. Er überschlug den Zeitbedarf und schätzte, daß er die Arbeit bis Tagesanbruch geschafft haben sollte. Und leise, als spräche er zu den Geistern und reuigen Sünderseelen, die verloren durch den *Almacén* irrten, sagte er, daß an diesem Abend ein unvergeßliches kulinarisches Fest in der Taverne stattfinden werde.

Muß hier wirklich in allen Einzelheiten geschildert werden, auf welche Weise sich César Lombroso der Leiche seines Onkels annahm? Es sei nur so viel gesagt, daß er Rafael Garófalos übel zugerichteten Körper in Bettücher einwickelte, um keine Blutspuren zu hinterlassen, und ihn dann in die Küche schleifte. Dort wiederholte er die gleiche Prozedur, der er auch Pablo Marzollo unterzogen hatte: Er legte den Körper auf den größten Arbeitstisch, entblößte ihn, indem er ihm mit Messer und Scheren die Kleider vom Leib schnitt, ließ ihn sorgsam ausbluten, setzte wieder den Fleischwolf, die elektrische Zerkleinerungsmaschine, das Hackgerät, die Mühle, den Mixer in Gang. Wieder hantierte er mit dem Geschick eines Chirurgen mit Tranchierschere, Ausbeinmesser, Sägemesser, befüllte Töpfe und Schüsseln mit den kleingeschnittenen Stücken des Bäckers, packte die Überbleibsel in einen Sack für Schlachtabfälle, verbrannte Kleidung, Laken und andere organische Reste zu Asche, die er unter den Restaurantmüll mischte.

César hatte sich nicht verrechnet: Bei Sonnenaufgang war er nicht nur in der Küche, sondern auch bereits mit der gründlichen Reinigung seines Zimmers fertig, hatte geduscht und lag wieder im Bett, erschöpft, aber sanfter Stimmung nach dem Rausch einer Nacht, von der er schon so oft geträumt hatte. Bettina lag schlafend in ihrem Zimmer, betäubt von einer Unmenge Beruhigungsmittel.

Mit grüner Kreide hatte César an die Schiefertafel in der Küche geschrieben: »Menü für heute abend: *Festival der italienischen Küche.* Gerichte: *Saltimbocca alla Romana, Maccheroni Pompadour, Maiale Fiorentino.*«

Als die Taverne am Dienstag aufmachte, war sie unter wiederholter Belegung sämtlicher Tische für den ganzen Abend ausgebucht, denn die Ankündigung eines *Festivals der italienischen Küche* im hell erleuchteten Aushang des *Almacén,* wo César für gewöhnlich die Spezialitäten des Tages bekanntgab, zeigte unmittelbare Wirkung, so daß die Kapazität des Lokals im Handumdrehen ausgelastet war. Der Name des jungen Kochkünstlers hatte in Mar del Plata rasch an Prestige gewonnen, nicht allein wegen seiner köstlichen Geschmackskombinationen und Rezepte – allesamt durchdrungen vom Geist des *Handbuchs der Südatlantischen Küche –,* sondern auch, weil das Essen anläßlich der gastronomischen Festivals, die César organisierte, nur die Hälfte des normalen Preises kostete, wobei ohne jede Einschränkung und Zurückhaltung so lange nachgereicht wurde, bis alle Gäste gesättigt waren. Auf diese Weise warb er für seine neuen Kreationen und band zugleich eine wachsende Zahl von Stammkunden an das Restaurant.

Nun wollen wir aber einen Blick auf das Publikum des Abends werfen: Vier Tische waren von hochrangigen Mitgliedern des politischen Kulturvereins Parthenon besetzt, dessen wichtigstes Hydra-Haupt der neue Bürgermeister von Mar del Plata war. Dieser nutzte das Festival, um das bemerkenswerte Menü in Gesellschaft einiger ergebener Freunde und Mitarbeiter zu degustieren, einer Runde aus Senatoren und Abgeordneten, denen die Macht und der plötzliche Reichtum zu Kopf gestiegen waren, dünkelhaften Beamten, Beratern mit Staralüren und strebsamen, nach Ruhm lechzenden Stadträten. Sie fuhren in nagelneuen Autos und schicken japanischen und deutschen Limousinen vor, die sie unter den üppigen Linden der nahen Durchgangsstraße parkten, betraten die Taverne unter ausgehungertem Gelächter, begrüßten überschwenglich mehrere andere Gäste, die mit buddhistischem Langmut auf einen Sitzplatz hofften, und ließen sich geräuschvoll und mit gespreiztem Getue nieder. An einem Tisch gleich neben der Haupttreppe saßen fünf Syndikalisten in tadellosen Hemden, die Bäuche von täglicher Völlerei gerundet, die Baßstimmen auf den Barrikaden rauh geworden, das Lächeln schwülstig, und tranken kräftige chilenische Weine zu kleingewürfeltem Schweizer und spanischem Käse, während sie auf den Hauptgang warteten. An einem weiteren Tisch: junge Manager einer Fernsehgesellschaft. Von der karibischen oder brasilianischen Sonne gebräunt, gekleidet in Pariser Importanzüge, an den Füßen in Miami erstandene italienische Schuhe, umweht von französischen Parfüms, das Haar kurz geschnitten und gelgestylt, sprachen sie mit ausladender, kokaingeschwängerter Gestik, wobei ihre Unterhaltung sich ausschließlich um Werbeeinnahmen und saftige Dollargewinne drehte. In einer anderen Ecke in der Nähe der Haupttreppe: zwei Paare, die einen romantischen Jahrestag feierten und um einen Leuchter mit weißen Kerzen für die Mitte des Tisches gebeten hatten. Sie planten eine Reise nach Rio de Janeiro für die Ostertage, wollten im Winter in den exklusiven chilenischen Anden Ski fahren, hoben die Champagnergläser auf das Wohl des Liebespaares und träumten wie der frevlerische Dorian Gray von ewiger Jugend und ewigem Wohlstand. Einem Tisch im Nabel des Salons sollten wir ebenfalls Beachtung schenken: Dort tauschten sich sechs kultivierte, elegante Damen – alle um die vierzig, gepflegte Frisur, perfektes Make-up, goldene, brillantbesetzte Ringe und Armbänder – über ihre ehemaligen Gatten und Verlobten aus, derer sie mit nachtragender Boshaftigkeit gedachten. Sie gestanden erlittene Seitensprünge, beichteten selbst begangene und schwärmten von den Wonnen, die ihnen der aktuelle Liebhaber bereitete, ihren romantischen Nachmittagseskapaden, den unglaubwürdigen Ausreden, den heimlichen Geschenken. An einem der Fenstertische umgarnten zwei großmäulige, windige Jungstaatsanwälte mit lockeren Reden zwei blonde, gutgewachsene Rechtsanwältinnen, prahlten mit ihren Abenteuern vor Gericht, den Einflüssen, die sie geltend machen müßten, wenn eine Angelegenheit sich verkomplizierte, ihren Polizeikontakten und politischen Freundschaften, die sie mit feinem Spürsinn zu pflegen wüßten; und die Frauen lächelten beeindruckt, nippten am Roséwein und zogen verführerisch an ihren Zigaretten, während sie der kulinarischen Genüsse harrten.

Die politische Führungsriege des Landes wandelte sich zu einer fleischfressenden Kaste. Ein Rückblick auf die Geschichte zeigt uns, daß sich die gastronomischen Stile und Sitten einer Epoche mit wenigen Pinselstrichen umreißen lassen. Letztlich prägt jede Zeit einen eigenen kulinarischen Stempel, nie ist die Vorliebe für eine Geschmacksrichtung oder ein Aroma unabhängig vom Geist der Speisenden, und ist nicht hinreichend bekannt, daß der Bauch oft eine klarere Sprache spricht als der Kopf? In den Eßgewohnheiten spiegeln sich deutlich Marotten und Ängste, Laster und Schwächen, Phobien und Obsessionen, Hinterhältigkeit und Tugend, Freud und Leid.

Es gibt ein abartiges, in blutigen Lettern geschriebenes Gesetz: An der überbordenden Tafel einer Diktatur ist immer nur Platz für sehr wenige Gäste, darum hungert und darbt die Mehrheit der Bevölkerung, sobald die Autokraten an der Macht sind. Die einfachen Leute teilen das Brot mit der gleichen traurigen Entsagung, mit der Jesus es beim Letzten Abendmahl gebrochen hat, und der Wein symbolisiert, wie schon seit Jahrhunderten, das Blut, das Christus am Kreuz vergoß.

Das von César Lombroso servierte Menü: die leckere *Saltimbocca alla Romana*, die sich die Gäste mit Hingabe zu Gemüte führten, bestand aus feinen Scheibchen vom Fleisch des bedauernswerten Rafael Garófalo, mit Salz und grünem Pfeffer gewürzt und mit Salbeiblättern und einem mehlbestäubten Stück Schinken belegt. Diese Häppchen wurden auf lebhaftem Feuer in Schmalz gegart und auf einer Platte angerichtet, wo der Waisenjunge sie noch mit einer Mischung aus süßem Rotwein, Thymian und rosa Pfeffer beträufelte. Und die *Maccheroni Pompadour*? Ein glänzender Beweis für Césars kulinarisches Talent: Zunächst vermengte er die Nudeln mit Schweinebrühe, feingewürfeltem Fleisch aus Rafaels zersägtem Körper sowie Stückchen seiner Leber und weißen Trüffeln. Erst auf dem Teller gab er eine Sauce aus entblätterten, in Salzwasser gekochten Artischocken und gehackten, in Öl hellbraun gerösteten Knoblauchzehen darüber und bestreute das Ganze zum Schluß noch mit kleingeschnittener Petersilie und Zwiebel. Das dritte Gericht, *Maiale Fiorentino*, war eine saftige Komposition aus Rafaels restlichem Fleisch, in feine Streifchen geschnitten und mit Rosenlauchpulver, Salbei und Rosmarin gewürzt. Es wurde im nicht zu heißen Ofen geschmort und kurz vor dem Auftragen noch mit einer zarten Prise Dill versehen.

Und wo hielt sich Bettina während des *Festivals der italienischen Küche* auf? Sie saß, wie immer während der Öffnungszeiten des Restaurants, an der Kasse. César hatte sie überzeugt, daß es besser wäre, wenn sie nicht fehlte, und die Befürchtung geäußert, ihre plötzliche Abwesenheit könnte den Argwohn der Kundschaft wecken. Bettina mußte das einsehen, zog sich jedoch sofort zurück, nachdem sie das Lokal geschlossen hatten:

Sie verwahrte die Papiere und Belege, rechnete die Kasse ab, verabschiedete sich mit müder Stimme und ging schlafen. César sagte ihr mit einem flüchtigen Kuß gute Nacht, und dann setzte er sich zusammen mit seinen Küchengehilfen selbst zum Essen. Wenig später waren die letzten Körperteile des Mannes, der zu Lebzeiten einmal Rafael Garófalo gewesen war, im Schlund des Waisenkindes und seiner Handlanger verschwunden.

36

Am 31. März 1996 frühmorgens klingelt im *Almacén* das Telefon, und Bettina hört, wie sich Inspektor Franco Luzardis Stimme am anderen Ende der Leitung klar und deutlich nach Rafael Garófalo erkundigt.

Vor Schreck beginnt sie zu stottern, sie hat keine passenden Ausflüchte parat, um sich dem überraschenden Anruf des Polizisten zu entziehen, oder vielleicht fürchtet sie auch, falls sie sich doch welche zurechtgelegt haben sollte, diese nicht überzeugend über die Lippen zu bringen. So erwidert sie ausweichend, ihr Mann habe aus geschäftlichem Anlaß eine unerwartete Reise antreten müssen, und sie wisse weder, wo er sei, noch, wann er zurückkehre. Franco Luzardi wundert sich über die zögerliche Auskunft und die zittrige Stimme der Frau mit dem starken ausländischen Akzent – ist es nicht eigenartig, daß die Gattin nichts über den Verbleib ihres Mannes weiß? –, dennoch fährt er fort und berichtet ihr in knappen Haupt- und Tätigkeitswörtern, daß seine Suche nach Pablo Marzollo bisher zu keinem Ergebnis geführt habe. Sie bedauert diese traurige Nachricht, wobei ein mühsam unterdrückter Seufzer der Erleichterung ihre Stimme stocken läßt, und versichert Luzardi, ihren Mann gleich bei seiner Rückkehr darüber in Kenntnis zu setzen. Der Beamte verabschiedet sich, verspricht jedoch, sich in den nächsten Tagen noch einmal zu melden. Möglicherweise sei Rafael Garófalo bis dahin ja wieder da.

Bettina legt auf, sie ist zutiefst bestürzt, ein heftiges Herzklopfen erschüttert ihre Brust bis hinunter in die Magengrube, sie hat das Gefühl, am ganzen Körper von feuchten Schuppen überzogen zu sein. Doch im nächsten Augenblick bricht mit eisigem Glanz die Erinnerung durch und sie entsinnt sich wieder, daß Rafael diesen Polizisten ja gebeten hatte, Pablo ausfindig zu machen. Demnach war dies womöglich der einzige Grund für Luzardis Anruf, nichts weiter, bestimmt hatte Luzardi ihren Mann einfach nur abschließend informieren wollen, um den Fall zu den Akten zu legen. Trotzdem fällt die Angst über sie her und bedrängt sie mit einem Schwall tückischer Fragen, auf die sie keine Antwort weiß: Könnte dieser Polizeibeamte mit der höflichen Stimme nicht in Wahrheit eine viel verheißungsvollere Fährte wittern? Was, wenn er über den Mord an Rafael längst Bescheid weiß und sie nun mit der kalten Gelassenheit eines blutrünstigen Tigers belauert? Plötzlich fürchtet sie, daß die Spuren des brutalen Verbrechens, die César so tadellos beseitigt zu haben glaubt, von den Ermittlern doch entdeckt werden könnten. Spuren über Spuren, offenkundige, unbestreitbare Beweise ihrer Schuld, die zum Vorschein kommen wie der Müll unter dem Sand, sobald der Wind kräftig über die Küste fegt. Schlagartig ist Bettina nur noch ein sturmgeschütteltes Blütenblatt. Sie legt das Gesicht in die Hände und beginnt zu wimmern, durchdrungen von einer klebrigen Angst, die ihr Schluchzen erstickt, und ihr fährt der Gedanke durch den Kopf, daß ein Unglück nie allein kommt, sich vielmehr stets in schlechter Gesellschaft befindet.

Bettina sprach mit César und erzählte ihm von dem überraschenden Anruf des Polizisten. Der Waisenjunge sah sie streng an und forderte sie auf, das kurze Gespräch wortwörtlich zu wiederholen. Am Ende verzog er das Gesicht zu einem mechanischen Lächeln und sagte, sie solle sich beruhigen, da sie überhaupt keinen Grund zur Besorgnis habe. Keinen Grund? Als ob der Mord an Rafael kein ausreichender Grund sei, im Gefängnis zu enden!, jammerte die Frau, doch César versprach ihr, all die Probleme, die sie ängstigten, zu lösen: Keine Leiche, kein Verbrechen, flüsterte er ihr ins Ohr, um sie zu beschwichtigen.

Unbändiges Entsetzen im Blick, starrte Bettina ihn an. Die Vorstellung, jemand könnte das endgültige Schicksal ihres toten Ehemannes herausfinden, erfüllte sie mit Grauen, und sie stellte Überlegungen an, ob es nicht vielleicht doch besser gewesen wäre, den Mord zuzugeben und mit Notwehr zu rechtfertigen. Doch wußte sie zugleich, daß es keinen Weg zurück gab, jeder Schritt war bereits unabänderlich in der Vergangenheit verankert. Rafael war tot, und César, ihr Neffe und Liebhaber, hatte dafür gesorgt, daß das Geheimnis um das Verschwinden des alten Bäckers niemals gelüftet würde.

In diesem Zusammenhang ist sicherlich interessant, daß Inspektor Franco Luzardi nicht die geringste Theorie bezüglich des verschwundenen Pablo Marzollo hatte, er schenkte der Sache nicht einmal ernsthaft Beachtung: Als Rafael Garófalo bei ihm vorsprach, hatte er sich darauf beschränkt, die persönlichen Daten des plötzlich in Luft aufgelösten Kochs zu notieren: Alter, Aussehen, besondere Kennzeichen, irgendeinen Hinweis auf etwas, das ihn von der Menschenflut, die tagtäglich die Straßen überschwemmte, möglicherweise unterschied. Und danach war das Dokument in ein Ablagefach seines Schreibtischs gewandert, wie es all den vielen Vermißtenanzeigen widerfuhr, die dort unangetastet liegenblieben, bis sie nach einer mehrmonatigen bürokratischen Erholungspause eines Tages ohne lange Dienstwege oder sonstige Komplikationen schnurstracks in den Ordner befördert wurden, in dem die aus Informationsmangel ergebnislos abgeschlossenen Fälle aufbewahrt wurden.

Doch dann geschah etwas, das den Polizisten aufmerken ließ: Drei oder vier Tage nach seinem Telefongespräch mit Bettina schlenderte er durch die Calle Rivadavia zu seiner Dienststelle, und als er am *Almacén* vorbeikam und die Ankündigung für das *Festival der italienischen Küche* las, fiel ihm ein, daß dort ja Rafael Garófalo wohnte. Doch kam ihm im selben Augenblick noch etwas anderes in den Sinn, und er hielt neugierig inne: Er entsann sich plötzlich wieder, daß in ebendiesem Haus viele Jahre zuvor jener Säugling gefunden worden war, der wundersamerweise überlebt hatte, indem er sich ausschließlich vom Fleisch seiner toten Mutter ernährte. Luzardi grub in seinem Gedächtnis, denn obgleich der Fall fünfzehn Jahre oder länger zurücklag, blieb er doch so außergewöhnlich, daß er ihn nie ganz vergessen hatte. Langsam überquerte er die Straße, näherte sich dem Restaurant, hielt vor dem Aushang inne und las den Namen des Küchenchefs. In seinem Kopf erwachten die Erinnerungen: Wieder hatte er die Fotos vor Augen, den Pathologiebericht, die Worte der Putzfrau, die auf die Mutter und das Kind gestoßen war, die Verfügung des Vormundschaftsgerichts. Kein Zweifel, der Name war derselbe: César Lombroso. Luzardi kratzte sich am Kinn, kramte eine Zigarette hervor, zündete sie an, inhalierte genüßlich den Rauch und ging über die lindenbestandene Durchgangsstraße davon. Die frische Seeluft, die der soeben eingetroffene Herbst in die Stadt brachte, durchströmte seine nikotinverseuchten Lungen.

Am 3. April beschloß der Polizeibeamte Franco Luzardi, dem *Almacén* einen Besuch abzustatten, um sich ein klareres Bild von dem Ehepaar Garófalo und dem jungen Koch zu machen. Am späten Vormittag parkte er seinen Privatwagen direkt an der Ecke des Restaurants, betätigte die Klingel am Haupteingang, und Bettina kam zur Tür. Der Polizist nannte seinen Namen und bat mit ausgesuchter Höflichkeit, sie einen Moment sprechen zu dürfen. Sie begrüßte ihn mit einem angestrengt diplomatischen Lächeln, ließ ihn eintreten und bot ihm einen orientalischen Kräutertee oder einen frisch gemahlenen Kaffee an. Luzardi entschied sich für den Kaffee, verwundert über die Herzlichkeit der Frau, und nahm, nachdem sie ihm mit einer Handbewegung einen Tisch gewiesen hatte, im Restaurant Platz. Während Bettina das Gewünschte holen ging, ließ er den Blick eingehend durch das Lokal schweifen, über die Haupttreppe, die großen geschlossenen Fenster zur Straße, die weißgedeckten Tische, die exakt ausgerichteten Zedernholzstühle, die schönen alten Nußbaumkredenzen, die Ölgemälde. Er zündete sich eine Zigarette an und lauschte den gedämpften Straßengeräuschen, als ihm mit einem Mal ein delikater Geruch aus der Küche in die Nase stieg, nur ein feines Aroma, leicht wie eine Brise, ein zartes Parfüm, das die Sinne verführt und den Appetit anregt. Bettina kehrte zurück und setzte sich ihm gegenüber, sie goß dampfenden Kaffee in eine Tasse aus weißem Porzellan und stellte exotisch gewürztes Kleingebäck und in schmale Scheiben geschnittenen Apfelkuchen mit Ingwer dazu. Während Franco Luzardi in aller Ruhe aß und trank, plauderten sie unverbindlich, beide stellten simple, floskelhafte Fragen und taxierten einander wie zwei übertrieben mißtrauische Unbekannte. Der Polizist, der Bettina aufmerksam betrachtete, erblickte eine schöne Frau mit alabasterweißer Haut, wellig ins Gesicht fallendem Haar, reizvollen Brüsten, einladenden Hüften, und mit einem Mal kam ihm eine arglistige Frage in den Sinn: Wie schaffte der alte Garófalo es nur, seine bezaubernde Gattin zufriedenzustellen? Dieses Aufflackern seines männlichen Jagdtriebs sagte ihm, daß es an der Zeit war, ihren Ehemann zur Sprache zu bringen. Diesmal gewann die Furcht nicht die Oberhand, dank Césars aufrichtender Worte hatte Bettina sich vollkommen in der Gewalt, als sie erwiderte, ihr Mann habe sie bedauerlicherweise verlassen, dabei sei ihre Ehe doch so glücklich gewesen, wirklich ein Jammer, aber so seien die Männer nun einmal, in jedem Land der Welt. Keine Ehefrau sei in der Lage, die Sehnsucht zu stillen, die einem Mann im Lauf der Zeit Hirn und Fleisch zerfresse. Möglicherweise habe er sich im Kielwasser einer anderen Frau davongemacht, den schmachtenden Schürzenjägerblick habe er ja schon immer gehabt, und darum solle er auch gar nicht erst auf die Idee kommen, wieder aufzutauchen, weil sie ihn dann ohne zu zögern im hohen Bogen aus dem Haus werfen würde. Alles das brachte sie mit gefaßter Stimme, aber in einem einzigen Atemzug hervor, als hätte sich die ganze Rede in ihrer Kehle gestaut, und verstummte dann mit verlegenem Lächeln. Franco Luzardi lächelte ausdruckslos zurück, und Bettina studierte seinen Blick, um die Wirkung zu prüfen, die sie in ihrer Rolle als gedemütigte Ehefrau erzielt hatte. Der Polizist tappte zunächst geradewegs in die Falle: Rafael müsse ganz offensichtlich ein großer Dummkopf sein, eine Frau wie sie allein zu lassen, sagte er, aber Ehemänner wüßten ja leider oft nicht zu schätzen, was sie zu Hause haben, und schielten deshalb nach anderen Frauen. So sehr Franco Luzardi es auch genießen mochte, sich von Bettinas ungewöhnlicher Koketterie bezirzen zu lassen, war er doch ein erfahrener Polizeioffizier und erkannte somit rasch, daß ihn diese Unterredung nicht weiterbringen würde, da sie lediglich ein Dahinplätschern nichtssagender Sätze, bedeutungsloser Daten und Anekdoten war. Bis er César Lombroso erwähnte: Bettina verstummte, als hätte Luzardi einen Säbel durch die Luft pfeifen lassen. Sie preßte die Lippen zusammen, ihre Miene wurde hart, sie verzog den Mund zu einer Grimasse, und das Blut stieg ihr ins Gesicht. Der Polizist begriff, daß hier etwas Sonderbares vor sich ging. Was hatte dieser plötzliche Stimmungswechsel zu bedeuten? Doch währte der innere Aufruhr der Frau nur kurz. Im nächsten Augenblick hatte sie ihre Selbstbeherrschung zurückgewonnen und erklärte, ihr Neffe habe seinen freien Tag, das Restaurant bleibe an diesem Abend geschlossen, und somit sei er durch keinerlei Verpflichtungen ans Haus gebunden. Der Polizist sagte, er müsse ihn sprechen und ihm einige Fragen stellen. Die Ermittlungen würden durch ein paar Ungereimheiten erschwert, und möglicherweise könne der junge Koch diese klären und damit helfen, Aufschluß über Pablo Marzollos unverständliche Abwesenheit zu erhalten. Bettina nickte, versprach, César noch am selben Abend Bescheid zu geben, und warf unwillkürlich einen Blick auf ihre Armbanduhr. Der Polizist tat es ihr nach, dankte für das freundliche Gespräch, stand auf und schritt zum Ausgang. Dort blieb er noch einmal stehen, Bettina öffnete ihm die Tür und verabschiedete ihn mit einem Händedruck und einem frostigen Lächeln.

Am folgenden Tag rief César auf dem Polizeirevier an und sprach ein paar Minuten lang mit Franco Luzardi. Es war ein unergiebiger Austausch liebenswürdiger, aber nutzloser Worte. Zwar bemühte sich der Polizist, dem Gedächtnis des jungen Küchenchefs auf die Sprünge zu helfen, stellte Fragen zu Pablo Marzollo und Rafael, auch bezüglich der eigenartigen Parallelen zwischen dem Verschwinden des einen und dem des anderen, forschte nach denkbaren Gründen für die Abwesenheit des Kochs und des Onkels, wollte wissen, ob César glaube, daß es eine gemeinsame Ursache geben könnte, erkundigte sich, wie seine Tante es aufgenommen habe, so Knall auf Fall verlassen worden zu sein, und wie sie ohne die beiden Männer in der Taverne zurechtkämen. Doch Césars Auskünfte blieben vage, beschränkten sich auf diffuse Erinnerungen und undeutliche Hinweise. Sein Leben spiele sich in der Küche ab, und eigentlich interessiere ihn von dem, was draußen in der Welt vorging, nichts wirklich, weshalb er auch kaum etwas Wesentliches beitragen könne.

Nach diesem kurzen, fruchtlosen Telefonat nahm der Polizeioffizier Luzardi eine Zigarette aus der Brusttasche und steckte sie an. Während er zusah, wie sich der weiße Rauch durch die Luft zur Decke schlängelte, horchte er in sich hinein: Irgend etwas höchst Ungewöhnliches war im Schwange, und noch hatte er keine Ahnung, was.

Als Franco Luzardi drei Tage später einen vertraulichen Umschlag mit einem sonderbaren Bericht erhielt, stockte ihm das Blut in den Adern: Die oberste Ermittlungsbehörde von Mar del Plata hatte einen Sack Schlachtabfälle sichergestellt, der Haare, einige Zähne und verwesendes Fett enthielt. Man hatte den Inhalt im Polizeilabor analysieren lassen und war zu dem Schluß gekommen, daß es sich um menschliche Überreste handelte, vermutlich die eines Mannes im Alter von etwa vierzig bis fünfzig Jahren. In dem Beutel fanden sich noch andere bedeutsame Dinge: kleine Lederfetzen und Teile eines Ausweisdokuments, das nicht rekonstruiert werden konnte.

Dem Polizeioffizier Luzardi war, als sähe er ein blasses Licht durch den dichten Nebel schimmern: Rafael Garófalo hatte Pablo Marzollo umgebracht und sich dann aus dem Staub gemacht. Das Motiv für eine solche Tat vermochte Luzardi sich leicht auszumalen: Eines Tages mußte der alte Ehemann herausgefunden haben, daß seine schöne junge Frau ihn mit dem Chefkoch betrog. Stumm hatte er seinen Haß geschluckt, und während dieser ihm die Eingeweide verätzte und seine Rachsucht ihn zunehmend vergiftete, schmiedete er seinen Plan zur Bestrafung des Liebhabers. Dann brachte er ihn um und verschwand anschließend selbst, wodurch beide, Opfer und Mörder, zu unlösbaren Rätseln geworden waren. Ein weiterer Umstand stützte diese erstaunliche Hypothese Luzardis: Um das Verbrechen perfekt zu machen, meldete der Mörder selbst sein Opfer bei der Polizei als vermißt – ein Trick, um sich zu schützen und die Aufmerksamkeit von sich abzulenken. Des Polizisten bohrendster Zweifel: Wußten die Ehefrau und der Neffe etwas davon? Zwar war die Frau, die ja wohl intime Angelegenheiten zu verbergen hatte, nicht verpflichtet, ihre eheliche Untreue zuzugeben, allerdings würde sie kaum zögern, ihren Verrat einzugestehen, wenn sie Gefahr liefe, unter Mordverdacht zu geraten. Der direkteste Weg, dies herauszufinden, war ein weiterer Besuch im *Almacén*. Ob jemand etwas verschweigt, läßt sich mit einem festen Blick in die Augen immer ergründen.

Diese Schlußfolgerungen des Polizisten waren übereilt und zudem höchst fragwürdig. Denn hätte Franco Luzardi sich nicht auf seine Intuition verlassen, wäre er nicht den falschen Weg gegangen, wenn er seiner Erfahrung eines alten Spürhundes vertraut hätte, statt seinem geifernden Jagdtrieb nachzugeben, hätte er niemals getan, was er an jenem 7. April tat: zum *Almacén* gehen und Bettina sagen, er habe wichtige Neuigkeiten für sie.

37

Noch am selben Tag rief Franco Luzardi im Restaurant an, sprach einen Moment mit Bettina und erklärte ihr, er müsse sie unbedingt sehen. Sein ernster Ton ließ keinen Zweifel daran, daß es sich um etwas sehr Bedeutsames handeln mußte und das Treffen unaufschiebbar war. Die Frau stimmte unschlüssig zu. Sie spürte plötzlich einen Splitter im Hals, der ihr die Luft nahm, sah jedoch keine Chance, dem riskanten Spiel zu entgehen, und so erwiderte sie, er sei ihr jederzeit willkommen, er brauche nur die Uhrzeit zu nennen. Nachdem Bettina aufgelegt hatte, ging sie sofort in die Küche. César war allein und mit der Zubereitung der Gerichte beschäftigt, die am Abend in der Taverne auf den Tisch kommen sollten, hörte Radio, pfiff und trällerte ein munteres Lied. Als Bettina eintrat, empfing er sie mit einem Lächeln, das beim Anblick ihrer verzagten Miene jedoch sofort verschwand. Sie sagte ihm, daß in wenigen Minuten der Polizeibeamte eintreffen würde, um ihr etwas sehr Dringendes und Wichtiges mitzuteilen, und dann begann sie zu weinen, warf sich dem Jungen an die Brust, stöhnte und zitterte am ganzen Leib bei der Vorstellung, daß man ihnen bereits auf die Schliche gekommen sein könnte und ihnen beiden nur noch wenige Stunden in Freiheit verblieben. Sie wiederholte, daß sie es nicht ertrüge, von ihm getrennt zu werden, und alles tun würde, damit sie nicht im Gefängnis endeten. César raunte ihr beschwichtigende Worte ins Ohr, küßte ihren Hals, streichelte ihr Haar, küßte sie wieder, diesmal auf den Mund, und versprach ihr einmal mehr, diese bedauerliche Angelegenheit ein für allemal aus der Welt zu schaffen.

Luzardi verließ im Lauf des Vormittags die Polizeidienststelle, ohne zu hinterlassen, was genau er vorhatte; er sagte im Hinausgehen nur laut, daß er gegen Mittag wieder zurück sei, und somit wußte niemand über seinen wahren Verbleib Bescheid. Der Wachhabende, der sein Fortgehen in der Anwesenheitsliste protokollierte, notierte neben Namen und Dienstgrad nur ein Wort: Dienstgang. Sein Privatauto, das in der Nähe des Polizeireviers geparkt war, ließ Luzardi stehen, und er nahm auch keinen Streifenwagen oder einen der Mannschaftswagen; folglich mußte er den Weg vom Polizeirevier zum Restaurant zu Fuß zurückgelegt haben. Tatsächlich liegen zwischen beiden Gebäuden nur wenige Häuserblocks, und der strahlende Herbsttag lud zu einem gemütlichen Spaziergang ein.

Nicht lange nachdem Franco Luzardi die Dienststelle verlassen hatte, erreichte er die Taverne. Möglicherweise steckte er sich noch eine Zigarette an, bevor er auf die Klingel drückte, vermutlich hieß Bettina ihn mit ihrem verbindlichsten Lächeln willkommen, und als sie kurz darauf im *Almacén* beim Kaffee oder Tee saßen, muß er der Frau seinen tollkühnen Verdacht wohl ins verblüffte Gesicht gesagt haben. Was sich danach abspielte, ist nicht mehr so leicht nachzuvollziehen. Geschichten werden ja häufig durch Hypothesen und Vermutungen dubiosen Ursprungs angereichert. Auf irgend etwas Nützliches, mit dessen Hilfe sich der Faden vom Anfang bis zum Ende verfolgen läßt, stößt man jedoch immer, und auch wenn dies nicht immer ohne böse Überraschungen und Fehlschläge vonstatten geht, genügt letztlich der brüchigste Steg, um den tiefsten Abgrund zu überwinden. Nach einer Weile gesellte sich César zu ihnen, die Ohren gespitzt wie ein Jaguar, und als er – ganz locker, aber mit Spannung – der Theorie des Polizisten gelauscht hatte, bat er seine Tante, sie allein zu lassen. Vielleicht sagte er ihr sogar, er würde mit Luzardi gern ein Wort von Mann zu Mann wechseln. Schafft dieser uralte Machobegriff nicht noch immer im Handumdrehen Vertrauen unter Männern? Und Bettina, die vor unterdrückter Angst und Nervosität die Fassung zu verlieren drohte, gehorchte, ohne auch nur einen Moment zu zögern, stieg mit angehaltenem Atem, verkrampften Fingern und schweißnasser Haut langsam die Haupttreppe hinauf, überquerte den Flur und schloß sich in ihrem Eheschlafzimmer ein.

Kaum daß Bettinas Schritte im Obergeschoß verklungen waren, sah César Luzardi in die Augen, erhob sich bedächtig von seinem Stuhl und forderte den Polizisten freundlich auf, ihn in die Küche zu begleiten. Er sagte, er wolle ihm etwas ganz Besonderes zeigen, etwas, das der Polizist mit eigenen Augen sehen müsse und wovon nicht einmal seine Tante wisse. Der unvermittelt vertrauliche Ton des jungen Mannes ließ Luzardi hellhörig werden, und im Glauben, möglicherweise einen wichtigen Verbündeten gefunden zu haben, der ihm präzise Hinweise zu dem Eifersuchtsdrama liefern konnte, nickte er feierlich und folgte ihm. Gemessenen Schrittes bewegte sich Luzardi im Slalom um Tische und Stühle herum auf die Küche zu, stieß mit der Rechten die Tür auf und trat ein. Das weiße Licht traf ihn wie ein tonloses Mündungsfeuer, er konnte nicht einmal mehr schreien, denn das Messer hatte ihm bereits unerbittlich die Kehle durchtrennt, ihn mit einem gezielten, tiefen Schnitt fast enthauptet. Der Polizeibeamte spürte einen glühendheißen Blitz am Hals, war im nächsten Augenblick blind, stumm und taub wie ein Skelett und fühlte auch die Arme des Kochs nicht mehr, die seinen Sturz abfingen, als er einknickte wie ein geschächteter Hammel.

38

Am 9. April beherrschte das Verschwinden Franco Luzardis alle
Schlagzeilen und Radio- und Fernsehnachrichten in Mar del
Plata. Es gab traurige Prognosen und düstere Kommentare bezüglich seines Schicksals. Aus den Kreisen der Ermittler, die
den Spekulationen und Mutmaßungen nachgingen, war immer
wieder der Ruf nach Rache zu vernehmen. Aus La Plata und
Buenos Aires riefen die Polizeichefs an und stellten alles auf
den Kopf, um der Geschichte auf den Grund zu gehen, die ja
schließlich dem Ansehen der Ordnungskräfte schadete, denn
wenn die Wächter der öffentlichen Sicherheit nicht auf sich
selbst aufpassen konnten, wie sollte man sich dann darauf verlassen, daß sie im Notfall für die Sicherheit anderer sorgten? Für
die Fahndung nach dem verlorenen Schaf wurden eilends mehr
oder weniger geheime Suchtrupps organisiert, Razzien angeordnet und unerbittliche Einsatzkommandos ausgesandt, um die
schwache Witterung des Polizeibeamten aufzunehmen; doch
fanden sich tatsächlich nicht allzu viele Spuren, die man hätte
verfolgen können, und so ließen Luzardis Kameraden allmählich
die Arme sinken. Nach einigen Tagen erfolgloser Suche gaben
sie auf, hängten jedoch traditionsgemäß sein Foto, in Uniform
und ohne Mütze, an den Schwarzen Brettern sämtlicher Polizei-
posten der Atlantikküste aus, auf daß ihn kein Mitglied des Poli-
zeikörpers vorzeitig für tot erklärte.

  Franco Luzardi war nicht verheiratet, er hatte keine feste
Freundin und, soweit bekannt, auch nur wenige Freunde, von
denen keiner einen Verdacht hatte, was ihm zugestoßen sein
mochte. Und zu allem Überfluß gab es da auch noch diesen
»Dienstgang«-Vermerk im Anwesenheitsbuch, der, statt Klarheit

zu schaffen, nur für größere Verwirrung sorgte. Es wurde sogar der Gedanke laut, der Beamte könnte absichtlich untergetaucht sein, vielleicht wegen einer schandbaren Liebesgeschichte, um sich größeren Spielschulden zu entziehen oder weil er sich die peinliche Situation ersparen wollte, mit den Machenschaften der Mafia in Verbindung gebracht zu werden. Doch ließ sich keine dieser Erwägungen erhärten, und mit der Zeit liefen die Vermutungen immer mehr darauf hinaus, daß wohl das Schlimmste zu befürchten stand: Der arme Franco Luzardi war am Ende seiner Laufbahn angelangt, und seine Knochen ruhten im ewigen Schoß der Erde.

Mit katzenhafter Geschmeidigkeit und von Bettina widerwillig unterstützt, hatte César bereits tags zuvor seine Maßnahmen ergriffen: Er lud die Kinder des *Patronato de la Infancia* zu einem Abendessen in die Taverne ein. Immerhin hatte der junge Koch seine ersten Jahre in dem Waisenhaus verbracht und wollte sich auf diese Weise für die mütterliche Zuwendung erkenntlich zeigen, die man ihm dort in jener elternlosen Lebensphase hatte angedeihen lassen. Und natürlich nahm die Heimleitung hocherfreut an und sagte zu, mit achtundzwanzig ihrer Zöglinge im Alter zwischen vier und zwölf Jahren im *Almacén* zum Essen zu erscheinen. Sie sollten jedoch nicht die einzigen zu diesem Ehrenmahl Geladenen sein. Auf Césars handverlesener Gästeliste standen auch die Vorstände der wichtigsten Wohltätigkeitsverbände von Mar del Plata, Männer und Frauen gehobener Abkunft, die dem Gemeinwohl und dem Kampf gegen die Mittellosigkeit ihrer Mitbürger einen Teil ihrer unbeschwerten Freizeit opferten, einige Beamte, die an maßgeblicher Stelle für die Verteidigung der mißhandelten Kinderrechte zuständig waren, der Bischof der Diözese, die Jugendrichter, zwei oder drei Lokalpolitiker, die ihre Karriere mit dem Versprechen beflügelt hatten, die Unterernährung der Kinder zu beenden – insgesamt fast hundert Personen, die sich alle glücklich schätzten, an dem *Galadiner zu Ehren des Patronato de la Infancia* teilnehmen zu dürfen. Denn auf diesen bombastischen Namen hatte César seine Veranstaltung getauft. Wie zu anderen Gelegenheiten auch, war das Menü im Aushang des Restaurants bereits vorab angekündigt: *Ingwer-Rippchen mit Waben von Bataten, Jamaikanische Fleischklößchen* und zum Nachtisch *Apfel-Mousse.*

Das Mahl erwies sich als kulinarische Offenbarung: Mit dem Heißhunger kleiner Bestien hauten die Waisenhauszöglinge fröhlich rein. Die meisten gaben den ausgezeichneten *Jamaikanischen Fleischklößchen* aus dem Fleisch des Polizeibeamten Luzardi den Vorzug – feingehackt, mit eingeweichtem Weizenschrot, Lauchzwiebelchen, einer Prise Paprika und grünem Jamaika-Pfeffer vermengt –, die César zum Schluß mit hartgekochten Wachteleiern gefüllt und in der Bratröhre geschmort hatte. Als Beilage reichte er *Pommes frites* mit einer Sauce aus gemahlenem Sesam. Die Erwachsenen sprachen mit apokalyptischem Appetit den *Ingwer-Rippchen mit Waben von Bataten* zu, manch einer erkundigte sich nach dem Rezept, doch war dem Koch mit keiner List etwas zu entlocken. Liebenswürdig lächelnd weigerte sich César, Einzelheiten seiner Komposition preiszugeben, die uns jedoch mittlerweile bekannt sind: Er schnitt das Fleisch des Polizisten in dünne Koteletts, würzte diese mit Ingwer, Pfeffer und Salz, bestäubte sie mit Mehl, wendete sie in verquirltem Ei und briet sie sofort in heißem Öl. Die Waben formte er aus zurechtgeschnittenen, mit Schmalz goldbraun gebackenen Süßkartoffeln, die er mit Muskat, Lauchzwiebeln und Estragon bestreute. Kurz vor dem Auftragen überkrustete er sie noch mit geriebenem Schafskäse und reichte einen grünen Blattsalat mit *Sauce Tartare* dazu. Das Publikum war baß erstaunt über die exquisite, vollmundige Geschmackskombination und löschte den wohligen Durst mit rubinrot funkelnden Weinen von feiner Fruchtnote.

Zum Ausklang gab es die *Apfel-Mousse*. Nachdem die Mägen gefüllt waren, tranken die Erwachsenen Tee oder Kaffee, doch wurde auch Champagner bestellt, um auf die Gesundheit der glücklichen Waisenkinder anzustoßen, die an diesem Abend in der Taverne versammelt waren. Dann folgten die obligatorischen Ansprachen: Als erste war die Leiterin des Waisenhauses an der Reihe, die sich sehr lobend über César Lombrosos edelmütige Geste äußerte und versprach, einer möglichen künftigen Einladung jederzeit gern Folge leisten zu wollen. Anschließend schwangen die Beamten ihre protokollarischen Reden, einer nach dem anderen, in alphabetischer Reihenfolge, um Mißverständnissen vorzubeugen. Die Jugendstrafrichter erzählten einige Anekdoten, die sich anhörten wie Feenmärchen, dann folgten die vor Sendungsbewußtsein strotzenden Erinnerungen der Politiker und das abschließende Dankeswort des Bischofs, der die Anwesenden aufforderte, miteinander das Vaterunser zu beten, um die Seelen von der schwelgerischen Völlerei reinzuwaschen.

Kurz vor Mitternacht war die Ehrengala vorüber. Streng beaufsichtigt von ihren Erzieherinnen, bestiegen die Waisenkinder wieder den Bus, in dem sie gekommen waren, winkten zum Abschied durchs Fenster und fuhren davon, während sich die Autos der übrigen Gäste in dem jodhaltigen Nebel verloren, der um diese Tageszeit über der Stadt hing.

Nicht ganz zwei Stunden später, nachdem er gründlich die Küche geputzt hatte, stieg César die Personaltreppe hinauf zu seinem Zimmer. Er sah, daß Bettinas Tür geschlossen war, doch fühlte er eine archaische Begierde, die auf seiner Haut brannte und sein Blut zum Schäumen brachte, und öffnete vorsichtig.

Das Zimmer war dunkel, die Atemzüge der Frau erfüllten die Luft mit einem feinem Zischen. Das Laken verhüllte ihren Körper nur teilweise, die zerzauste Mähne bedeckte das Kissen, die Lenden waren nackt, die Beine entblößt. César entkleidete sich und glitt ins Bett, doch kaum spürte Bettina seine warme Berührung, fuhr sie auf und stieß einen wilden Schrei aus, als habe er sie aus einem bösen Traum gerissen. César versuchte sie mit Liebkosungen und Küssen zu beschwichtigen, aber sie bat ihn, sie in Ruhe zu lassen, sie sei noch nie so müde gewesen und müsse jetzt schlafen, um den Horror dieses Abends zu vergessen. In Ruhe lassen? Schlafen? Den Horror vergessen?, wiederholte der Waisenjunge bei sich und fragte sie, was sie da für einen Unsinn rede. Doch die Frau sagte nur mit tonloser Stimme, sie wolle allein sein und tausend Stunden schlafen. Alles, was geschehen war, erfülle sie mit Ekel und Grauen, und in ihrem Kopf und ihren Eingeweiden herrsche ein entsetzlicher Aufruhr seit dem Mord an Rafael und dem grausigen Tod des Polizisten. Außerdem ekle sie diese krankhafte Liebschaft an, diese eiternde, schrundige Liebe, die sie beide vollkommen um den Verstand gebracht habe. César fühlte, wie ein Eisblitz seine Haut durchbohrte, die Hände wurden ihm taub, und sein Blick gefror in plötzlicher Panik. Zum ersten Mal seit vielen Jahren sah er sich wieder am ausgestorbenen Strand, das Unwetter zog von Süden heran und peitschte das Meer zu wütenden Wogen, der Wind schlug ihm gegen die Brust, und er schwankte wie ein verwundeter Kormoran. Wieder stand er mutterseelenallein, die Liebe seiner Tante war erloschen, angewidert wies sie ihn ab. Er schaute sie an, wie sie ausgestreckt auf dem Bett lag, ihren perfekten, appetitlichen Körper, und die Glut seines Begehrens verflüssigte sich zu einer Säure, die ihm rettungslos das Herz verätzte. Er stand auf, raffte schweigend seine Kleider zusammen und floh aus dem Zimmer, getrieben von der Angst, die wie eine bissige Meute nach ihm schnappte.

39

Einige Zeit nachdem César, umflort von einer dichten, stachligen Wolke, ihr Schlafzimmer verlassen hatte, lag Bettina Ferri im Tiefschlaf. Allerdings hatte sie, um die bittere Schlaflosigkeit zu überwinden, mehrere Beruhigungsmittel schlucken und mit einem Glas Wasser hinunterspülen müssen. Die Drogen begannen schon nach wenigen Minuten zu wirken, und während ihr unter dem dumpfen Rauschen der Medikamente langsam die Sinne schwanden, weinte sie leise vor sich hin, hilflos ihren quälenden Erinnerungen ausgeliefert: Da waren Rafaels Steppenaugen, die sie aus irgendeinem unwirtlichen Winkel der Hölle anblickten, sein ausdrucksloses Gesicht war blutverschmiert, und diese Augen kannten weder Gnade noch Mitleid. Im selben Traumbild erschien ihr auch Franco Luzardi. Erbarmungslos wie ein Inquisitor starrte der Polizist sie an und bewegte die Lippen, als wollte er etwas Unflätiges sagen, aber es quoll nur roter Schaum aus seinem Mund. Und plötzlich stand ihr Pablo Marzollos schmerzverzerrtes Gesicht vor Augen: Die gespenstische Vision ließ Bettina hochfahren, als sie schlagartig begriff, daß der Koch auf derselben Schlachtbank sein Ende gefunden hatte wie ihr Mann und der Polizist. Hustend rang sie nach Atem, würgte, erbrach sich über ihren zusammengekrümmten Körper, versuchte aufzustehen, um sich zu säubern, verlor das Gleichgewicht, stürzte zu Boden und blieb reglos liegen.

Und somit waren dies wahrscheinlich die letzten Wahrnehmungen in Bettinas Leben: das mit ihrem schleimigen Mageninhalt getränkte Bettuch auf der Haut, das von den Schlafmitteln hervorgerufene Schwindelgefühl, der Gestank, der den ganzen Raum erfüllte, das Schlottern, in das sie beim Anblick der fürchterlichen Traumbilder verfallen war, der Sturz in den unerforschten Abgrund des Todes. Kurz bevor sie ohnmächtig wurde, war ihr noch, als sähe sie eine Gestalt durch die Dunkelheit huschen, etwas Silberglänzendes zwischen den Schatten aufblitzen, zwei pechschwarze Glühkohlen, die sie aus der Finsternis unverwandt anschauten, doch vermochten ihre brechenden Augen nichts mehr zu erkennen außer der schwarzen Leere der Krypta, die sie für immer verschlingen würde.

César Lombroso schnitt seiner Tante in demselben Bett die Kehle durch, in dem sie noch vor wenigen Tagen vor Leidenschaft fast vergangen waren, und verwendete die nächsten Stunden darauf, sie zuzubereiten, um sie ganz allein zu verzehren. Bis zum Morgengrauen entstanden mehrere Gerichte, die er noch nie zuvor gekocht hatte und für die er das *Handbuch der Südatlantischen Küche* zu Rate zog, um nach leckeren Wildrezepten und Ratschlägen für das Grillen größerer Stücke von Hammel oder Schwein zu suchen, den alchimistischen Geheimformeln auf die Spur zu kommen, mit deren Hilfe die Zwillinge Luciano und Ludovico Cagliostro Innereien wie Leber, Herz, Eingeweide und Lunge in Delikatessen verwandelt hatten, und den alten Geschmacksklängen neue Töne zu entlocken, indem er Kräuter und Gewürze mischte, Samenkörner mahlte, verschiedene Saucen und Dressings kombinierte, verfeinerte Öle und Fette verwendete, Gemüse und Pilze dünstete, Hülsenfrüchte und Knollen kochte, Stengel und Wurzeln hackte. Als die Sonne aufging, war das opulente Mahl bereit, und er brauchte sich nur noch zu Tisch zu setzen und es sich schmecken zu lassen.

Mit dem ersten Morgenlicht verließ César den *Almacén* und streifte eine Weile ziellos umher, wobei er sich unterwegs mühelos des Abfallbeutels entledigte, der Bettinas letzte Überreste enthielt. Bei seiner Rückkehr verrammelte er alle Türen und Fenster des Hauses, zog sich ins größte Badezimmer zurück, füllte die Wanne mit heißem Wasser und Aromasalzen, sank mit einem lustvollen Seufzer hinein und überließ sich dem Wohlgefühl vollkommener Entspannung, während er Musik hörte und einen Apfeltee mit Anis schlürfte. Anschließend kleidete er sich an und ging hinunter in die Küche, um mit den Angestellten des Restaurants zu telefonieren: Ohne große Erklärungen abzugeben, sagte er ihnen, Bettina und er müßten dringend nach Italien reisen, um dort Rafael Garófalo zu treffen, und darum bliebe die Taverne für den Rest des Monats geschlossen.

Mittags begann César Lombrosos Kannibalenschmaus: Gemessen, mit vornehmer Melancholie, führte er Stück für Stück zum Mund, kaute jeden Bissen mit schwärmerisch geschlossenen Augen, ließ sich jeden Geschmack auf der Zunge zergehen und schwelgte in jedem Aroma, wobei ihn wohlige Schauer überrieselten, sein Herz in geilem Rhythmus pochte, seine Lippen in nie gekannter Lust erbebten, in der Hose sein schwellendes Glied wie ein Blasebalg pulsierte, bis ihn beim Hinunterschlucken eines kleinen rosigen Fleischbröckchens ein langer, warmer Samenerguß erschütterte, der ihn mit einem zitternden Gefühl der Leere zurückließ.

Ganze fünf Tage und Nächte hielt sich der Waisenjunge hinter verschlossenen Türen im *Almacén* auf, ergötzte sich an seiner eigenen kulinarischen Genialität und gab sich mit Hochgenuß dem gruseligen Bankett hin, das einmal seine Tante und Geliebte gewesen war: *Crêpes* mit einer exquisiten Füllung, *Entrecôtes* mit Gewürzen aus Indonesien und Madagaskar, Schmorgerichte,

Mousses und *Scones* aus Hackfleisch, *Patés, Fondue Bourgignonne*, flambierte Spieße, Rollbraten, Medaillons und Schnitzel. Und jeder Bissen versetzte ihn aufs neue in wollüstige Ekstase, unstillbare Sehnsucht erhitzte sein Blut und seine Haut, seine Glieder zuckten in unablässiger Begierde. Und immer wieder kam der Happen, der ihm herzzerreißende Seufzer entrang, bis er unter jenem zähen Trübsinn zusammensank, der ihn für gewöhnlich nach dem Sturm des Orgasmus befiel.

Und am sechsten Tag, als von Bettinas Körper nichts mehr übrig war, woran er hätte nagen oder saugen können, überkam den entrückten Waisenjungen die Erkenntnis, daß die Zeit reif war für das ungeheuerlichste aller Gerichte, die er je in seinem Leben zubereitet hatte. Vierzig Stunden lang brütete er ununterbrochen über dem *Handbuch der Südatlantischen Küche*, las es ein ums andere Mal, immer wieder von vorn, nahm gegen Hunger und Durst nur Fruchtsaft zu sich und bekämpfte das Schlafbedürfnis mit wunderwirkenden Tees aus Thailand und Nepal. In der Morgendämmerung eines unbestimmten Tages war die ersehnte Rezeptur fertig, und kurz darauf übermannte ihn der Schlaf: Er saß in der Küche, notierte die letzten Formeln und Zutaten, fühlte eine stille Glückseligkeit seinen ganzen Körper durchfluten, saß ganz still, den Kopf auf die hölzerne Arbeitsplatte gestützt. Eine Sekunde später gewann seine Müdigkeit die Oberhand und die Augen fielen ihm zu.

40

Erst zur trägen Stunde der Abendröte erwachte César wieder. Es herrschte eine Grabesstille, die jedes Geräusch erstickte. Das ockerfarbene Licht der Herbstsonne sickerte durch die Fensterläden und trieb als welker Dunst durch den Raum. Der Waisenjunge dehnte sanft seine steifen Muskeln, reckte die Arme, drehte den Rumpf, erhob sich schwerfällig, verließ langsam die Küche und ging in sein Zimmer, um zu duschen und die Ausschweifungen der letzten Tage abzuwaschen. In den makellosesten weißen Drillich gekleidet, den sein Kleiderschrank hergab – seine beste Meisterkochuniform, ein Geschenk Bettinas –, kam er über die Haupttreppe wieder herunter, betrat die Küche und machte sich erneut mit Feuereifer ans Werk. Stundenlang arbeitete er wie ein mittelalterlicher Alchimist, öffnete Konservengläser und Flaschen, hantierte mit Bechern, Tontöpfen, kleinen Gefäßen, Beizen, mischte Gewürze aus Kleinasien, gekochtes Gemüse, aromatische Kräuter aus Indien und Jamaika, balsamische Öle, indonesische und chinesische Sirupe, Steinsalze, Essige aus Malta und Jerez, sauer eingelegten Knoblauch, gemahlene Kräuter, Extrakte und Essenzen, Hefen, europäische Senfsorten, orientalische und mediterrane Körner, gewässerte Oliven, Sesamöle und Senfsaat, Schmalz und Rahm, Eier, weichen Ziegen- und Schafskäse, gekochte Wurzeln, gebratene Knollen, gedämpfte Schoten, italienische Paprika und mexikanische Chilis, Champignons und Wildpilze, spanische und ägyptische Hülsenfrüchte, Datteln und rote Johannisbeeren, Mehl und Stärke, frische Obstsäfte, Weißweine, Liköre und Konzentrate.

Als alle Vorbereitungen getroffen waren, ging er wieder in

sein Zimmer, zog sich ganz aus, trat zu dem hohen Spiegel in der Kleiderschranktür und blieb mehrere Minuten lang davor stehen, kerzengerade und losgelöst von der Zeit, wie ein im Dschungel verlorenes Totem. Dann kehrte er in die Gegenwart zurück, als hätte ein Atemhauch sein Gesicht gestreift, wandte sich ab und ging mit langsamen Schritten aus dem Zimmer und die Treppe hinunter, um sich einmal mehr in den Rachen seiner Küche zu stürzen.

Von diesem Zeitpunkt an ist alles Verdacht, eine endlose Kette wolkiger Spekulationen, die jedoch durchaus im Bereich des Möglichen liegen, da die einzelnen Teile mit so überzeugender Perfektion ineinandergreifen. Anders läßt sich kein Licht ins Dunkel der Vergangenheit bringen: Nur so werden aus Gespenstern Menschen aus Fleisch und Blut, gebiert die Stille Melodien und wandeln Hieroglyphen sich zu vertrauten Sprachen.

César Lombroso kehrte splitternackt in die Küche zurück, bestrich sich sorgsam am ganzen Körper mit Saucen und Marinaden, Cremes und Flüssigkeiten, Pasten und Säften, verteilte das gesamte Menü, das er zubereitet hatte, über den Tisch und legte sich rücklings darauf. Mit den sparsamen Bewegungen eines greisen Fakirs kreuzte er die Arme über der Brust, wobei er das wundersame *Handbuch der Südatlantischen Küche* umschlang, schloß die Augen, holte tief Luft und atmete mit einem heiseren Rasseln wieder aus. Nun war er selbst das schmackhafteste Festessen, das sein Hexertalent jemals hervorgebracht hatte, angerichtet und garniert wie das verlockendste, sensationellste Hauptgericht, das je in der Taverne auf den Tisch gekommen war. Er zählte die Minuten. Die Zeiger seiner inneren Uhr krochen mit raupenhafter Langsamkeit vorwärts. Zeitweilig stellte er sich eine verstopfte Klepsydra vor, in der die Stunden träge aus einem Glaskolben in den anderen tropften. Er versuchte ein wenig zu dösen, um sein Lampenfieber zu lindern, das ihm wie einem jugendlichen Liebhaber vor dem ersten Mal in den Eingeweiden brannte, als plötzlich, noch während er gegen seine Unruhe ankämpfte, das trockene Scharren vieler kleiner Klauen zu hören war, die sich durch die alten Fundamente und Mauern einen Weg zur Küche des *Almacén* bahnten. Er hielt den Atem an und runzelte die Brauen. War dieses Geräusch das, wofür er es hielt? Doch sobald er das Kratzen auf den Holzdielen vernahm, das schrille Quieken die feuchte Kellerluft durchschnitt, das Schaben Tausender ausgehungerter gelber Zähne zu ihm drang, wußte er, daß er sich nicht getäuscht hatte. Seine Muskeln spannten sich, er begann zu schwitzen, sein Herzschlag geriet außer Rand und Band. Einen Augenblick später spürte er, wie ihn Dutzende von kalten, spitzen Schnauzen beschnupperten, und lächelte nervös mit zusammengepreßten Lidern, ineinandergekrallten Händen, fest geschlossenen Lippen, flatterndem Magen. Und dann versetzten ihn die Vollkommenheit seiner letzten Komposition, die exquisiten Duftschwaden, die in der gottverlassenen Wüste seiner Küche schwebten, in einen solchen Rauschzustand, daß er fühlte, wie er von einem überirdischen Wind erfaßt und schwerelos durch die Luft getragen wurde, weit weg von der Taverne.

Vermutlich leckte er sich gerade genußvoll die Lippen, als ihn der erste Biß verletzte, unmittelbar gefolgt von einem zweiten, dann von zehn, hundert winzigen warmen Dolchen. Und angesichts seines unaufhaltbaren Sturzes ins abgründige Nichts dachte er plötzlich bekümmert, daß er niemals seine Mutter und seinen Vater kennengelernt hatte: Wie mochten ihre Stimmen geklungen haben, wie waren ihre Gesten, ihr Zorn und ihr Gelächter, der Glanz ihrer Augen, die Wärme ihrer Körper? Auch Bettinas unersättlichen nackten Leib hatte der Waisenjunge noch einmal vor Augen, er erinnerte sich, wie sie ihn geritten hatte, entsann sich ihrer alabasternen Brüste mit den pflaumenfarbenen Spitzen, ihrer Lippen, offen wie eine Frucht, des lieblichen Lustgeheuls, das sie jubelnd in die heiße Nacht entsandte.

César Lombrosos letzte Sinneswahrnehmungen im Leben waren: eine eiskalte Pranke, die ihn der ewigen Nacht entgegenzerrte, seine Hände, die das *Handbuch der Südatlantischen Küche* umklammert hielten, die durch das sperrangelweit offene Dachfenster hereinbrechende schwarze Flutwelle, sein eigenes Keuchen, als der Schmerz ihm den Atem raubte, und der Wirbelsturm aus der Kloake, der wie eine menschenfressende Windsbraut über seinen Körper herfiel. Erst ganz zuletzt stieß er einen Schrei aus, dessen schwaches Echo in der morbiden Luft der Küche verhallte.

Das Festmahl der Ratten erstreckte sich über mehrere Tage, denn sie waren weder in Eile noch besonders ausgehungert. Einige von ihnen durchstreiften das Haus, um mit wiedererwachtem Appetit zurückzukommen, während sich andere mit der gierigen Hast von Schakalen ihrer Beute widmeten. Als von César Lombroso nur noch ein Bündel abgenagter feuchter Knochen mit ein paar Haarsträhnen auf dem Schädel und an den Fingern klebenden Nägeln übrig war, verließen die Ratten in einem fiependen Exodus den Raum. In Scharen zogen sie ab, von irgendeiner neuen Witterung an einen anderen Ort gelockt, verschwanden sie wie auf ein Zeichen alle zugleich aus dem Zimmer und kehrten nicht wieder.

Und wie immer nach Katastrophen und Greueltaten blieben am Ort des Geschehens nur die Opfer zurück.

Stammbaum der Familien
Cagliostro – Lombroso

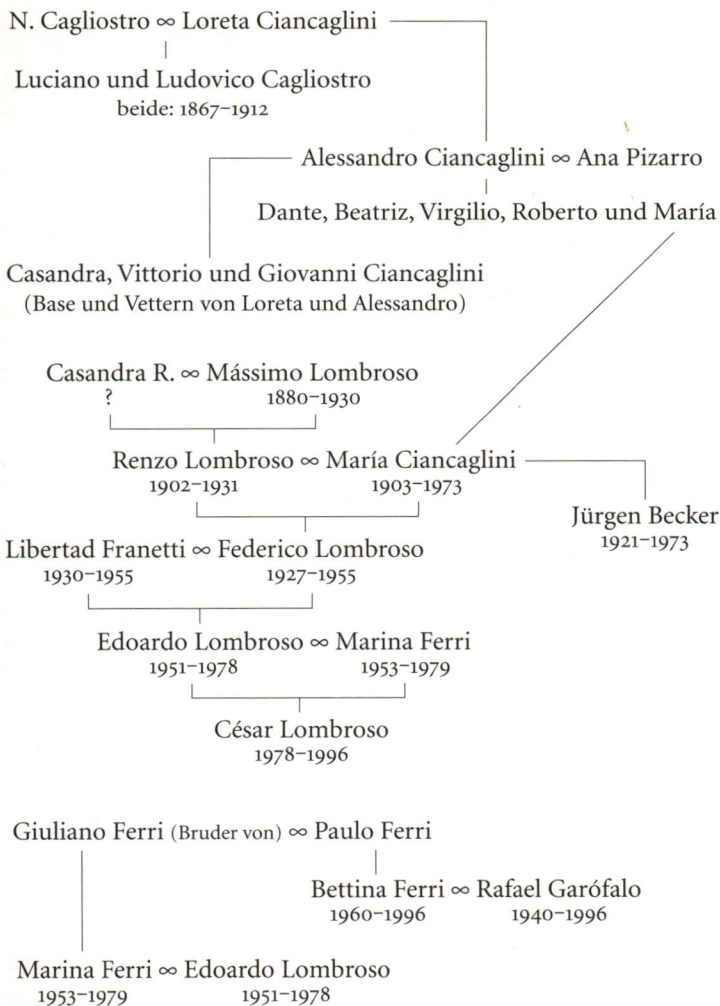

N. Cagliostro ∞ Loreta Ciancaglini

Luciano und Ludovico Cagliostro
beide: 1867–1912

Alessandro Ciancaglini ∞ Ana Pizarro

Dante, Beatriz, Virgilio, Roberto und María

Casandra, Vittorio und Giovanni Ciancaglini
(Base und Vettern von Loreta und Alessandro)

Casandra R. ∞ Mássimo Lombroso
? 1880–1930

Renzo Lombroso ∞ María Ciancaglini
1902–1931 1903–1973

Jürgen Becker
1921–1973

Libertad Franetti ∞ Federico Lombroso
1930–1955 1927–1955

Edoardo Lombroso ∞ Marina Ferri
1951–1978 1953–1979

César Lombroso
1978–1996

Giuliano Ferri (Bruder von) ∞ Paulo Ferri

Bettina Ferri ∞ Rafael Garófalo
1960–1996 1940–1996

Marina Ferri ∞ Edoardo Lombroso
1953–1979 1951–1978

Tony Parsons

Als wir unsterblich waren

Roman. Aus dem Englischen von Christian Steidl. 432 Seiten. Serie Piper

16. August 1977. Eine endlose Sommernacht. Die Nacht nach dem Tod von Elvis. Es liegt etwas in der Luft, das mehr ist als Punk. Alles ist neu. Alles ist aufregend. Alles scheint möglich. Die drei Freunde Terry, Ray und Leon ziehen in dieser Nacht gemeinsam durch London. Sie sind auf der Suche nach dem schönsten Mädchen der Welt … Ein wildes und authentisches Buch über das Ende einer Jugend und den Anfang einer Liebe. Ein Roman für alle, die nicht erwachsen werden wollen. Und für alle, die es eigentlich längst sind.

»Es ist warmherzig und wahr, dieses Buch. Parsons lässt alle Figuren durch Lehrjahre des Herzens gehen. Sein Buch handelt von einer Zeit, in der in einer Nacht so viel geschehen konnte wie sonst in einem ganzen Leben. Oder nie. Oder nur im Traum.«
Frankfurter Allgemeine Sonntagszeitung

Lutz Dettmann

Wer die Beatles nicht kennt

Roman. 336 Seiten. Serie Piper

Ein Sommer in den siebziger Jahren: Klaus muss das Klassenzimmer verlassen, weil er den Staatsbürgerkundeunterricht kritisiert, und ärgert sich, dass alle Klassenkameraden den Mund halten. In den Ferien unternimmt er Ausflüge mit seinen Freunden in die Mecklenburger Landschaft und hört die Musik von Bands wie Jethro Tull oder den Beatles. Er erlebt seinen ersten richtigen Rausch, wird zum ersten Mal verhaftet und verliebt sich bis über beide Ohren … Authentisch und jenseits von Verklärung und Ostalgie erzählt Lutz Dettmann von den Erfahrungen, die der fünfzehnjährige Klaus auf dem Weg zum Erwachsenwerden macht.

»Lutz Dettmann schildert auf amüsante und nachdenkliche Art das Aufwachsen in der DDR. Dabei dürfen Jeans, Schuldisko und die erste Liebe natürlich nicht fehlen. Ein warmherzig und mit Witz geschriebenes Buch.«
Schweriner Volkszeitung

SERIE PIPER

Jorge Edwards

Der Ursprung der Welt

*Roman. Aus dem chilenischen
Spanisch von Sabine Giersberg.
176 Seiten. Serie Piper*

Paris, Musée d'Orsay: Ein
scheinbar harmloser Muse-
umsbesuch verändert das Leben eines angesehenen Arztes.
Vor dem berühmten Bild des
Malers Gustave Courbet
kommt ihm ein unheilvoller
Gedanke: Sieht die Frau auf
dem Gemälde nicht aus wie seine eigene, dreißig Jahre jüngere
Gattin? Stand seine Ehefrau
Aktmodell?
Das schönste Buch des großen
lateinamerikanischen Schrift-
stellers Jorge Edwards, ausgezeichnet mit dem Cervantes-
Preis.

»Lateinamerikanische Litera-
tur, die im deutschen Sprach-
raum ihresgleichen sucht. Ein
perfektes Kunstwerk und ein
Erotikthriller ohne Konzessio-
nen an den Publikumsge-
schmack.«
Die Zeit

Rick Moody

Wassersucher

*Roman. Aus dem Amerikanischen
von Ingo Herzke. 608 Seiten.
Serie Piper*

Die New Yorker Produktions-
assistentin Annabel verliert ein
Film-Treatment. Um nicht den
Zorn ihrer neurotischen Chefin
herauszufordern, phantasiert
Annabel zusammen mit Thad-
deus, einem alternden Action-
Schauspieler, ein Konzept für
eine Fernsehserie zusammen –
und löst damit die Jagd auf ein
Drehbuch aus, das zwar noch
keiner wirklich gelesen hat, von
dem sich alle aber Ruhm und
Geld versprechen …

»Rick Moody hat das Talent,
das Absurde alltäglich erscheinen zu lassen. Man könnte sein
Buch eine Satire nennen. Wahrscheinlich sind die von ihm ge-
schilderten Katastrophen aber
doch ganz dicht an der Reali-
tät.«
Der Spiegel